作 者 简 介

　　陈彦，当代著名作家、剧作家。创作《迟开的玫瑰》《大树西迁》等戏剧作品数十部，三次获"曹禺戏剧文学奖"。创作长篇电视剧《大树小树》，获"飞天奖"。著有长篇小说《西京故事》《装台》《主角》《喜剧》《星空与半棵树》。《装台》入选2015年度"中国好书"、新中国70年70部长篇小说典藏，获首届吴承恩长篇小说奖。《主角》入选2018年度"中国好书"，获第三届施耐庵文学奖、第十届茅盾文学奖。多部作品在海外发行。

制高点文库·散文

陈 彦 著
陈彦自选集
故乡的烙印

百花洲文艺出版社

图书在版编目（CIP）数据

陈彦自选集 / 陈彦著. — 南昌：百花洲文艺出版社，2024.2
ISBN 978-7-5500-4680-1

Ⅰ.①陈… Ⅱ.①陈… Ⅲ.①散文集–中国–当代 Ⅳ.①I267

中国国家版本馆CIP数据核字（2023）第160714号

陈彦自选集
Chen Yan Zixuanji

陈彦 著

出 版 人	陈　波	
责任编辑	郝玮刚　蔡央扬	
书籍设计	方　方	
制　　作	何　丹	
出版发行	百花洲文艺出版社	
社　　址	南昌市红谷滩区世贸路898号博能中心一期A座20楼	
邮　　编	330038	
经　　销	全国新华书店	
印　　刷	湖北金港彩印有限公司	
开　　本	720mm×1000mm　1/32　印张 11.75	
版　　次	2024年2月第1版	
印　　次	2024年2月第1次印刷	
字　　数	260千字	
书　　号	ISBN 978-7-5500-4680-1	
定　　价	58.00元	

赣版权登字　05-2023-297
版权所有，盗版必究
邮购联系　0791-86895108
网　　址　http://www.bhzwy.com
图书若有印装错误，影响阅读，可向承印厂联系调换。

前言

抓住当代中国散文的"纲"

王久辛

在中国当代文学中,散文似乎没有小说的地位显赫,写散文的作家似乎比写小说的作家分量要轻?而且写散文的作家若再从艺术上考量,似乎较之写诗歌的又显得弱了则个?我不以为然。

我们可以把散文放到中华五千年文明史,特别是有文字之后的三千年历史上来看,我以为孔子的儒家思想与老子的道家思想,这两个中华思想渊源上的学说,运用的阐释、表达与传扬的体式,恰恰都是散文。我们看看《论语》,再读读《道德经》吧?那哪一篇哪一章不是散文呢?散文这个体式,承载着传继中华文明的历史重责,包括先秦诸子百家与唐宋八大家,以及之后明清民国的康梁"直滤血性""炙热飞扬"直击人心的澎湃文章。严格考究一下,毫无疑问,一以贯之,都在文脉上,那结论自然肯定是非散文莫属的啊。

且那风骨、那风华、那坚韧饱满、那犀利厚实的文风，辞彩熠熠，贯通古今，令我至今思过往，不肯认今朝啊！

所以说，散文在传承文明、教化民风民俗上，一直都是扛大鼎的。虽然说"《诗》三百，一言以蔽之，曰：'思无邪'"，确也在淳化民风世风与文风上，发挥过不小的作用，然而若与散文较起真来，就显得"阳春白雪"了。那么小说呢？鲁迅先生在《中国小说史略》中，的确是追溯到了小说的历史可以直达秦汉，然而事实上，小说却一直都是引车卖浆者流的街谈巷议，属于"上不得庭堂，入不了庙堂"的市井嬉戏。对人当然会有些影响，亦无大碍，几乎没有哪朝哪代把小说当作教化民风民俗的工具，它倒是常被当作伤风败俗的玩意儿加以防范，甚至遭遇查封禁止。而散文就大不相同了，不仅士大夫上奏文书要用，后来的科举考试，纵论策论之类治国安邦的道德文章，也都是要考的，而所用文体，也统统都是散文。可见经国之大事，须臾不曾离开，散文乃我国之重器也。

确是。如果往小往下说说呢？相对于小说，散文似一位平和严谨的雅士；相对于诗歌而言，散文则又显得和蔼诚挚，像一位厚道的兄长。虽然诗歌更古老，可以说是散文小说的老祖宗。但从对文字的苛求上看，诗歌还真是比小说散文要规矩得多，也严格得多。尽管诗歌骨子里的自我与自由放肆，也是顶级的。好在语言上，诗歌还是抠得紧，水分也拧得干净。不过呢？在作家的笔下，小说描写人物命运的跌宕起伏，性格冲突，情节铺陈，较之诗歌来，那又是碾压式的覆盖，几无可比性；倒是散文敢于负隅顽抗，因为与小说比较起来，我们看到的《边城》《城南旧事》等等散文化的小说，似乎就在嘟嘟囔囔：我有我的表现方式，而且我还可以更诗意更优雅地表达，既可以有小说惯常的叙述，又可以有诗意的深情挥洒，岂不更妙吗？是的是的，散文甚至还可以有哲学的玄思冥想、史学的深耕渊博。若再比较一下，小说岂敢在叙述中大段大段地讲述哲学原理、大肆兜售历史知识？即便偶尔冒个险，那也常常会招来各种非议，挡都挡不住。包括诗歌，那更不敢乱来了，两三行下来，出离了意境，读者立刻就会撂挑子翻篇儿不看了。这样说来，散文最是恰到好处，有人文历史、哲理思想、山水田园、现场纪实，还有五花八门的各样散文，自由得一塌糊涂啊。然而呢？也许正因为有这样的"一塌糊涂"，读者反而不知如何选择了。尤其改革开放45年来，出版界出现了空前的大繁荣，古今中外图书应有尽有，如果没有一个主心骨，进了书市还真是目不暇接、眼花缭乱，究竟该如何选择，果然是个大问题呢！因为他们不知道该读哪一种散文，且不知道哪一位作家的散文能开启他们的心智灵性，哪一位作家的散文又能够别有洞天地引领他们进入一个新天地，总之，他们明确地知道要读散文，然而却又失去了选择什么样的散文才算正确的标准。这可怎么办呢？

莫急莫急，这其实不难。只要我们把最优秀卓越的作家作品出出来，问题不就迎刃而解了吗？然而说得轻巧，优秀卓越的作家作品在哪儿呢？这才是问题的关键。莫急。古人早在《尚书·盘庚》中,就提供了一个好办法,即"若网在纲,有条而不紊",说的是抓住了关键环节,一切都不在话下。这与"壹引其纲,万目皆张"和后来演化出的"纲举目张",都是一个道理,就是说:在处置各种复杂问题时,只要紧紧抓住关键的、主要的矛盾——"纲",之后的"目",也就自然而然地张开了。我这样征引比方的意思,是想拿这次由我主编的百花洲文艺出版社的"制高点文库"来拆解这个难题。我们说,环顾当下东西南北中,优秀作家层出不穷,且林立如山,到处都是拔地而起的三山五岳,而他们的佳作又卷帙浩繁,哪位作家是优秀卓越的呢?总得有个标准吧?所以啊,还是要按"纲举目张"法,首先要抓住那些至少在我们国家获得了举世公认的文学大奖的作家,他们都是经过真正的专家反复遴选出来的,无论思想的成熟与新锐度,还是艺术的丰富与先锋性,都较之一般优秀的作家更卓越。是的,我指的是茅盾文学奖、鲁迅文学奖的得主。这两个全国最高的文学大奖——茅盾文学奖1981年设立,至今42年;鲁迅文学奖1997年设立,至今26年,若加上1986年创立的前身全国优秀中短篇小说奖、全国报告文学奖和全国优秀散文杂文奖,至今亦已37年啦。几十年一晃而过,虽然偶有异议,但口碑仍在。无论在作家中,还是在出版界与广大读者中,这两个奖项至今仍然具有崇高的信誉与荣誉。所以,与其去漫无边际地找,不如抓住这些大奖的得主之纲,以"纲举目张"的方法,实现以一当百,表率天下,坚持不懈,打出品牌,来满足广大读者阅读的渴望与需求。在我与百花洲文艺出版社看来，如果抓住这个关键，立刻下手，凭借这些获奖作家所具有的卓越品质与才华，推出一批崭新的经典佳作，应该没有什么问题。我们共同计划，以"制高点文库"来集结获奖的诸位大作家，试图将最优秀卓越的作家作品，奉献给广大的读者，奉献给我们这个伟大的时代。

作为这套书的主编，我内心欣喜无比。此刻，我已夜以继日伏案通读了各位大家的佳作，得到了高境悠远、闳言崇议、挚爱深情、才气纵横的强烈感受，一个个真不愧为文坛翘楚啊！老子曰："道生一，一生二，二生三，三生万物。"今得此之一，让我信心满满。咱这一库新著锦绣尚未央，隔年再看，依然是花团锦簇才子梦笔写华章。且慢，且慢。在这里，我先代表出版社谢谢大家，再代表诸位大家，谢谢出版社啦。一帆悬，都在风波里，努力前行，叹息在路上，收获也在路上，加油。

2023 年 8 月 5 日凌晨于北京

目
录

辑一

一个清代知县的衙斋生活 / 3
陈忠实生命的最后三天 / 16
李若冰先生的眼睛 / 22
告别京夫 / 28
剧作家袁多寿 / 34
忆李继祖先生 / 39
作曲家干澍 / 43
推荐一个基层文化工作者 / 50
父　亲 / 59
让母亲站起来 / 62
纪念北京人艺院长任鸣 / 75

辑二

南街·北街 / 81
野叟之死 / 90

我的塔云山 / 105

故　乡 / 110

上善若水 / 114

雾庐山 / 119

希腊阳光灿烂 / 122

春天的创痛 / 133

故乡的烙印 / 138

辑三

看　腰 / 149

看　球 / 152

看　戏 / 155

看　报 / 158

看　书 / 161

看　房 / 164

看　人 / 167

看　车 / 170

看　景 / 174

看　狗 / 178

看民工 / 182

看学生 / 185

看字画 / 189
看手机 / 193
看电影 / 197
看孔庙 / 201
看网吧 / 205

辑四

大爱医者 / 211
让文化从我们内心走过 / 219
游动的大鲸 / 226
深沉而持久的生命回响 / 230
路遥给文艺家的启示 / 233
书写生存的卑微与伟大 / 237
读京夫　听《鹿鸣》/ 244
生命的重重突围 / 251
疫情下的戏剧守望 / 256
让戏曲学更好地大众传播 / 263
扼守与远眺 / 268
话剧《路遥》观后谈 / 271
说说《星空与半棵树》/ 274

辑五

从戏剧到小说 / 285

秦腔是一种生命呐喊 / 291

努力以写作参与社会的演进过程 / 297

用生活的花粉酿制艺术之蜜 / 303

千磨万击方成角儿 / 308

书写最熟悉的生活 / 313

创作生命的深井 / 315

一切从生活出发 / 320

以创作光大生命 / 324

代后记:"文学的力量,就在于拨亮人类
　精神的微光" / 349

辑一

一个清代知县的衙斋生活

在我的家乡陕西省镇安县，有一个清代的知县很有名，他姓聂名焘，字环溪，是湖南衡山县环溪村人。乾隆十三年，也就是距今269年前的夏秋之交，他骑着马——也许是骡子，到镇安上任来了。那年他54岁，也有点老大不小了，在镇安，上了50岁的人，都叫老汉，并且是可以置备棺材板的人了。聂焘是进士出身，又生在南岳衡山这样山川秀丽的地方，家庭生活相对富足，上下几代都饱读诗书，突然被朝廷派到秦岭深处一个山大沟深的小县来，心里自是有些不快。这在他给朋友的信札中有记录："为报先生春睡熟，道人轻撞五更钟。"他父亲知道后，还对他这种春天睡懒觉的"撞钟"思想，来信批评过。但不管怎样，他还是服从分配，到镇安来了。

镇安县这个地方，现在也是山川秀美之地。交通发达得从西安出发，坐火车就一个半小时；走高速路，从18.2公里长的秦岭隧道穿过去，也就不到 小时的车程。可在没有火车、没汽车的时代，这里的确是"万峰螺旋，幽寂灵回"的"终南奥区"。诗人贾岛，在隐居镇安云盖寺时，曾写过这么一首诗"一山未了一山迎，百里都无半里平。宜是老禅遥指处，只堪图画不堪行"。当地老百姓也有这样的谚语"上山碰鼻子，下山蹾沟子，抬头掉帽子"。就是20世纪50年代，在镇安当县长的人，到省里开会，也是自挎一个"盒子炮"，雇人牵着一匹骡子，身后跟着一个扛"汉阳条子"的警卫，来回得走半个多月光景的。最近，凤凰网还以头条新闻的方式，推出过一组被网络广为传播的镇安塔云山组图，称其为"世界上最危险的房子"，那种在刀削斧劈的高山之巅，临空"垒窠架巢"的技术，至今仍是难以破解的建筑之谜。想269年前，聂知县该是怎样一种"蜀道之难，难于上青天"的走马上任哪！他小小年纪就"束发入学，读书受用，在乎做官"，参加了乡试、会考，又往返京师，进士及第，终于得到一官，却是"入山僻虎狼之窟""不觉生平意气茫然顿尽"。好在他没有就此消沉，并且在7年后离任时，以"时推陕南第一"的政绩，赢得了"父老攀辕哭"的百姓动情挽留。

20世纪80年代，我曾多次听到有人谈起这个人物，后来，时任镇安县县长汪效常找我说，看能不能把聂焘的故事搞成一个舞台剧，我那时是剧团的专业编剧，按他的想法和要求，先通读了十万字的县志，然后和汪先生一道，创作了《山乡知县》这个戏，并搬上舞台，演出至今。时隔30年后，汪先生已作古，我又一次翻开老家的县志，一页页捧读，随着年龄、阅历，以及时代的变化，这个人物，这些故事，在我脑海中都有了再认识的价值。一个穷乡僻壤的小县知县，在200多年前留下的，何止是几个赈济灾荒、兴建义仓、廉洁奉公、筑路养蚕的亲民爱民富民故事呢，他留下的是一个地方的风俗、风气与精神脉象。事隔数百年，这些遗存，依然在影响着一方水土的生命质地。那么这个来自湖南的知县，当时到底做了些什么呢？

聂知县的政治生活

一个官员，首先要衡量的，当然还是要看他到底为地方做了什么。聂知县到任后，大的工作，大约干了这么几项：

是兴旺人丁，二是启智教化，三是兴桑养蚕，四是畅通道路，五是修建义仓，六是编纂县志。要说有啥新鲜，也没啥新鲜的，但这六项工作做扎实了，一个县的百姓福祉，也就基本有了眉目。

先说兴旺人丁。聂知县到任时，镇安只有784户、4026口人，200多年后的今天，镇安是30多万人口，可见当时的地广人稀。聂焘在几年后修县志时，写按语说："镇安地僻人稀，万难如通都大邑之烟火相望。"自明末改朝换代以来，人丁日渐萎缩，他上任的第一件事，就是"招辑流移""开辟土地""休养生息"。他说"镇安万山盘郁，虎狼之区"，不仅如此，而且各种征缴无度，"民之不逃散，死亡几何哉"。那时"秦岭虎患"严重，动辄伤人，镇安更是"人不敢夜行，最畏虎不敢直名，称为土爷，又呼怕怕"。聂知县到任后，申请省府，要了"短枪、火药""复募猎户"，以除恶兽之患，使民"夜不闭户"。在大量"招募垦荒"之余，更根据实际情况"免升科赋""丁徭所征不及往时的七分之一"。终使四方流民竞相来镇安垦荒置田，四年后，住家达2562户，人口猛增到 8971 人。

再说启智教化。聂焘的家乡衡山县,是因南岳衡山而得名,自唐以来,就是人文荟萃之地,有意味的是,镇安被称为"终南奥区",而衡山,在明代就被誉为"文明奥区",意即文明的腹地。聂知县从那里走来,自是要将文明的种子,带到千里之外来播撒。为创办义学,他甚至带头捐银。在清查"学田""学租"时,甚至将寺院的田产划归学校之用,在兴办义学,启蒙、开化后生的同时,聂知县还做了大量"移风易俗"的工作。比如"错位婚配",山民每每将八九岁的女童,嫁给三四十岁的男人,"止图贪得财礼,不顾子女终身,最为忍心害理",造成妇女大量新寡,引发多重社会问题。聂知县要求"慎重婚配",男女年岁须得相当,"切勿执迷不悟"。从这些重大变革举措来看,聂知县的执政,是以更加符合人性的长久思谋为前提的,而不是急着弄出一点大的响动来,搞打雷闪电、行风走暴、雨过地皮湿那一套。

聂知县的经济建设,是以兴桑养蚕为抓手的,镇安至今仍保留着栽桑养蚕的习惯,而起始,是从聂知县手上"引进技术""大力发展"起来的。在兴桑养蚕的同时,根据"上级文件",他也做过这样的批示:"镇安山中,物产甚多,而民不收其利者,道路崎岖,人迹不通故也。年来构穰、漆、蜜、药材、板、炭,渐次获利,而不知缘修路之故。"他还多次说镇安进入省城的门户没有打开,"门户一闭,则百工无人往来,而财用因此不流通矣",因而,在镇安的 7 年,修路就成了他的主要抓手。"兹土七载,羸马麻鞋,疆域(这里指区域）六百里，无远不到。"因对山里情况的熟知，而件件抓在了点子上，以致几年后，物阜民丰，不得不多处修建义仓，把富余的粮食都库存起来，以备荒年之需。为修路，为建义仓，包括建义学，7年中，聂知县一共捐银480多两。按照清代的工资标准，一个知县的年薪是45两银子，外带45石大米，1石大米也就平均折合1两纹银，年收入不过100两，而他当了7年知县，把一多半银子都交给了这片山水。当然，这与他的家境有关，他在上任后的第三个年头，曾经给家里寄过100两银子，是用于父母过寿的，那年他父亲80周岁、继母70岁，结果又被他父亲捎了回来，说知道他"乐善好施""薪俸多有缺欠"，让他不要操心家里，当以衙门、民生事体为重。

聂知县的家庭生活

聂焘能成为一个好知县，与他父亲和聂门家风有绝大关系。从史料上看，聂家上下数代，人才辈出，三袭进士，两入翰林，真正是一个地方的名门望族。而他父亲聂继模，以满满的"正能量"，上承下继着这个家庭的大业，不仅使聂焘受到了很好的教育，而且在他出任知县后，更是以耿耿老父之心，持续关注着儿子的做人为官之道，让聂焘在不长的仕途生涯中，放射出了十分夺目的生命光彩。

谁能想象，聂焘上任时，是他七十八岁的老父亲，亲自陪送来的呢？那时最好的交通工具，就是马，是骡子，一个年近八旬的老人，不远千里，鞍马劳顿，送子赴任，大概不是为旅游观光而来，他是带着一份沉甸甸的、有关父亲的责任来的。聂老大概已经看出了儿子对这个任职的不快，因此，他要以他的人生态度与生命坚毅，来感化儿子，从而让他好好在大山深处履职。

聂翁，名继模，别号乐山，专业是一个医生，在当地挺有名。业余时间也写诗、著书立说，有《朱氏家训证释》《乐庵集》为证。他在来镇安的路上，骑在骡子背上，就诗兴大发："商於六百崎岖路，到此崎岖古未闻。叠叠山盘蛇磴曲，潺潺涧渡马蹄勤。邻家对岭成胡越，老树僵途卧斧斤。听说日斜财狼出，早停板屋卧余曛。"到了县衙，也是顾不得休息，就先去监狱，给犯人看病。在老家衡山时，这是他经常干的差事，因为牢狱又脏又臭，病人都污秽不堪，许多医生很是忌惮，只有聂老是自告奋勇去的。到了镇安，他也是先去给犯人义诊，更给山民望闻问切，甚至还亲自上山采药，研丸熬汤，这是一个医者的道德良知，又何尝不是一个父亲为知县儿子在聚拢人脉呢？他在镇安待了半年时间，见儿子渐渐进入正常工作状态，才千叮咛万嘱咐地挥袖而去。人是回去了，却依然放心不下儿子，第二年，他又安排儿媳带着孙子，一起到镇安陪伴来了，在今天，这大概就是组织部门要求的"家属随迁"。也就在这一次，聂老还让儿媳带了一封信，以后，这封被称为《诫子书》的长信，被录入清朝《政令全书》。那是一本为官者必读之书，书里是这样评价这封信的："字字珠玑，发人深省，在历代家训中堪称上乘之作。"老聂到底给小聂写了些什么呢？

一开篇，老聂就说："尔在官，不宜数问家事。"这句话是因儿子来信操心家事引起的，紧接着，聂老又说："以无家信为平安尔。"他说你小小年纪，就在外求学，居家的日子很少，二老已经习以为常了。接着话锋一转，就说到了工作上："山僻知县，事简责轻，最足钝人志气，须时时将此心提醒激发，无事寻出有事，有事终归无事。今服官年余，民情熟悉，正好兴利除害。若因地方偏小，上司或存宽恕，偷安藏拙，日成痿痹，是为世界木偶人。"说了大事，又说生活细节，针对他"睡懒觉"的事，端直批评道："居官者，宜晚眠早起。"他说，头梆响，你就要起来洗脸漱口，二梆响，你就该处理公文、考虑一县的大事了，即使没事，也不能赖在床上，关键是要养成好的习惯。儿子在给乡友的信中，大概说了几句颓废的话，老聂知道后，就在信里批评小聂：别人觉得怀才不遇，"愤激而谈，何必拾其唾余耶"。说完这些，又跟他谈与下属的关系问题，说：山大沟深，涉水尤险，虎患成灾，行路艰难，对下属不可"过行琐责"，要"御之以礼，抚之以恩"，他说为官者，任何时候情感都不能偏斜、片面，一旦"偏倚"，在社会上会贻害百姓，"在衙供役者，亦然"。接着，他又讲到了钱的事，大意是说，儿了因公做了"赔垫"，害怕"父母忧"，只写信告诉了母舅，他就批评儿子："尔视我为何如人？"连好消息坏消息都分不清了？"以善养不以禄养，彼闺阁中人能分晰言之"，何况我这个八十岁的老汉呢？"大抵自己节省，正图为民间兴事，非以节省为身家计""养廉银两,听尔为地方使用"。这是多么明白的一个老父亲哪!

在谈到官场做人时,几段话十分精彩,聂老说:"往省见上司,有必须衣服,须如式制就,矫情示俭,实非中道。"意思是不要故意装出一副朴素节俭的矫情样子。还说,你的直接上司是知州,不要因为知州离知府的官位还差些级别,就不把人家当正经知府看待,见了人家还是要"小心敬奉",但"又不当违道干求,'尽所当为'而已,凡人见得'尽所当为'四字,则无处不可行"。他特别告诫儿子说:官场是是非之地,大家聚在一起,大县的县官遇见小县的县官,都不免骄傲自大起来,他的格局小,咱不能跟着小,既不要有孤傲之情,更不可存妄自菲薄之心,要像弟弟对待兄长,"乡里人上街,事事请教街上人""诚能感人,谦则受益,古今不易之理也"。他还要求儿子:"不可自立崖岸,与人不和,又不可随人嬉笑。须澄心静坐,思着地方事务。"还要做到有错必改,才能"渐觉过少,乃有进步,偶有微功,益须加勉,不可怀欢喜心,阻人志气"。

在工作方面,他特别叮嘱儿子道:"镇安向来囹圄空虚,尔到任后颇多禁犯,但须如法处治,不可怀怒恨心,寒暑病痛,亦宜加恤。"说到这里,他还特别多说了两句:自己虽不是一个官医,但一直坚持到监狱给犯人看病,自儿子出仕后,地方上就不好意思让他去了,"然我自乐为之",连你70岁的继母,也还在亲自为犯人搓着丸药,"近来益以此为事"。他说,你懂得父亲说这番话的意思,一切都是为了让你"宜于牢狱尽心"。在说到"山区开发"时，聂老还讲了这么一段意味深长的话："山中地广人稀，责令垦荒，原属要着，但须不时奖劝，且不可差役巡查。如属己业，不可强唤，遽行报官。有愿领执照者，即时给付，不可使书吏指索银钱。日积月累，以图功效。"在200多年前，一个老中医就知道"奖劝"于民，而非"强唤""报官""巡查"之类，他认为这是日积月累、久久为功的事，即使一心为民，也不可贪图短期效应，强制执行。尤其在他的一首诗中，还有这样两句关于"生态文明"的话语："多少山田开不尽，尚留一半卧财狼。"这是多么包容、宽阔、富厚、智慧的生命样态呀！在教育问题上，他更是谆谆告诫儿子："秀才文理晦塞，耐烦开导，略有可取，即加奖劝。"还说对待人才要"出以诚心"，尤其不可"杂一毫戏慢"。他还特别强调"劝农""劝学"二事，"皆难一时见功，须从容为之，不可始勤终倦""种子播地，自有发生""尔在镇安，正播种子时，但须播一嘉种，俟将来发生尔"。

信写到最后，老聂再三叮咛小聂："知县是亲民官，小邑知县更好亲民。做一件事，民间就沾一事之惠。"还说人不在官大官小，关键看你给老百姓做了什么，"实心为民造福，一两件事，竟血食（祭品）了百年"。这比百姓视为"寇仇""路人"的那些"高位显秩"者，不是强了很多吗？鼓励之余，他也再三给小聂讲，不要记挂家里，曾子说："莅官不敬非孝。"他说自己年龄越大，越相信这句话，为官不敬重你的职责，就是对父母的最大不孝了。还说现在把你妻儿送来，就是为了让你安心山区工作，但要他对妻子好一些，说"凡有不及，须以情恕，官场面孔，毫不宜施"，让他别给老婆摆官场的驴脸、臭架子，并且话说得很硬。谈到孙子，他说镇安偏僻，爷爷、奶奶倒不担心孙子染上公子哥儿习气，但要他在工作之余，加强孩子的课读，也正好借此机会，让自己也多多"与典籍相近"。再后来，就说到镇安"风俗淳古"，他很想念，"我身健尚能复来，得睹地方起色为乐"，其实还是鼓励小聂，他要来，也是想来看看儿子工作上的"起色"。

这封家信一共三千字，却留下了职场、百姓260多年传颂不息的佳话。谁人做官，要是摊上这样一个明白老汉（儿），也就是天大的福分了！好的家风，是一个家庭、一个家族的生命基石，也只有从这种家庭走出来的生命，才可能真正反哺温润家庭、家族，并福及他人、民族、国家，反之，也就只能给自己、他人，以及家国招灾肇祸了。

聂知县的文化生活

一个官员的地方治理，仅有昙花一现的政绩是不够的，如若能把政绩化为一种长久的生活方式与精神给养，从而让一方水土具有了朝向美好的、能经得起时间和历史检验的风俗性，才是最根本的治理，而这个治理，就是文化层面的综合建构，要拎起这样的浑然物象，是需要有全面精神、生命储量准备的。

中国古代有不少这样的官员，他们也是今天我们要确立

"文化自信"的基石。"先天下之忧而忧，后天下之乐而乐"，就是这种文化苍穹所具有的精神高度。县令，在古代是最低一级官员了，而在聂知县于镇安骑着瘦马、穿着麻鞋，于六百里区域中，"无远不到"时，还有一个叫郑板桥的知县，在山东潍县，也正"衙斋卧听萧萧竹，疑是民间疾苦声。些小吾曹州县吏，一枝一叶总关情"。有意思的是：他们出生只相差 1 岁，而故去也才相差 8 年，郑板桥活了 72 岁，聂环溪活了 79 岁；板桥 60 岁因为民请赈、冒犯上司而被罢官，环溪 61 岁为"丁忧""挂冠"而去；老郑是去画画去了，他是"扬州八怪"的代表人物，而聂焘是回衡山教书育人、"立言"著书去了，有《存知录》《环溪草堂文集》四卷存世；他们离开时，聂知县是"父老攀辕哭"，而郑知县是"百姓遮道挽留，家家画像以祀"。

聂知县不仅留有卓著的政绩、美好的官声，而且还留下了丰富的文化遗存，他把镇安自有史以来的人文、地理、建制、里甲、户口、田赋、官师、风俗、物产、古迹，全都详细撰修入志，以十万字的洗练文笔，让后人看到了一个独特地域数千年的人文演进，他还亲自写下多处"焘按"，文字优美，见解独到，论述精辟，如凿空勒石。比如在《官师》结束时按语："官有正署，为民父母一也。乃其视署任为传舍，视斯民如秦越，是自外于父母也。"就是说有的官员，把官署只当了旅社，与百姓之间的距离，就跟相距遥远的秦国与越国一样，那你不就是自绝于人民了。他还说："自设官以来，累累若若何可胜载。其所遗者，必其可遗者也。然所不遗者，又未必其不可遗。"这是怎样一种哲学把握啊，他对《志》类书籍于官员的颂功记载之真假虚实，可谓一语中的。中国古代，由于科举制度，把大量优秀知识分子吸引到了社会管理层，因而，在这个队伍里，出现了数不胜数的文化精英，赓续了灿若星河的中华文脉。他们的政绩，不仅在形而下的"养蚕""修路""建义仓"，更在形而上的对社会价值、道德风尚、精神文明灯盏的拨亮与润泽。一些官员感觉"人走茶凉"，其根本原因是，"人在"就没有形成人性生命温度与精神价值发散能量，"拔营灯黑"，甚或"拔营"响炮，就是再也常态不过的事了。

聂焘从镇安离开那年是 61 岁，在现在也该是退休年龄了。他因政绩"时推陕南第一"，而调任凤翔大县任职，也算是一种重用，但他急流勇退，以高堂无人敬奉为由，辞官回家教书，门生年达数百人，直至终老。他离开镇安那天，父老倾巢而出，都拉着他的车辕不让走。他激动地吟了一首《调任凤翔留别镇安父老》诗："捧檄出南山，回首念山谷……官民父子情，欣戚知同屋。饥者待我饱，寒者待我燠。"大概是都给他竖大拇指，夸他干得好，他又客气地说："所赖邀天庥，七载逢岁熟。荒田渐加垦，乡社渐有蓄。险路亦已平，村童知就塾。新建乐英堂，为尔广教育……调任辞镇安，父老攀辕哭。停车谢父老……"他再次下车，搭躬对父老说，要相信新来的知县，会比我干得好。并殷殷嘱托父老道："愿言课儿孙，殷勤务耕读。各勉为良民，永不犯刑戮。"面对父老的真诚远送，最后他挥泪长吟："悠悠此心期，梦魂常追逐。"

这种"梦魂常追逐"的双重留恋、念想，已经成为 200 多年来一方水土的集体吟诵。

2017 年 1 月于西安

陈忠实生命的最后三天

都知道他要走了,但没想到会这么快,因为工作原因,我与这件事情保持着密切联系。在最后三天,我见证了先生的痛苦;见证了先生的从容;见证了先生的安详;也见证了先生的顽强,不,可以说是钢铁一般的意志;更见证了先生对美好生命的留恋。

先生是去年这个时候查出舌癌的,整整一年时间,开始先生有些大意,一直当是口腔溃疡,只吃些维生素,或消炎片之类的东西,家里人看没效果,才催着他去检查的。没想到,一查出来,就是这样的结果,并且已到晚期。但先生始终很淡定,也很配合医生的治疗。什么手段都用了,从我接触西京医院的医护人员看,他们对先生也是怀着十分崇敬的心情的。成立医疗小组,想着法子治,中途也有转机,但后来,还是出现扩散,甚至肺部都有转移,一步步,就把一个善良老人逼向了绝境。春节时,我还陪同(陕西)省委常委、宣传部部长梁桂同志去看望他,虽然脸部下方有些浮肿,头发也基本全白,但整个人精神还算硬朗,说话多有不清晰的字句,可内容表述依然完整坚定。甚至比我前几次去医院探望,更显出一种挺过来的生命晴朗。谁知几个月后的今天,他到底还是走了，竟然走得那样匆忙。

4月27日，我听说先生昨晚突然吐血，病情出现危急，我和（陕西）省作协党组书记黄道峻同志早上就去看望，得知当天早晨又吐了一次血，并且量很大。我们见先生时，已经暂时平稳下来，我坐在床边，拉着先生的手，他虽然已经瘦得皮包骨了，但还依然有些力量，我拉着他，他也拉着我，还说了一会儿话，他只用表情回答着一切，有几次似乎想说，但一提气，发现发不出声，就那样慈祥地看我。那里边有一种生命的淡定，但也有一种深深的无助、无奈。死神已紧紧攫住了他的咽喉，我吻了吻他的手背，害怕眼泪掉下来，就低着头离开了。我们到医务室，开了个简短的会议，主治医生宁晓瑄介绍了病情，她一再讲，先生随时都有生命危险，吐血是因为扩散的癌细胞破裂造成的，先生的左肺已停止工作，剩下半边肺叶，随时都有呛血窒息的可能。我一再问生命可能的限期，宁大夫也一再肯定地说：随时。

我立即就给梁桂同志打了电话，报告了先生病情恶化的情况，道峻也立即向中国作协做了汇报。下午五点多，（陕西）省委书记娄勤俭、（陕西）省长胡和平在省委常委刘小燕和梁桂的陪同下，从省人民代表大会现场直接赶到医院，看望了先生，听取了医疗小组的汇报，并作出具体安排要求。此前，他们都为先生的治疗多次作过指示，并解决了具体问题。这天晚上，医院再次为先生做了气管切开术。我跟道峻离开时给家属交代说，一旦有紧急情况，立即给我们打电话，不管什么时候。凌晨3点45分，手机突然响了，我浑身一震，立即抓过来一看，是先生的二女儿陈勉力打来的，说先生又吐血，正在抢救。我立即爬起来赶到医院，道峻也到了，这时先生已暂时平稳下来，不停地在一个本子上写着什么，后来我拿着一看，许多句子和字迹都不太清晰，有的句子压着句子，字压着字，能看清的，大意是对家里人的一种交代，还有几个字给我的印象特别深刻："……生命活跃期（前边的实在辨认不清）。"先生此时在思考什么呢？"生命""活跃期"，这个"活跃期"是什么意思呢？他心底到底"活跃"着一种什么意识与思维呢？我感觉他既是糊涂的，也是清醒的，大脑深处，甚至有一种特别的清醒，只可惜已经表达不出来了。瘦弱的双手，勉强在家人的帮助下，不停地写着、写着……这个动作，这种状态甚至持续了很久。后来，是在先生夫人和儿女的一再劝告下，才把写作停止下来，有一阵，甚至还暂时进入了休克状态。

28日中午11点钟，中国作协党组书记钱小芊也专程从北京赶来看望先生，先生大脑神志依然清醒，钱小芊书记与他交流时，他不断用可能表达出来的手势、表情，表示着感谢的意思。贾平凹悄声跟我说："看见老陈这个样子，我心里突然感到一阵锥痛，瘦干了！"这天下午，医疗小组做了最后的努力，进行了支气管动脉栓塞手术，西京医院院长熊利泽给钱小芊、梁桂同志介绍说，如果能够把破裂的血管栓塞住，陈忠实先生的生命还有可能存活一段时间。（陕西）省保健局的领导，以及四医大校长、政委，西京医院院长和政委都参与了陈忠实同志的抢救工作。

实在不幸的是，4月29日早晨7点45分，先生还是在再一次癌细胞破裂后，痛苦地离开了人世。我跟道峻8点零几分赶到医院，抢救已经结束。听医生说：很快，几乎没有多少预兆，突然一咯血，造成逆血，人就走了。昨晚10点钟，我还给家属打了电话，家属说，术后还算平稳，因为手术是微创，病人几乎没有多少痛苦。我们想着先生是应该有个生命的缓冲期了，没想到来得这么快。简直快得让人难以置信。

在先生病重期间，陕西，以及北京的很多宣传和文艺界领导、作家、评论家、艺术家，都多次过问先生的病情，先生始终不让探视，充分显示了先生素来低调、质朴、平和的做人风格，他永远都是只愿帮助别人，而不愿麻烦别人。他的这种作风也影响了家人。在他患病的这一年时间里，无论我们问有什么困难，更多领导问有什么要求，家人的回答永远都只是两个字：没有。我要求他们随时把先生的病情告诉我们，不到万不得已，他们也从来不会打电话。他们的眼神，他们一切的一切，都只集中在亲人病痛的痊愈上。连医生护士都说，陈老师非常好，普通得就跟任何一个普通病人一样，非常配合我们，也非常顽强。

多少人想看望病中的先生，一来先生不愿麻烦别人，二来身体也的确撑持不住。如果让探视，那就一定是车水马龙的场面，医院医疗秩序会打乱，病人也受不了，因此，很多人就只能深深遗憾着，无缘见先生最后一面。

因为工作关系，受梁桂同志委托，我们非常荣幸地伴随先生度过了最后二天，我跟道峻陪着家属，从病房给先生穿衣服，到最后扶灵送上殡仪车，手脚不住地颤抖，内心充满了无尽的悲怆。但我觉得自己是有幸的，有幸伴随一颗伟大的灵魂走完生命的最后几步，这是我一生从公、从事文学艺术事业中，最荣光的一件事。

一个民族最伟大的书记员走了，我突然感到一种大地的空寂，尽管西京医院人山人海，甚至半夜三点多，排队挂号的人流还络绎不绝。在先生推车通过的电梯、路道、厅堂，我们行走甚至要贴身收腹，但还是感到一种巨大的空旷与寂寥。

在等待殡仪车的那一个小时里，我始终在回想与先生接触的这几十年，先生对文学晚辈的提携呵护，我想我跟每个文学晚辈的感受是一样的。他对文学的贡献，不仅仅是一本堪称"高峰"的《白鹿原》，更有对陕西文学艺术繁荣发展整体推进的呕心沥血。他是在以自身的创作高度和人格、人品高度，有形无形地雕塑着这个文化大省的具体形象，以及它的宽度、厚度与高度，有他在，我们会感到自信、骄傲、踏实、有底气，先生忽然在一个清晨，一个近千万人口的城市刚刚醒来的时候撒手而去，我们顿时感到一种生命与事业的虚空与轻飘。他是上天不可能再创造出来的那个人，他的离去，是一座高峰的崩塌，是一颗星星的坠落，是一个时代永远也无法医治的剧痛。

在先生推车缓缓通过医院大厅、医院走廊、医院车库、医院大门时，所有忙碌的人，大概都已经从微信、短信上，知道了先生在这个医院病逝的消息，但他们不知道，一个时代的巨人,像一个普通老人一样,在走过了他 74 岁的生命旅程后(再有两个月,先生就满 74 周岁),正平和、安详地从他们身边悄无声息地经过,先生静静地躺着,一切病痛都在最后时刻全然冰释,脸上留下的,是十分慈祥、周正的样貌。无论身边怎么喧嚣,先生的安静,都让我想起海明威墓志上的那句著名的话:"恕我不起来了!"

先生走了,但这支思想火炬、这支文学火炬、这支生命人格火炬,这支民族精神火炬,将永远不熄!

2016 年 4 月 29 日晚草就

李若冰先生的眼睛

我跟李若冰先生是1996年12月在北京开全国第六次文代会认识的，那以前，只是仰慕、远观、眺望，从无机会近距离接触。那次全国文艺家代表大会，我是陕西团最年轻的代表，而李先生是时任陕西省文联主席，也是代表团负责人之一。很多年过去了，我还清楚地记得，先生是住在大楼最顶头的一个房间里，门是永远轻轻掩着，谁都可以进去跟先生聊几句的。我开始不敢去，想着先生是那么大的作家，又是主席，我一个小编剧，怎么敢随便去敲先生的门呢？后来，见大家都去聊，也就大着胆子，敲门进去了。当时先生正坐在沙发上看会议文件，见我进来，先生欠了欠身子，准备起来，我急忙过去，把先生挡在了沙发上。我做自我介绍说，我叫陈彦。还没等我说完，先生就说："知道，省戏曲研究院的编剧，我听杨兴（时任陕西省戏剧家协会主席）多次介绍你。我看了代表花名册，你是咱们陕西最年轻的代表啊，才33岁。文代会代表是很高的荣誉，祝贺你呀！"先生说话语速很慢，给我印象最深刻的是，先生始终面带微笑，尤其是那双眼睛，自始至终看着我，几乎一下都没移开，那眼神中，分明透着一种爱惜，一种欣赏，一种肯定，这对一个青年文艺家来讲，是一副多么重要的表情哪！好多年后，我还记得先生当时看我的那副眼神，我觉得那是我人生中，见到的最美的一双眼睛，它充满了生命的善意，它与先生嘴里所说出的鼓励话语，是高度协和统一的。我后来常对别人讲，李若冰先生的眼睛，是清澈见底的。先生在一个文艺青年30多岁时，用最真诚、善良、恳切、清澈的眼神，激活了他创作的勇气与自信心。

文代会回来后，与先生熟悉了，接触的机会就多了起来。后来省文联常开一些创作会议，就老与先生见面，每次见面，先生总是要问：陈彦，最近又在写什么呢？语速还是那么沉缓，眼睛还是那么专注地看着你，没有一丝一毫应付的意思。我就回答创作想法，他静静地听我说完后，总是要说一句：要注意生活，在生活中找故事，没有生活，写出来的东西，总是干瘪的。有时他也会问：最近读什么书？我一说，他会说，都是好书哇。他问我读过孙犁没有，我说读过，他问喜欢不，我说挺喜欢的，停顿了一会儿，他说：孙犁有生活。因此，在我印象中，他总是在强调生活。还有一次，也是在文联开会，那时我编剧的32集电视剧《大树小树》，在央视一套播出后，获得了电视剧"飞天奖"、全国"五个一工程"奖，舞台剧《留下真情》也正热演着，会上，有人提到这两部作品，都给了很好的评价，先生就不紧不慢地插了一句话："陈彦有生活。他的作品来自生活。"我似乎从他一系列谈话中，触摸到了一个作家最重要的东西：那就是生活。

2001年12月，我们又去参加全国第七次文代会，在出发时，他又对我说："陈彦，你这次还是陕西最年轻的代表。"

我就笑着说，不年轻了，都38了。他笑笑说："够年轻的了。不过下一届，我们应该有更年轻的代表了。"我从他不紧不慢的语气中，分明感到了一种对青年文艺家成长的热望与焦虑。这次文代会，我们更熟悉了，交谈不免就多了些，那一阵，我创作的舞台剧《迟开的玫瑰》，在大学校园演得正红火，并且也才刚刚获得第六届中国艺术节大奖、全国"五个一工程"奖、曹禺戏剧文学奖等，他的话题，自然就多是在这个剧上了。让我特别感动的是，他大会小会都在鼓励，几次分组讨论，也总是要点我发言，我被突然推到文艺大家林立的场面上时，说话不免有点语无伦次，讲着自己那点创作感悟时，也显得不十分自信地找不到准确的表达词句。可先生总是面带微笑地看着你，直到你讲完最后一个字，眼睛一下也不离开，他在倾听，他在认真倾听，他在真诚倾听，不时还微微点点头，表示着他的赞赏、他的理解、他的看重，在那一刻，一个文艺青年内心燃烧的，是被组织、被师长、被文坛大匠所器重的感动。

那次开会回来，先生接受《陕西日报》采访时，再次提到我的创作，提到《迟开的玫瑰》，那篇采访发在《陕西日报》第一版右下角，我至今都记得那个版面的长条形状。这些工作，对于一个成熟的文艺家，也许已经不重要了，但对于一个正在"爬坡"的青年文艺家，却是不能不铭刻在心的事。因为这是一个重量级文化先贤的认同、褒扬与肯定。那段时间，省上文艺界，在集中贯彻落实文代会精神，我们几乎每个礼拜都能见面，当他得知，我正在以20世纪50年代，上海交大西迁西安为背景创作舞台剧时，就特别关心起这件事来，先后几次问到创作进度。我说还在准备阶段，已去上海交大住了35天，在西安交大也住了4个多月，一边阅读，一边采访，还没找到很好的路径。他非常沉静地说："这是一块硬骨头，啃下来了，是一个很好的东西，但对你挑战可能不小，恐怕还得从生活出发，看看有没有特别感人的生动故事。"这话我想了很长时间，我觉得这是他的经验之谈，创作，必须从生动感人的生活故事出发。当一件事，先想得很大、很玄虚，真正落地以后，不再想得太大、太玄虚时，也许路径就在眼前了。我从西迁的一个普通家庭入手，从而折射出了成千上万西迁大军的生命精神，一部先叫《西部风景》，后改为《大树西迁》的舞台剧，就最终呈现在观众面前了。

我跟先生毕竟不是一代人，平常接触也没有到忘年交的程度，认识先生，更多的是靠阅读他的作品，最早读的是《柴达木手记》，也是他享有文坛盛誉的扛鼎之作，文坛公认：先生开了西部散文的一代先河，是西部文学的拓荒者，也是"石油文学"的奠基人之一；他始终把生命匍匐在大地上，用脚步丈量勘探出了生活的深度、广度与温度，他是真正从大西北荒漠、戈壁、森林、山川、河流里摸爬滚打出来的大作家，他的笔名就叫沙驼铃。我对先生始终怀有一种崇敬与仰望的心态，在先生去世多年后，我去先生家看望他的夫人贺抒玉老师，她也是当代一位重要作家，她与先生同样十分关心着我的创作，在与贺抒玉老师的交流中得知，李若冰先生的童年、青少年时期，经历了人生的许多苦难，有些几乎是非人的磨难，以致他长大后，连准确生日都不知道，最后就以共和国的诞生日10月1日，作为自己生命的开启。仰望着墙壁上先生的遗像，深深吸引我的，是一头的沧桑华发，更是那双饱含着对大地、生命、他人、亲情深深眷恋的眼睛。

对于眼睛，人类已经有太多精妙绝伦的认知，西方美术家达·芬奇说，眼睛是心灵的窗户。这个说法流传最广。我们的孟子，比达·芬奇早一千多年就说过："存乎人者，莫良于眸子。"后边的话，译成白话是这样的："眼睛不能掩盖一个人的丑恶。心中光明正大，眼睛就明亮；心中不光明正大，眼睛就昏暗不明、躲躲闪闪。所以，听一个人说话的时候，注意观察他的眼睛，他的善恶真伪能往哪里隐藏呢？"孟子这段话，让我想到李若冰先生的眼睛，那真是一双清亮见底的眼睛，王阳明有四个字的格言，叫：此心光明。从李先生的眼中，就能找到这四个字的注脚。我从一个文艺青年开始，有幸阅读了这双眼睛，这双来自文学前辈、来自权威的眼睛，里面没有丝毫霸气、戾气、火气、盛气、怒气、怨气、嫉恨之气，有的只是苦难之后的大气，磨砺之后的浩气，见过了大世面、大热闹的敛气，绚烂之后的静气，经久飞翔、按落云头后的平和之气。我从他的眼睛里，读到的是欣赏、抬爱、呵护、激励、支撑、托举。那里面没有任何秀的成分，有的，只是一种情怀，一种生命的自然呼吸，那种呼吸，甚至是不需要让别人感到心跳与脉动的。

从很大程度上讲，一代青年的自信心，来自同时代长辈、先贤与权威的眼睛。一旦这些眼睛变得自私、冷酷、绝情、狭隘、鄙视、矫情、做作、欺诈、邪僻、伪善、瞒哄、作秀，尤其是自身都魂不守舍、游移不定、内里虚空，那青年的自信心树立，就需要费更大的力气了。

李若冰先生的眼睛很美，很沉静，很澄净，是一双最能折射出心灵光明的眼睛。

先生诞辰九十周年，先生的眼睛，仍在殷殷地、和善地看着我们这些晚辈，驮着文学艺术的辎重，咬紧牙关，艰难行进。

2016 年 9 月 22 日于西安

告别京夫

京夫走了，被癌症夺去了生命。

我们先后多次去看望，告别。

但真正意义上的告别，其实是在7月2日，那天我和贾平凹等一帮商洛老乡去家中看他，敲开门，夫人将他从内室扶出来，坐在一个硬木椅子上，同我们说了四十多分钟的话。虽然面容消瘦，身形枯槁，但尚有接待朋友的气力，并能看出来，他是尽量想撑着跟我们多说说话。为了活跃气氛，我们努力寻找着快乐的话题，说人生尴尬，说生活段子，更多的，说的是贾平凹在地震中损失的坛坛罐罐，以便引入贾平凹每念及此，就痛苦不堪的孩子般幼稚的表情。京夫一直没有说话，但他在听，在笑，在乐，虽然乐中难以掩饰那份生命的痛楚，可在一刹那间，也分明有忘却一切苦难的时候。他先后三次让夫人把房中的一个大西瓜杀了招待朋友，我们一再推让，他仍十分坚持，最后，有乡党为了让他高兴，就自己动手把瓜杀了。这期间，还有两位朋友说没有他的长篇小说《鹿鸣》，他便让夫人取来，认认真真签了名。签名的书，在我们手中传递，字还是写得那么清正、疏朗、有力，甚至全然不像一个病入膏肓的作家的手笔。坐得久了，我看他三次从椅座深处溜到边沿,便悄声对平凹说:先生撑不住了,咱们走。他是真的撑不住了,当我们让他回房歇息时,他并没有推辞就欠了欠身,看着他棍一样撑持着宽袍大袖的一把硬骨头,在别人搀扶下,颤颤巍巍起来,又晃晃荡荡、扶墙摸壁地走进内室,我突然感到,通往室内的窄门里,已是寒气逼人、光影黯淡了。出来后,朋友们的一个共同喟叹是:苍天无情,恨人力渺小,回天乏术。

这以后,我就到北京出差了,一去就是半个月。有一天,突然收到了乡党们纷纷传播的短信:"京夫又一次住院,人已昏迷不醒,不久我们就将看到《八里情仇》的了结,听到最后一声《鹿鸣》……"这短信让人感到一种透心的凄凉。那几天我老想,先生可不敢在这个时候走了,搞不好,我连送的机会都没有了。半个月过去了,我回到西安,急忙就去医院看望,这时的京夫,已是人事不知地瘫卧床上,白被单下,平摊着一架不用透视机就能看清所有轮廓的瘦骨,露出的双脚,萎蔫得已再不能支撑起大概不足六十斤的体格,我的泪水不由自主地在眼眶旋动起来。他什么都不知道了,家属说,一天到晚就是这样迷迷糊糊地昏睡着,有时似乎有点意识,但似有非有,转瞬即逝,一个始终保持着生命警觉和人生省察的京夫,已经提前离开了我们,留下的,是那痴、憨、愚、钝、耳聋眼浊、手足蠢笨的另一半。我们与家属能说的,就是残忍到如何了结他的后事了。又过了两天,老乡贾平凹从外地回来,约我和孙见喜又去医院看了一次,境况更是大不如昨,平凹凑到床前,大声呼唤了几下,他已毫无知觉,唯氧气瓶，在呼噜呼噜作响，一头白发映衬下的瘦削脸庞上，只突出着一双大睁的眼睛，但这双眼睛却再也不能洞见人世的友谊、亲情和悲欢离合了。我当时有一种预感，先生离别就在这几天了。

我与京夫相识已经有二十多年了，我十七八岁时，是一个文学青年，在家乡就见到了写《手杖》一举成名的京夫，他到镇安小县一个叫达仁河的地方深入生活，那个地方在"文革"中发生了一起叫"刘总司"的惊天大案，许多人死于非命，后来虽然得到平反昭雪，但好多家庭已妻离子散、家破人亡了。他在那里住了一个多月，做了好几本笔记，后来都陆续用在了作品中。我调到西安后，因是老乡，与他接触的机会就多了起来。在我的创作道路上，京夫先生始终是个热情鼓励者，每有收获，他总是赞赏有加，呵护备至，有时说，有时就直接动笔加以褒奖，每每让我感到一种被提携和抬爱的暖意。我创作的几部舞台剧，他都悉心写过评论文章。因他过去也创作过戏剧，因而，文章中总是传导出一种十分入行的心得，让人读后获益匪浅。再后来他从作协大院搬来"文艺家大厦"居住，我与他栖息在同一楼上，见面的机会就更多了，有时出去参加活动，总是一同进出，话题涉及面也越来越广。他的《鹿鸣》出版时，第一批寄来的样书就给了我一本，我很快读完后，写了一篇文章发表在《文艺报》上，既是读后感，也是对他多年关心我创作的一种回敬。当然，更重要的，还是有话想说。我始终觉得，《鹿鸣》是一部写得很扎实的书，他对自然、环境与人的关系的揭示是十分深刻的，这种深刻、广博，以及丰富的艺术想象力和用魔幻现实主义手法演绎出的奇异诡谲的生命变形样态，在我的阅读视域内，尚不见更细密、雄图于此者，但愿在将来的某一天，《鹿鸣》会有另一番热闹景象，这当是后话了。在这部小说中，我甚至看到了与他年龄完全不相符的博大生命力，那种冲决一切的精神气度，让人咋都不相信这是一个即将走完全部生命历程的人的精神投射。但事实就是这样残酷，京夫先生的生命，在《鹿鸣》问世后不久，就悄然终结了。

京夫准确离开人世间的时间是：2008年8月3日13时30分。

他的心脏是在西安最普通的一家医院停止跳动的。

此时我正在午休，手机调在了静音上。先生的大儿子郭正给我打电话，我未能及时接听上，当醒来知道此事急忙赶往医院时，拉他的灵车已经驶出后门了。陈忠实和省作协党组书记雷涛正在灵车旁边，我走上车，想看看他，但此时那个暗红色的长匣子，已将他严严实实封存在了里面，什么也看不见了。车走了，我们站在医院后门外久久不知离去。这时，贾平凹也赶到了这里，大家便在一起说了半天京夫，太阳正红，晒得人的额头都在冒汗珠，但大家还都在说，以致全然忘了这是一个不适合说话的地方。

一个人就这样走了，我记得不足一年前，刚查出此病时，医院诊断是食道癌初期，"还算发现早"，京夫告诉大家时，还是从容、乐观的，但随着几次化疗，先是头发大量脱落，人也开始消瘦，再后来，体力就越发不支了。我好多次见他出进大楼，也不好问病情，就是打打招呼而已，生怕触及敏感话题。即使到家里看望，也是说东道西，不入正题，我明显感到，先生也越来越对自己的生命状况有了一种内省，那种冷幽默不见了，能听到的总是一种生命关怀："一定要保重身体""注意劳逸结合""多注意休息"等等等等。他从开始脱发起，就戴一顶灰白色的礼帽，帽子戴得很深，刚好露出眼睛，那眼睛就在帽檐的遮蔽中，显示出一种无奈，甚至无助，每每看见这双眼睛，我就在想，历尽了人生磨难的瘦弱京夫，年逾六十又六后，是在品读着怎样一份深入骨髓的人生苦痛和孤独哇！

熟悉他的老乡都说：京夫一生几乎没过个多少好日子。早先是大家都穷，他家比人家还穷，后来"文革"遭遇迫害，加之孩子又多，家口繁重，总是在艰难地往前"磨着"。文学本身就是最重的脑力和体力的双重劳动，自《手杖》获全国优秀短篇小说奖后，他的生命便被长篇小说《新女》《文化层》《八里情仇》《红娘》《鹿鸣》，以及《娘》等诸多中短篇小说聚合成的四百余万字所攫取，躬耕劳作之艰辛态，可见一斑。京夫是以作品硬硬朗朗站立在文坛的，但却始终给人一种沉默寡言感，我老感觉他像书法的"瘦金体"，立得直，撑得硬，疏疏朗朗，干干净净，少了侵占其他面积的肥厚，多了"一杆独秀"的瘦硬精神。他为人谦和、冲淡，与他在一起，有一种很舒服的感觉，这种舒服有时甚至是只能意会、不能言传的。他总是多说人好话，不议论人短长，哪怕自己受了很多委屈，说起"狠话"来也就那一句半句的，并且"杀伤力"极小。啥时他都是一种倾听的姿态，哪怕说者说的是幼稚得不能再幼稚的"妄言"，他都不会转开自己的眼睛和耳朵。有时朋友聚会，都带了嘴来，说得唾沫四溅，他却始终只有一双耳朵在管用。我也见到他十分激动的时候，那是有一次说起一个黑砖窑圈禁"现代奴隶"的事，他竟然言语泼辣、不依不饶得嘴唇直抖动。那一天，我突然觉得，这老汉要是活到八九十岁，拿一根手杖，瘦硬瘦硬地走出来，遇见不平了，也是会拿手杖对天对地乱戳几下的。

他终于没有活到那个需要用手杖的年龄就躺下了，近千人来向他送别，他的同道、朋友、作家晓雷先生，为他拟了这样一副挽联"商州道中布衣粗食一根《手杖》行天下，长安城内锦心妙笔《八里情仇》撼人间"。京夫艰苦地来，又艰苦地去了，都说他是一个好人，一个能对得住天地良心、亲人、朋友的好人，一个能对得住自己读者的"西京耕夫"。好多朋友和读者都流下了泪，大家在默默向他告别，睡着的他，此时已全然归于平淡和宁静，那份安详，更像是在向大家做一次寻常的告别，只是那只瘦硬的手，再也抬不起来了而已。

2008年8月5日于西安

剧作家袁多寿

袁多寿先生我并不熟悉，这是作为一个编剧同道、晚辈的遗憾。我进这个剧院时，才是二十几岁的后生，而袁先生已是七十多岁的老人，他年高德劭，我无缘拜会，一年多后，先生驾鹤西去，便成为我终生的憾事。

人虽未见，先生的名字却是这个剧院的一块匾牌，不仅挂在剧院的史册上，也始终挂在剧院人的心头，更挂在西北大地秦腔戏迷们的心头。许多大演员，一说起袁先生来，都会发自内心地赞叹不已，说先生的才华，道先生的人品，当然，也感叹先生的压抑和委屈。

先生之所以能成为一代编剧大家，首先是那股冲决一切的才情任谁也无法阻挡得住，这是一个编剧人才最根本的法宝，没有这个，任你如何艰苦卓绝，也是徒劳无益的。才，首先表现在知识储备上。袁先生受过正规教育，虽然是学的法律，但知识结构已然得到蓄涵，当进入文艺团体，了解了舞台剧的生成规律后，一旦转型，便能在戏剧的宫殿中，建构起艺术的楼台亭阁。有许多很有才气的作者，却因知识储备不足，而"满肚子蝴蝶飞不出来"。才的另一种表现就在于智性、慧根，也就是独特的发现力与创造性。有知识无慧根，无法成为一个好编剧，有慧根无学识存量，也不能成为一个好写手。先生具备了这两个方面的才智，因而，便最终收获了别人不能收获的丰厚剧作。

先生的剧作，以我浅陋的识见看来，至少有三个方面的重要特点，首先是结构巧妙，这是舞台剧不同于其他艺术创作样式的重要分野。所谓"戏剧性"，就是对生活剪裁的巧妙性。戏者，戏也，戏即妙构。从某种程度上讲，戏剧就是构成的艺术。即使是历史剧，在重大史实面前，也有一个剪裁取舍后的重新构成问题，这就是同样材料，为什么有人抓住就能构成精美戏剧，有人抓住却无法拧成"戏坯子"的原因。我读过先生的遗作《魏徵》，这是他仙逝前两年写的，因为没有最终完成修改，戏的枝叶过于丰隆，少了最后的删繁就简环节，而未能搬上舞台。但这个剧本中所呈现出的历史质感与构成技巧，却是值得认真研究探讨的。写魏徵与唐太宗的戏很多，多数都是对正史与野史的"看图识字"，而袁老先生的魏徵却是性格与性情的再创造，那是一种戏剧大家对历史与历史人物的独特阐释，我始终希望有人能把这个本子"精揉"一下，力争不脱离先生本来精神风貌地再现出来，我觉得那是对先生的最好纪念。另外需要特别说明的是，妙构不仅仅是技术问题，所谓妙构，其根本是通过这种构成传导出作者的价值思想。不成功的戏剧构成，其思想释放往往是苍白的、直露的，而成功的建构，会把思想掩藏在故事深处，当最终观众发现时，已是"散场"后的"余音绕梁"了。袁先生的剧作，就具有这种一切技巧皆为戏剧最终"想说个啥"进行巧妙服务的特殊能力。一切都在不经意间，然而，大江东去后，却见千回百转、处处匠心、思想凸显。

先生剧作的第二个重要特点是：特别注重感情对戏剧进程一往无前的推动力的苦心经营。我见一个材料上说，有人拿来创作手稿，请先生提意见，先生直率地说："你不敢哭，不敢笑，怎么能写戏呢？你连自己都感动不了，怎么能感动观众呢？"这是一个老剧作家对戏剧创作经验的最本真表达。戏剧必须以情动人，如果在写作过程中，不能使自己捧腹大笑，或悲愤满腔，抑或热泪涌流，拿到舞台上，是肯定不能打动观众的。当然，剧作家不是"哭坟的大嫂"，剧作家所营造的感情氛围与浓度，一定是与所要表达的思想意旨相链接的，仅为打动人而去设计动人情节，只能是南辕北辙，适得其反。而袁先生在他十分著名的《周仁回府》之《夜逃》、《白蛇传》之《断桥》、《游西湖》之《鬼怨》的修改中，都饱蘸了生命的汁液，浓墨重彩地泼洒出了感情的泪雨，不仅使戏剧情节、人物气血偾张，而且使主题得到深化与扩充，最终为秦腔留下了几折不可撼动的传世经典。感情是戏剧的生命，戏剧与人物之鲜活，就鲜活在感情上。传了数百年的《窦娥冤》《赵氏孤儿》，除了其思想的力透纸背外，感情的穿云裂帛，也是它历久弥新的重要原因。袁先生深知编戏的个中三昧，因而，经他过手的剧作便个个感情充沛，鲜活欲滴。这是任何戏剧样式都不能颠覆的真理，一旦对情感力量不屑，便会与观众渐行渐远。

先生剧作的第三个重要特点，也是观众与行家特别推崇的特点是：唱词典雅优美，充满诗意。这在秦腔创作史上，是需要特别加以研究的案例。许多秦腔经典，其实在唱词上，都颇有值得推敲的地方。而袁先生的唱词，锤炼十分精到，不仅表述准确、质朴自然、朗朗上口，而且空灵、诗意，有些唱词还颇具禅味，一些情景白描诗句，富含哲理，是一种真正的文学表达。戏剧，尤其是民族戏曲，是曾经创造过文学巅峰的艺术样式。曾几何时，戏剧逐渐被文学剥离开来，有时甚至完全不被认同。这除了文学艺术分工得越来越细化使然外，也与戏剧，尤其是民族戏曲文本对于文学性追求的缺失不无关系。袁先生的戏剧，始终注重文学力量的植入，这是他能经久不衰的原因。戏剧固然是表演艺术，可一旦缺失了文学的承载与关照，便会变得肤浅不堪，直至沦为杂耍。袁先生的戏，始终有一种文学的自觉追求，他那脍炙人口的《断桥》中的四句唱，可以说集中代表了先生戏剧创作的美学高度："西湖山水还依旧，憔悴难对满眼秋，霜染丹枫寒林瘦，不堪回首忆旧游。"情景交融，思绪氤氲，虽短短的二十八个字，却富含了全剧思想感情的菁华，完全打开了观众对《白蛇传》这个经典爱情故事通往人性深层的探幽通道，可谓精妙绝伦，妙不可言。一个人一生到底能干多少事呢？过去人常说，一句诗可以奠定一个不朽的诗人，而袁先生不知已创作了几多秦腔舞台上不朽的诗句，也就自然堪称是不朽的戏剧大匠了。

由于历史的原因，据说一些袁先生参与创作过的戏，并没能署上他的名字，这不能不说是一种遗憾，我们的署名权问题,在那个特殊历史时期,确实湮灭了不少人的功绩和才华,当历史迷雾实在无从层层厘清时,我们也就只好继续耐心等待时间的更进一步证明了。不过,袁先生仅就能证明的剧作,也已足可称蔚为大观了。听说袁先生个子很大,应在一米八零以上,周正魁梧,面相儒雅,我觉得这些描述,都特别地"文如其人",想来大大气气、硬硬朗朗的,是大秦正声的执笔派头。还听说他为人风趣幽默,处事心态平和,每每写戏,多爱与作曲、导演、演员悉心商量,从不固执己见,有了这些动态资料,加之他那丰饶的戏剧收成,我的心中就已全然复活了一个仍有着强大生命力的剧作家形象。据说他在弥留之际,曾对著名戏剧美学家、他的挚友陈幼韩附耳说了这样十二个字:"零落成泥碾作尘,只有香如故。"我分明又听到了那四句脍炙人口的咏唱:"西湖山水还依旧……"先生人虽已走了很久,但那戏剧精神的馥郁浓香,却"依旧"宜人地弥漫覆盖在大地上。

戏活着,人就永远没走。

2011 年 3 月 12 日于西安

忆李继祖先生

转眼李继祖先生去世快一年了，时间过得真快，在我的记忆中，先生似乎昨天才离开我们，在这个艺术大院的每一个角落，好像都还能看到先生的音容笑貌、背影、步态。先生走的前三天，我和同事去看望他，还是他开的门，但体力已明显不支，虽然勉强含笑着，可肌肉已全然不听使唤，笑得十分僵劲，我们感到了某种不妙，没敢太久打扰，问候了几句，就退出来让他休息了。果然，三天后的一个清晨，办公室的同志说，先生在医院抢救。我们急急忙忙赶到医院，在抢救室陪了他一会儿，直到医生说先生已没有生命体征，抢救遂告结束。此时，离新年钟声敲响的时间，只差五十几个小时了。

先生患病有一年多天气，在我印象中，他是快挺过来了，他乐观、通达、自身很坚强，因此，家里人就没怎么隐瞒他的病情。记得初查出病因时，我和同事到医院探视，他还跟健康人一样，谈笑风生，行动如常。后来在化疗过程中，全然没有其他病人那种"大变形"的情状，仍是很坚挺硬朗地活着，就是能比过去精瘦一些而已。再后来，每隔几天，他都会到院医务室来打一种针剂，据他说，是从自己体内病灶中提取的东西，制成一种叫自体抗肿瘤因子的东西，再打回自己的体内，以抑制癌细胞的扩散。他每每来得较早，我们几个同事在花园锻炼身体，他会走过来跟我们聊一会儿，在他的谈吐中，丝毫没有悲观情绪，对自己的康复也充满了信心，我知道他的病发现早，我想是完全能挺过来的，没想到，在经受了许多痛苦的治疗折磨后，先生还是走了。

我跟先生交往了二十几年，我初进这个剧院时，先生是管业务的副院长，又是导演，接触很少，只知道先生是这个剧院的重要艺术家，年轻时，小生唱得无与伦比。即使是与先生艺术观点相左的人，也从不否认他在秦腔小生艺术创造上所取得的成就。可惜我来得晚，未能一睹先生"大匠"般的演出风采。我与先生的接触，多在一些剧目的研讨会上，先生发言，每每慷慨激昂，看问题颇尖锐，敢于直言不讳，在我印象中，是一位脾性耿直的艺术家。在这个大院中，不分天晴下雨，上班下班，抑或节假日，先生常常泡在排练场给人排戏，直到离休后，仍见他端着一杯茶，时常在排练场进进出出。他既在给成熟演员排戏，也在给"半成品"演员和"生生（初学者）"演员"等戏（即手把手教）"，严格讲，这也是艺术教学，用他的话说："既当保姆，也当奶妈。"排戏是他的生命，与这个剧院的艺术进程融在一起，是他生命延伸的唯一理由。

先生一生不仅躬耕于艺术实践，在理论上也颇多探索。我读过他一些文章，言简意赅，切中要害，对秦腔艺术的发展颇多启迪引领作用。他善于总结在艺术实践中的思考、心得，这在同辈艺术家中，是不多见的一种现象。尤其是在戏曲艺术领域中，许多大家的实践，都缺乏系统的研究总结，先生不仅擅长对自己的实践进行理论结穴，还为同辈和前辈艺术家，撰写了大量颇有见地的文章，彰显他们的创造果实，总结他们的艺术成就。这也是先生作为秦腔艺术家，活得最明白的一个方面，既知其然，还知其所以然，艺术家与艺人的最大分野也正在于此。

先生由于勤于动笔，因此在导戏的过程中，还根据秦腔艺术与时代发展的特点和要求，改编过不少传统经典。戏曲剧本创作改编最大的特点，就是需要熟悉舞台，一旦对舞台谙熟于心，梳理和改动剧本，就会游刃有余。许多经典，由于历史的原因，有的或残存糟粕，有的或过于松散冗长，只有对舞台十分熟知的人，对戏曲音乐和表演"揉搓"精到的人，才可能有"庖丁解牛"的拆卸自如。李继祖先生堪称这方面的行家里手，每每经过他改编并执导的作品，总有气韵贯通的浑然一体感，我想，秦腔这门古老艺术，之所以历经数百年不衰，就是因为有了许多像先生这样的戏曲通才，才成就了数千部传统经典的代代翻新和舞台承继。从戏曲生存现状看，也需要呼唤更多的能够集编、导、演和教学于一身的戏曲通才出现，因为这样的人才，更懂得戏曲精神，更能使戏曲常态地稳固在自身的审美特性上，而不受或少受时尚艺术的浸淫与损害。先生堪称这方面的典范人物。

先生撒手秦腔而去，是秦腔的巨大损失。先生的夫人马友仙，为丈夫李继祖张罗出版文集，并邀我作序，我深感托付事重，迟迟不敢落笔。马友仙老师更是秦腔的"华岳西峰"，与李继祖先生在艺术上珠联璧合，相得益彰，诸多合作剧目的音像制品，正广泛流播在西北大地上。马夫人于先生逝世一周年之际，鼎力推出此书，其感念之情溢于言表。在这个家庭中，还诞生了一位秦腔梅花奖演员王新仓，他的许多成名作，也都得力于其岳丈大人李继祖先生的辛勤浇灌。因而，为李继祖先生出书，当是这个秦腔的"名门望族"的一个情结。当然，也更是秦腔界的一件幸事喜事。

先生走了，好在先生留下了东西，这是最可宝贵的。我想，先生留下的不仅是一本文集，而且是艺术思维、是方法、是技巧、是秦腔精神，先生还给我们留下了艺术家的执着、率性和自由自在的禀赋气质。先生特别喜欢饮酒，据说在排练场，有时也是要以酒代茶的，喝到八成，常常文思泉涌，激情澎湃，每每戏排到此时，也最易被"画龙点睛"。有人说，先生饮罢酒，话匣子洞开状，犹如江河下倾，据说有一次谈艺术九小时，几个人竟然忘了一顿饭。还有一次，把酒品到妙处，因对乐队演奏不满意，他直接端过指挥棒，于醉态中，妙趣横生地指挥完了《窦娥冤》中的一段唱，引来同行满堂彩。我觉得一个艺术家，给人留下这样一种不羁的形象是十分可爱的，就像李太白，千古留名的不仅是诗，更有酒。无论任何时代，艺术家都更应像艺术家，让他们保持一点癖好，活得更洒脱一些，艺术就在那种自由的天性中诞生。李继祖先生是真艺术家，因为他不仅传承了秦腔薪火，也留下了艺术家的独特性灵。再一次向先生脱帽致敬！

2010 年 11 月 8 日于西安

作曲家王激

转眼，作曲家王激去世已经一月有余了，他去世那天，我在北京出差，本来我想，咋都是要去送他一程的，谁知就这么巧，咋都没赶上见他最后一面。

他得病的消息，在十个月前我就知道了，那时我在戏曲研究院做院长，出于责任和信任，他夫人悄悄告诉我说，王激得了肺癌，已无法进行手术，但本人不知道，还请保密。这种事，这些年我也经历得多了，最后不知道秘密的，基本也就是病人自己一个人。

王激果然是直到临终前才知道这个秘密的，好在很平静，一个性格十分顽强的人，似乎在瞬间折服了命运的安排，交代了该交代的事情，听说是很安详地离开这个世界的。

我认识王激是在二十多年前，那时我刚从镇安小县调来西安，在省戏曲研究院创作研究室任编剧，二十多岁，见人都是怯生生的。我拿给研究院的见面礼是一个眉户戏，叫《儿岩风》，由著名作曲家马生采和他两人担任作曲。在编剧与作曲的磨合过程中，我见他与马生采发生了一次十分尖锐的冲突，马先生气得把手中的铅笔，狠狠砸在桌子上，铅笔从桌面飞到了楼顶预制板上，弹回来，又蹦到了地上，吓得我连捡都没敢捡,就那样看他们为一个"拖腔"争得脸红脖子粗地摔门而去。我想,这回矛盾闹大了,怕是合作不成了,谁知第二天,我好奇地去办公楼转悠,见他俩已经安安生生地坐在办公桌前,一个人边击节边唱,一个人边哼哼边记谱,竟然已经和谐得不分彼此了。后来,他们还发生过几次冲突,但也都是一会儿就云散雾开了。

过了两年,我创作的另一部戏《留下真情》投入排练,作曲是王激和薛天信,为了集中精力,院上把我们安排到华山脚下的一个宾馆里,进行剧本与作曲的技术对接。开始发生了一些小摩擦,都能忍受,谁知进行到第五天,我和王激彻底翻脸了。焦点是为一段唱的节奏问题。那段唱是主人公刘姐的内心外化,几句主要唱词是:"真情是心声在倾诉,真情是灵魂在燃烧,真情是付出不图报,真情是获得再融消……"我坚持要慢节奏,要充分抒情,要给演员的精神升华提供巨大的表演空间。但王激坚持要快节奏,他认为戏已到关键节点,不能再温暾水,要用"珠落玉盘"的钢镚利落脆,拿秦腔的"带板(俗称'狗咬仗')",把戏紧紧刹住,要不然观众就要起身"喊姨""招呼舅娘"地抽板凳撤离了。任薛天信怎么当"和事佬",两人还是分头拿上行李,直奔车站而去。当然,我相信,那也都是一种姿态、一种变着法的坚持、一种逼对方妥协的决绝行动,最后,"和事佬"薛天信还是把我们都劝回来了。那天下午,连饭都没吃到一块儿,薛天信只好给一人点两个菜,我们分头在两张桌子上,背对背地吃了一顿"怄气饭"。那段唱,也只能暂时"搁置争议",晚上,都分头在自己房中,谁不理谁地琢磨起其他段落来。多年后,每忆起此事,我们都会笑得喷饭,但当时那简直成了严肃得不能再严肃的重大冲突,只差拔剑决斗了。那段唱,直放到要离开华山时,才又拉出来,薛天信说:能弄了弄,弄不成了回。柔道、妥协、让步,"和事佬"甚至动用"合纵连横"的外交手段,左煽右惑,折中调和,最后总算尘埃落定。王激把那段唱谱得极其优美动人,这里面有他不屈不挠的坚守,更有宽广的接纳与吸收。自那次事后,我才真正懂得了什么叫艺术家的个性,什么叫艺术家的偏执,也真正懂得了什么叫艺术的相互砥砺与相携共生。

我和王激合作的第三部戏是眉户剧《迟开的玫瑰》。这部戏合作过程比较顺利,中间也曾为一些细节问题红过脸,但都吸取了上个戏的教训,一到紧要处,就顾左右而言他,等都高兴了,才解决"疑难杂症"。这次他是和青年作曲家谭建春合作,也没发生什么冲突。只是在演出后,有观众对眉户戏的"戏味儿"提出了质疑,有人甚至开玩笑说:"戏好听着呢,要是谱成眉户就更好了。"面对这种具有讽刺意味的调侃,他笑着说:"下次一定弄成眉户。"真的到了下次,也仍看不到他在艺术追求上的任何退让。

我们合作的第四部戏是《大树西迁》。这部戏是写上海交通大学西迁西安的故事,主人公是上海一家人,同时还写了西安一群人的故事,在作曲过程中,王激和薛天信、谭建春,还有音乐石仲柯四人,进行了很多大胆尝试,甚至进行了上海沪剧、越剧与陕西眉户、秦腔"风搅雪""两下锅"的探索。其实这种探索他们也不是第一个吃螃蟹者,早在百年前,就有"梆子(以秦腔为代表的梆子声腔剧种)"与"皮黄(京剧)""两下锅",昆曲与"乱弹(秦腔)""风搅雪"的演唱法,不仅扩大了剧种的交流,而且由此让包括京剧在内的一些资源单调、贫乏的戏曲剧种,获得了发展与新生。而《大树西迁》这个既写上海人,又写西安人的戏,继承这个传统,岂不两全其美。主演李梅为唱越剧和沪剧,也下了很大的功夫,甚至到了乱真的程度。谁知一经演出,立即遭到了各种挞伐,当然,那时剧本也很不成熟,加之这种探索不被人接受,彩排演出结束后,我们从观众的反馈中,甚至体味到了一种罪恶感。我清楚地记得,那是2002年腊月的最后两天,观众走了,天上飘起了雪花,我们站在路边说到很晚才各自回家,雪花落在每个人头上、脸上、眉毛上、肩头上,也没人去拂拭,都在检讨着各自的失误,没人想起后天就是大年三十了。腊月二十九早上,我才提着一个干瘪的包,准备回老家过年。大雪飘了一夜,地上积有半尺厚,我的心也降到了冰点。可当我趔趔趄趄从住所门洞走出来时,看见王激、薛天信、谭建春、石仲柯,还有配器、指挥周福田,正站在雪地里朝我这边张望着,我问他们干啥,他们说送送我。我的眼眶一下湿润了。除了谭建春,其他几位都比我年长,这时的王激已是五十多岁的人了,他是这个戏的作曲领头,而我还不满四十,何劳长者相送?他们都知道我心情特别不好,没有更多的话,只是说熬了几十天了,没明没黑的,回去好好过个年。王激说:"过了年咱们重来,不信整不好还整不瞎了。"十几年过去了，至今我还清楚记得，当时雪花在每个人脸上、身上飞舞裹挟的苍凉景象。王激那时头发已十分稀疏，在寸草不生的大脑门上，雪花落下后很快就被热血所融化。

我和王激合作的第五部戏是《西京故事》。这时王激先生已经退休了。经院里研究，依然坚持让他与作曲家薛天信、谭建春合作，他自然是这个队伍的头了。这时的王激先生，头发脱落得只剩后脑勺还长长搭苫着一片随风飘荡的"薄云"，可思维还是那么敏捷，说话还是那么幽默，但我觉得，他已经是一个不太坚持己见的人了，谁提意见都表示接受，几次作曲讨论会，民主得有些像西方国会开会，只差有人把臭鞋扔出去打嘴了。有人开玩笑说："不穿防弹背心，就不要来参加会了。"年轻一点的作曲家谭建春，甚至被尖锐的意见打击得跟人红脸了，但他仍是不紧不慢的，"让人家把话讲完。"好像在虔诚地听取意见，也确实为此修改了许多，用主演李东桥的话说："王老比过去虚心多了，这回没太躁。"但该坚持的，绝对风摧雷击不动，那就是王激，个性依然，不过是表皮柔软了许多而已。秦腔《西京故事》演出后，还是有人拿王激调侃："戏好着呢，要是能谱成秦腔就更好了。"他仍是那副玩笑的口气："下次一定向秦腔靠。"

谁知就再也没有下一次了。

他在病中，我和院班子的同事们第一次去家里看望时，他对自己的病情一无所知，只是说咳嗽、发烧，正在吃中药调养。就像患了普通感冒一样，生命还在做着向七十、

八十、九十冲刺的打算。天天在收拾他那几十本戏的曲子，准备出集子，并且还想开一个作品演唱会。我们都答应了，但由于他身体一日不如一日，这些事情也便无法落实。再后来，住院和转院都很频繁，一个十分刚强的汉子，就慢慢被击倒了。尤其到最后，我又到医院看过几次，一次不如一次，但他对战胜疾病，始终充满了信心，每次都谈笑风生，说的都是出院以后的事，并且十分关心我的创作。看着他渐渐被死神箍萎蔫的身躯，我总怕当着他的面，落下了泪。王激先生一生为很多作品谱过曲，他的特点是激情足、敢创新，尤其是在剧作核心唱段的谋篇布局上，如大河奔涌，波澜跌宕，首尾呼应，一气呵成，不仅充满了内心激荡，而且也使艺术的外部氛围大气磅礴，神采飞扬。我有幸五部作品都得到了他的插翅升华，他是我在这个剧院二十五年成长历史中，诸多事业搭档，也堪称老师中的一位重要老师。家属说，先生在弥留之际，多次提到我的名字，还希望见见我，可惜我在千里之外，没能了却先生这个小小夙愿。先生是那样热爱生命，那样不愿意离开这个有人爱着他，也有人怨着他、恨着他的世界，但又是那样急急火火地抽身赶路去了，甚至没有来得及收拾收拾那几缕乱蓬在脑后的纯属象征的音乐家的头发。他给我们留下了太多关于艺术个性、创造与精神、财富的生动话题，还留下了顽童的禀赋与一想起来就觉得人还活着的浪漫执着。

陕西省戏曲研究院，作为中国的一个戏曲大院，其艺术成就和风格总是在继承与创新中风雨兼程，而这些成就与风格的形成，最是与诸多戏曲音乐家的孜孜以求割分不开。在艺术上拼命争吵、反对、否定、批判，有的甚至为此老死不相往来，而正是这种为艺术而争、而战的行事风格，让艺术家们各自的固执己见与偏执性情，最终交汇成了这个伟大剧院七十五年历史的创新、包容、宽博与生机无限。梅兰芳在他的时代是一个创新者，常常遭人诟病，但今天我们视梅兰芳为传统正宗；李正敏在他的时代被说成是"时腔""新腔"，今天已然被誉为"秦腔正宗"。世上原本没有路，走的人多了，也就成了路。王激先生已经倒下，他走过的路还会有人再走吗？我分明看见那孤寂的路上，来者正在踽踽跋涉。

2013 年 9 月 28 日于西安

推荐一个基层文化工作者

他叫薛儒成，是镇安县文物管理所的一个退休干部，普通得不能再普通，但也了不起得足以让许多文化人面对他时，不能不心生敬重。他所做的事情，对于一个处在基层的文化人来讲，不能不说是一个巨大的建树。

薛儒成是一个来自乡村的民间音乐爱好者，开始在县剧团弹奏中软，性格好动，每每弹奏时，四肢勠力，生命亢奋，屁股随着节奏上下颠动，酷似民间造屋打墙，一杵杵下去，松散泥土渐成墙坯，而薛儒成的座凳，却屡屡被肉屁股杵成卯榫脱落、四腿残缺，甚或散成八瓣的"瓦渣滩"。即使置身一群乐人之间，你也不得不承认他是一个另类，"另"得近乎"抽象""怪诞"，咋看，你都觉得，这是一个纯粹为某种节奏而活着的人。这个节奏就是音乐的节奏，即使吃饭，端着碗排队，他也是要制造出一种音乐响动的。有些人对某种事物的痴迷、醉心，你总觉得浮泛、浅表，没有走心，而薛儒成对音乐的憨痴，似是一种"娘胎"里带来的"歹症候"，一不小心，甚至活活"病痛"了一生。这是后话。

我跟老薛有过好多年的交集，早先也并没看出，若干年后的老薛，会干出这等抡锤打铁般的扎实事来。平常就觉得他有趣，什么没意思的事情，让他做出来、说出来，就有了意思。记得那时机关干部职工每天要参加义务劳动，从河里背石头，上县城背后的花果山砌台田，那个累呀，少有不哀叹抱怨的，可老薛总是要选些奇形怪状的石头，或背、或抱、或挎、或举、或提溜着，不仅姿势古怪，且有肉嘴音乐伴奏，到了紧要处，还会放声唱一段"姐在房中绣呀绣兜兜，郎在外面打呀打石头，姐叫郎君莫要打呀，把贼劲留到吹灯后"的喊山调，硬是把一种枯燥劳动，转换成艺术，不仅娱乐了自己，也让跟在他前后背石头的人，都有了一份劳作的轻快感。在我印象中，老薛身边总是猴猴着一窝人，不仅有男的，也有女的，连那些年轻姑娘娃，也总是羞答答地不远不近地跟着，装作没听见，或者没听懂，有时又忍禁不住，刺啦一声，笑得连石头都跌进了沟里。因此，领导也多有对老薛不满的，老薛就警告大家不要跟他，说小心跟着"犯错误"。但他自己，想严肃又严肃不起来，有时越严肃还越出喜剧效果，大伙就不惜冒着"挨批评"的危险，继续把他紧跟着。你永远不知道他啥时就能制造出一点喜剧效果来，反正猛不丁，半山腰中他行进的地方，就炸锅一般响起了笑声、欢呼声，羡慕嫉妒得山上山下的人，都想朝老薛跟前凑。

老薛给我留下的最深印象是：阳光。无论什么时候，什么事情，在他都似乎没有隐秘，生活中，几乎没有什么事情是不可以说的。他娶了一个地地道道的农村媳妇，个子不高，胖胖的。他说每个人有每个人的福分，你娶瘦的、长的、麻秆似的，是你认为有福，而哥娶胖的、圆的、丰满的，就是哥的福分了，这福分你永远理解不了，给你说也是对牛弹琴。就连洞房花烛夜的事，他也说，不过不说也不由他，见天身边汪拥着一堆人，套着说，诱着说，逼着说，不说还能由了他，何况老薛那"喇叭筒子"嘴，又是自己能管得住的？！老薛有时简直透明得就像个玻璃人，有一次下乡，大家突然传出一个大笑话，说老薛昨晚尿床了，被子正架在晾衣竿上晒着呢。好多人都不信，说老薛啥年龄了，还干这事，是不是跟他搭脚睡的那个学徒娃干的？大家就去找老薛，要弄个究竟，老薛笑得直摇头，说把人丢大了，昨黑里抄谱子，睡得晚，梦里找不见厕所，后来找见了，就毕了。并且一再解释说，绝对不是娃干的，别给学徒娃娃胡搁事。那年老薛二十五。

好了，说了半天，该言归正传了，得说说老薛后来干的那件大事了。那是好多年以后的事，有天老薛突然来电话说，要见我一下，我说你来。他就来了。说实话，老薛几乎一点都没变，过去是那么黑，现在还是那么黑。在我离开镇安的二十多年中，我们陆陆续续见过几面，印象中，他的衣服好像始终都是一个色，灰得有些像过重的阴霾天。后脑勺总有一缕头发螺旋式上翘着，那是枕头做的祸，不过也有些让人嫉妒他的睡眠质量。老薛还是那么多动，没安静坐到三分钟，就用屁股杵我的坐凳。我终于听明白了，在这近二十年的时间里，他干了一件大事，把镇安民歌、鼓盆歌（孝歌）、渔鼓、曲艺、老花鼓戏、唢呐牌子曲，全都搜集整理出来，编了九大本书，找我，是希望有个途径，能把它们变成铅字。

说实话，我开始并没在意，这样的东西，且又在一个县域内，到底有多大的价值，可翻着看着，我就突然觉得老薛是干了一件大事。首先，镇安地处秦楚文化交汇处，具有较大的文化辐射力与拢括力，许多民歌、唱本，内容都牵连极广，有的明显是长江流域的生活图景，而有的又完全是关中大地的脉络气韵，经过这块山地的长期沉淀、发酵，形成了十分独特的生命呐喊景观。语言、唱词、腔调，充满了陌生化的质地，无论内容，还是表意方式，其独特性，都值得十分珍视。从那些语句的借喻、比兴、代指上看，这是真正从泥土深层开挖出来的东西，带着年轮，带着厚厚的覆盖层，带着与时代的巨大不兼容性，兀地矗立在你面前，令你不得不惊叹生命演进河流的"逝者如斯夫"。

老薛告诉我，他不会电脑，连手机也不会发短信，他说像他这样的老古董，即使人家组织不让退休，其实自己也早已滚到历史舞台底下了。他说，这九本书的稿子，是他一笔笔写出来的，从采录，到整理，再到誊抄，大概用了上万张稿纸。先后跟数百位民间歌手打交道，有的是去人家家里叨扰，有的是请到县城，给人家管吃管住，让人家一遍一遍地唱，自己一点一点地记谱记词。歌手大多年岁较长，甚至有八九旬的老翁老妪，他说最害怕的事就是，把老人家唱"散伙"在自己手上了。好在这些年下来，许多歌者已经仙逝，但他都赶在这些生命陨落之前，把一些好东西"抢收"回来了。说到这里，老薛的屁股尤其把坐凳杵得厉害。我说轻点，这凳子是时尚"瘦版型"的，经不住你老尻子蹲打。

我一边翻看着稿子，一边问他，这么大的工程量，是组织安排搞的吗？他说不是的，完全是个人爱好。他的正式工作是文物普查、保护与管理，一辈子爱好音乐，爱好民间文艺，所以在本职工作以外，始终把"那点爱好"没放手。这得花多少钱哪？我问。他说："反正把自己一点工资，包括你嫂子这些年摆摊子卖凉皮的钱，全都囊进去了。"我问："嫂子愿意吗？""不愿意有啥办法，有时也嘟囔，但该给还给。你嫂子这人你知道，贤惠得那就是嫁鸡随鸡、嫁狗随狗。一辈子啥苦都吃，也有抱怨，但抱怨归抱怨，弄事归弄事。钱不凑手了，只要要，还没有说不给的。那真是人家用血汗一点点攒起来的钱，起早贪黑，风里雨里，泥里水里的，大冬天，手、脸都冻得跟胡萝卜一样，有时咱花着也不自在，可事情已经弄到架板上，下不来，只能豁出去了。要是找个'洋货货'，恐怕早都打捶闹仗离（婚）球了。"我开玩笑说："看把你自信的，'洋货货'能跟你？"他笑得把屁股杵得更厉害了："就是就是的，咱也算是瓜人有瓜福。"这让我想起他早年老夸胖嫂子的那些妙处了。好嫂子的内心，就跟她的外表一样浑厚、敦实、牢靠。

又一次，他是领着女婿一块儿来的，背了全部稿子，是装订得跟书本一样的打印件。足有好几十斤重。住在文艺路一个快捷酒店里，我去看他，书稿摆了一床铺。我说："都打印出来了。"他说都是剥削女儿女婿的劳动力。女儿开了一个打印部，他说打啥就打啥，他叫啥时打，娃就啥时打，"孩子们都是念了书的人，懂得这些东西的价值，很支持老爸做这些事情。"我说你真是个有贼福的人，瞌睡就能遇见枕头，咋这巧的,女儿就开了打印部呢。他说把娃一年的利润都给趸摸完了。女婿很忠厚,也很睿智,只笑不说话。看得出来,他也十分珍视床上摆的这"一河滩"。我一边翻看,一边听他讲每一本书的主要内容,听着听着,脑子就跑向了一边:要是每个地方,每个时代,都有老薛这样的文化"乡贤"、文明"憨痴"者,那我们传统文化的根脉怎么会断流、散落、遗失呢?

镇安是个小县,过去山大沟深,诗人贾岛在那儿住过段时间,留下一首非常有名的诗:"一山未了一山迎,百里都无半里平。宜是老禅遥指处,只堪图画不堪行。"我初调到西安时,早上六点半上车,一路翻黄花岭、秦岭,遇上不好的天气,赶天黑前,到达西门五一车站,都觉得是很顺利的出行。二十几年过去,火车通了,高速路也通了,从文艺路到小县城,只需一小时,起身时让家里点火做饭,到达时,几个家常菜还出不了锅。老薛说,没有公路前,镇安的县长到西安开会,骑马是要走半个月的,身边还得跟几个挎土枪的"条子",不然路上就让土匪给洗了。就是这样一个昔日交通特别不发达的地方,却有着十分丰厚的文脉遗存。贾岛在一个叫云盖寺的地方隐居过,白居易来看贾岛,也住了好几个月,白是要作诗,白是有散落在民间的好句了。唐朝时,有大和尚在这里建兴隆寺,搞得很有名,一千多年过去了,老墙根基还在。明朝时,有道士在一个叫塔云山的尖顶上,盖起一间鬼斧神工的房子,香火也延绵了数百年。还有一个外乡人,特别值得说道,他叫聂焘,是湖南籍,在镇安做了八年县令，人好，也勤政，还会写诗，是一个很有人文情怀的官员，老百姓就把他记下了，经年累月，他的故事也沉淀进了当地的民间文化中。薛儒成就是在这样一块土地上，记录着一种口口相传的声音，一种叫非物质文化遗产的东西，用他的话说，"不刨揽不知道，一刨揽吓一跳。"这是秦楚文化的交汇地，这里过去还有一条古老的商道，是勾连南北的大动脉。因此，这里的民间文化，就具有了一种巨大的开放性、丰富性和多样性。他说："这是一座大富矿，让咱这个'瓜尻（镇安土话，笨蛋的意思）'给对上了！"

民间文化的生成，与生命造化有关，与人情物理有关，与山川地貌有关，与历史机缘有关。镇安山大沟深，地处"终南奥区"，最是适合智者隐居。另外，天下仙山，多为僧占，这里群山环绕，云遮雾罩，山势多呈诡谲、险峻之势，一如塔云山，几近刀削斧劈，酷似人造盆景，但又实实在在是一座真山真峰。道士、和尚甚至能团结一致，在一口锅里"搅勺把"，在一个山头上"合作共赢"，这种佛道共生的文化，自是氤氲了山乡温厚、包容、随缘、达观、不争的生命本色。在老薛录下的民歌中，多有和尚、道士生命精神坚守与失守的精彩故事。更有村姑拜庙烧香的惊艳路遇。尤其是一个古老商道的南北开通，让长江流域与黄河流域的好故事与声音，在这里化合成一种与山区封闭形态显得很是迥异的率真、自由、奔放情态。老薛自身的好动、天真、老顽童秉性，就是这种文化的集中体现和反映。

文化的成长，如同宝塔，塔基就是巨大的民间部分。

二十多年前，作家贾平凹到这里体验生活，写出了中篇小说《鸡窝洼的人家》，紧接着，西影厂拍成了电影《野山》，登上了国际舞台。我们从这里就可以看出民间文化对艺术殿堂文化的喂养关系。同样，这里还走出了作家方英文，他熟知家乡的每一寸土地，58岁的人了，至今还保持着每年回家祭祀母亲的孝道。他的系列中短篇，还有长篇《落红》《后花园》，虽然没有具体涉及家乡的山水人物，但骨子里却透射出秦楚文化融合的智慧因子，灵动、机敏、幽默、率性、诡谲，放得开，抡得圆，蹴得下，挺得起。这里还出了一位微型小说作家卢芙红，在全国微型小说创作领域，也是声名作响，渐成梁木。他们都在向远处走，而老薛却一直在往这片土壤的深处刨，刨出来的东西，又为贾平凹、方英文、卢芙红们所利用，他们的树，就越长越大了。

为了刨出这片土地深埋着的那些文化根脉，老薛几十年如一日，几乎倾尽家产，四处网罗散失。并且这些工作只能在节假日进行，因为平常他还有岗位要"应卯"，要"撞钟"，还得把钟给人家撞响了。他反复对我讲，觉悟迟了，好多唱得好的老者都不在了，有的只差几天，就把"一肚子好玩意儿"全都带到土里去了。他跑遍了镇安的山山水水、沟沟梁梁，并且还时常深入到外县地界去"偷香窃玉"。在老薛眼中，这些埋在泥里的"土疙瘩"，就是香草，就是美玉，由于他把这些"好玩意儿"的价值估得太大，有些艺人就"顺杆杆爬上来了"，吃了香的、喝了辣的、两边耳朵上夹满了好烟还不唱，还得要"卯硬通货（上钱）"。开头钱要得不多，后来听说这"玩意儿"是国家"财产（遗产）"，值老鼻子钱了，老薛把事"董大，煽圆"以后的智慧，就显得有些不够用了。钱也就不得不大把大把地花出去了。这不是一天两天、一年两年的事，而是十几年如一日的流水哗啦。算起细账来，快把两套单元房弄没了。爱让一个人与物欲横流的世界，几成隔绝；爱让一个人与全民经商的时代，形同陌路。老薛由于常年劳累，还患上了高血压、糖尿病，颈椎也时常需要用气囊牵引着，但他高兴了，还是拼命用屁股杵坐凳，让人感到，这个世界只有他一个人是最懂得快乐的，并且能快乐到生命的极致。

好在老薛的"建树"，引起了家乡主政者的高度重视，现任书记李波同志，甚至为老薛文稿的出版事宜，专门召开会议，亲自推动这九件民间文化"珍珠衫"的"缝纳"、出版工作。一个民族的文化建设，其实就是从这里起步的。莫言能获诺贝尔奖，与他对高密市（县级）民间文化的钟爱、吮吸不无关系。以至弄到今天，连他家乡地里的萝卜都让人当文化拔完了。我们只有建立起庞大的底层文化根须，才可能建起民族文化的参天大树与辉煌大厦，民间一旦没有了老薛这样"憨态可掬"、甘做牺牲的文化记录者和传承者，我们的文化就会断流、干涸，甚至风化殆尽。

因此，我们当真诚地向老薛这样的基层文化工作者致敬，并应向全社会浓墨重彩地推荐他们：他们是民族文化的基石。

2016 年 5 月 10 日于西安

父　亲

　　父亲去世时，我二十四岁生日刚过九天，那年他五十岁，是一个不该离开人世的年龄，但他离开了，离开得让谁都无法预料。听母亲说，那天他跟任何一天都没有任何异样地早早起了床，洗漱完后，就去区委上班。中午回来仍然是过去一样的饭量，只是吃完饭后，没有急于午休，而是给后院的鱼池子换起水来。换水的时候，把水中的假山挪动了挪动，是想重新造个型。母亲让他别搬了，但他还是兴致勃勃地搬来挪去了许久。母亲在前院忙活其他事，开始还一直能听见搬来挪去的声音，后来怎么没动静了。母亲喊了两声，没有应答，就急忙放下手中的活儿，到后院去看，谁知父亲已睡在水池边一动不动了。任母亲如何呼唤，大夫们如何做人工呼吸，打强心针，父亲都再也没有睁开眼睛。当远在外地学习的我闻讯赶回家时，父亲已在棺材里平躺两天了。真的，当时我几乎感到一切都完了，甚至怀疑起了活着的意义。一家人哭得死去活来，那确实是一种面对房梁崩塌的人生绝望。

　　很长时间，我一直想写一篇关于父亲的祭文，可每每提笔，总是头绪太多，好像咋说都是挂一漏万的遗憾。后来陕西电视台春节晚会邀请我作一首命题为《父亲》的歌词，我觉得自己有这方面的创作冲动，便欣然答应了。三天后交稿时，方方面面几乎是异口同声地赞不绝口。词是这样写的——

父亲——
我长大了，你老了，老了我的父亲，
望着你的身影，
似看到大山的坚韧，
你用脊梁把一家支撑，
一天天弯曲是因为这副担子太沉太沉。
挑着希望，挑着艰辛，
挑回甘甜时你已劳伤满身。
看着你热血耗尽的慈祥面影，
我想长长地喊一声，父亲，父亲！
我的父亲！

父亲——
我长大了，你老了，老了我的父亲！
望着你的身影，
似看到阶梯的延伸。
你用脊梁把儿女托起，
一天天弯曲是因为我们已长大成人。
抱着希望，满怀信心，
千嘱托万叮咛把我送出家门。
看着你消失在风中的背影，

我想长长地喊一声，父亲，父亲！
　　我的父亲！

　　这首歌由著名歌唱家付迪声演唱后，成为好几家电视台的保留节目，常常被一些孝顺的儿女作为父亲过生日时的礼物，反复在电视上点播。虽然这个《父亲》已不是我那逝去的父亲，但创作这首歌时，我是饱含着对父亲的无限怀恋、爱戴和感激之情的。写作时，我的眼泪常常浸透稿纸，以致最后交稿时，导演还看到了文字被淫浸的泪痕。

　　父亲的祭文，总有一天我还会去写的，我相信那会是我写得最好的文章。今年清明眼看已到，父亲去世转瞬十年，拿了这首词，去父亲坟上念给他听吧，如果他在天之灵能够听到，那可就真是对我们人生的最大安慰了。

1997 年 4 月于西安

让母亲站起来

一个人是靠脊梁支撑着的，母亲的脊梁却在新千年到来不久，彻底垮塌了下来。一个人的生理脊梁垮塌了，这几乎是令人难以置信的，但母亲的脊梁是真的垮塌了。当家兄打电话来告诉我时，母亲已瘫痪好几天了。他在电话里说："妈的腰这回是彻底不行了，卧在床上动都不能动，并且痛得受不了，还拒绝治疗。所有的亲戚朋友几乎都来劝说动员过，但她连到医院去检查一下都不配合。她说她已经让这个腰折磨够了，再不想活了，要我们抓紧准备后事，她在床上再躺一段时间，让我们再尽尽孝道……她就'走'了……"兄长说得泣不成声，我放下电话，就急忙离开西安，踏上了茫茫陕南山道。

十 年 沉 疴

母亲患的是脊椎结核，已经十几年了。十几年前她就老喊腰痛，但一直以为是劳伤，只请人按摩了按摩，吃了些中草药，稍有缓解，就不了了之了。

那时她住在商洛山中一个叫柴家坪的小镇上，父亲已经去世，兄长在县城工作，我在西安上班，一家三口人，分了三处住着，很少能照顾上她。兄长和我曾多次要求把她接到县上或西安居住，但她都拒绝了。理由是：一来父亲刚去世，她想在新坟边住上几年，我们非常理解那种感情撕裂的痛苦和由此生发的守望之情；二来她当时开了一个小商店，月月略有些收入。她说她才四十多岁，还能动着，等将来老了，手脚不灵便了，再到我们身边不迟。母亲是个很固执的人，她一旦决定的事，那是谁也无法改变的，我们只好依着她。腰疾也便在那种情况下一天天加重了。

有一次我从西安回小镇看她，她就躺在床上，连吃饭都是几位好心的邻居端来拿去，腰上是请一位"土医生"在一副副贴着草药，仍是当"腰肌劳损"治着。病成这样，从不给我和兄长捎个口信，我埋怨她，她只淡淡地说："老毛病了，有啥大惊小怪的。你们都那么忙，我这病，睡儿天就会好些的。"任我怎么做工作，她还是不同意离开小镇。我在她身边待了一个礼拜，最后她硬是强撑着站起来，把我送走了。

在小镇的车站，她用双手撑着腰给我说："别老请假往回跑，好好在外面干你们的事，我实在动不得了就会给你们说的。"

望着她发颤的双腿和猴着的腰身，在汽车开动的一刹那间，我的眼前一阵模糊。这曾经是一副多么挺拔的身板哪，在她二三十岁当教师的时候，每每学校或当时的公社、区上搞业余调演活动，她都是最活跃的演员之一。仅十几年，母亲不仅从讲坛上病退下来，健康的人生风采不再，且双鬓已完全花白，而此时她才年仅四十八岁。

大概也正是这个年龄，使她永远也不相信，疾病是会把她彻底打倒的。因此，每到下一次，她都会在休息几天后，又强打精神站起来。为了哄瞒住我和兄长，我们每次回去探望她时，她都会硬撑着挺起腰肢，又是开玩笑，又是给我们做好吃的。直到把我们哄走，她才又倒下暗自呻吟。一些到县城办事的熟人，每每问她要给儿子捎啥话不，她总是反复叮咛："就说我好着哩，千万别说我病着。"其实有时，她就是躺在床上说这些话的。后来兄长还是知道了这事，有一次干脆直接叫了辆卡车，回到小镇连商量都不跟她商量，就端直连人带家强行搬进县城，与兄长住在一起了。

进县城休养一段时间，腰部渐渐好些，母亲就急着要找点事做。那时我女儿刚出生不久，我独自一人在西安工作，家还在县上，母亲说让她带带孩子，为我们俭省掉雇保姆的开支。说实话，我觉得很不好意思，但还是这样做了。其实那时母亲的腰部仍痛得很厉害，她是硬撑着把她的小孙女背来抱去的。有时蹲下去，半天站不起来，而要站起来，是要咬着牙骨的。直到那时，我们还一直相信"劳伤"说，每每按她的要求，给她弄些抗劳止痛药，持续麻痹着其实是结核在作祟的腰脊。我们也多次要求她到医院检查，但她总坚持说病情是清楚的，没有必要花"冤枉钱"。今天看来，作为儿子，我们是有不可推卸的责任的。母亲抚养大了我们，又用她病残的身子抓养我们的儿女，这将是我们一生都无法排解的悔恨。

当女儿能满地乱跑后，母亲又要求兄长为她再找点活干。兄长看她一日都闲不住，闲着就蛮发脾气，只好又开了一个门面，让她主持经营。谁知她事无巨细，当老板连伙计的活都干了，气得兄长几次要关门，她好说歹说，门面才保留下来。但很快她的腰疾就把她彻底扳倒了。这次兄长再也不听她自己"久病成医"的"诊断"，直接把她抬进县医院，进行了全面检查。为进一步确诊，甚至还拉到百里外的另一家骨科医院进行复诊和CT切片鉴定，结果让人大吃一惊：病变使腰椎二、三、四椎体变形，变形椎体使椎管狭窄，已严重压迫神经，并导致下肢部分失去知觉，建议进一步做病理鉴定，确定是结核还是骨瘤。

兄长双腿瑟瑟颤抖着，拿了一沓光片和鉴定报告直奔西安一家大医院，我和他径直找到在这儿进修的伯叔兄长陈训，通过他又再找到这里最权威的骨科教授。鉴定结果倒是排除了肿瘤的可能，但认为结核病变已相当严重，必须立即实施手术。这样，母亲便经历了人生"刮骨疗毒"的第一刀。

这次手术让母亲备受煎熬，仅只做掉了部分压迫脊髓的死骨，就让母亲躺倒床上半年多难以下地。后来勉强摇摇晃晃地下了地，才一年多天气，又再次瘫卧床上，生活自理能力不再。这期间，我每每回家探望，都在她病痛难忍之时，母亲是完全失去了一个健康人的基本生活形态，站不能直，坐不能端，卧不能蜷，可以说仅仅只是一条活着的生命。这次又彻底躺倒，早在我们预料之中，但没有想到会这么快。一个人的生命真是太脆弱了，尽管母亲那么坚强，那

65

么有韧性，但她还是没能抗拒得了疾病的反复侵蚀折磨，终于从肉体到精神都完全缴械投降了。我匆匆赶回家时，她开口给我说的第一句话是："这恐怕是……我们母子……最后一面了……"我的泪水哗哗地涌了出来，母亲的泪却早已流干了……

艰 难 说 服

母亲已经完全心灰意冷，任我们如何规劝，甚至胁迫，仍拒不治疗、拒不检查，甚或以死相挟，断然拒绝一切说服工作。我每每往床边一坐，她就说："想跟妈妈拉家常了，你就坐下，想劝妈再进医院了，你就出去。这个冤枉钱不能再花了，妈也确实受不了了。与其让妈再受那种比死强不了多少的怪罪，还不如让妈再在床上好好躺几个月。妈的身体已经跟游丝差不多了，稍动一下可能就断了。你们体会不来，妈心里最清楚，花啥钱都是多余的……"

我不知多少次近距离端详过自己的母亲，然而，从来没有这一次这样让人伤感，母亲是真的被病痛折磨得命如游丝了。当我拉住她的手时，几乎已经很难感觉到生命的律动。她想用力握握我的手心，那力量却只能让我感到一种细浪的轻抚和棉絮的缠绕。她的脸颊在慢慢脱水、变形；眼眶也点点凹陷；本来花白的头发，已全然银白，完全不是一个五十八岁人的精神生命状态。当我用药酒给她擦抚因脊髓受压引起的病变的膝关节时，我才深切地感受到母亲十几年如一日的艰难负重；当我用药酒给她揉搓疼痛的脊背，面对第一次手术的创面和那已明显凹凸不平的畸形脊柱时，我的眼泪再次吧嗒吧嗒滴了下来。就是这个脊梁，撑持大了我们，又撑持大了她的孙儿孙女；就是这个脊梁，在她疾病缠身的时候，仍为我们创造着本不该再去创造的各种财富。我们没有任何理由让这个脊梁垮塌下去，即使只有百分之一的希望，我们也必须义无反顾地去争取、改变。而这种决心，兄长比我更坚定百倍。

我们仅只兄弟俩，兄长一直离母亲最近。父亲去世后，十几年来，其实兄长一直担当着这个家庭父亲的责任。他在县上商业部门任一个大公司的总经理，本身公务极其繁忙，加之身体又不好，每天确实是在超负荷地运转。特别是在对待母亲上，可以说是一个忍辱负重、百依百顺的孝子。我一直在很远的地方工作，母亲小病小痒的，我们即使通电话，他也从不提起，只是到了实在迈不过的大坎时，才让我回去一下，商量些办法，而具体实施，又全都落在了他的那副宽厚的肩膀上。

当我回去做了一天工作毫无结果时，这天晚上，我和兄长静静坐了半夜。两包烟都抽完了，仍拿不出新的方案。因为这事不能勉强，母亲如果不配合，强行往医院拉，搞不好会使她的腰部受到更大的挫伤。在我回去的前几天，兄长曾试图拉过一次，救护车都叫到楼下了，谁知母亲从床上翻下来，跪在地上反锁了自己的房门，差点没闹出大事来。兄长说："再不敢硬来了。"望着兄长憔悴的面颊和肿胀得穿不进鞋的双脚，我只能在心里默默祈祷：这根顶梁柱可千万不敢累垮了呀！

这天后半夜，我刚迷迷糊糊睡着，突然听到从母亲房里传来了硬物击地的笃笃声。我急忙爬起来去看，发现母亲手拄竹棍，正在保姆的搀扶下，弓着快九十度的腰，一步步艰难地向外挪动。我问她干什么？她说上厕所。我说都这样了，咋不在床上方便？母亲说："等实在病成瘫子……挪不动了，我就会在床上害你们的……"这就是母亲，一个永远追求自食其力而不愿意给任何人添麻烦的人。上一趟厕所，在一套一百多平方米的单元房内，来回整整走了四十多分钟。这四十多分钟，几乎走碎了儿子的心。我在暗暗咬着牙骨：不提高母亲的生活质量，我们确实不配做人。

第二天，我们继续轮番做工作。专程从西安赶去看望母亲的画家朋友马河声，听说工作咋都做不通，有些不相信地说："哪有这样的怪事，放在有些家庭，老人想治病，儿女不孝，还不给治哩。让我去试试，我就不信，还有兵临城下了不缴械投降的。"他信心十足进去，谁知半小时后摇头叹气地出来："真格固执，我连死人都能说活哩，没想到咱姨是铁板一块，水火不进。连我这张嘴都说不转她，恐怕也再难另请高明了。"

商量来商量去，最后是伯叔兄长陈训做了决断："打一针大剂量安定，等她睡迷糊后抬上走！"伯叔兄是医生，又是县医院副院长，我们便一切听他的安排。很快，母亲便在"止痛针"的欺骗中，呼哧打鼾睡着了。我们把她一溜烟抬下楼，抬上救护车,送进了县医院,等她醒来时,一切检查都结束了。尽管她觉得受了愚弄,但面对儿子的孝心,也不好再说什么,只是仍然坚持:"不管咋,我是不会二次上手术台的。"

这时我们也不想再跟她商量什么,只是急切地等待着所有检验报告和CT片。一场艰难的说服工作,最终并没有将她说服,但在无奈的欺哄中,我们总算还是拿到了最重要的病理依据。

我连夜回西安了。

二 次 手 术

所有会诊结果,都令人十分沮丧。连非常像样的大医院的大专家,都判定已错失手术良机,爱莫能助。我抱着一线希望,来回穿梭于一些医疗机构的楼上楼下,双腿如灌铅一般沉重。当听到一声声冷酷的判决时,心情更是重于坠石。终于,托家乡在西安进修的陈继平和叶明冬大夫的福,在解放军第四军医大学西京医院,找到了一位著名的骨科教授,看完片子后说还有手术指征。我接到这个电话时,双手抖动得连红红的烟头都掉在了裤子上。第二天一早,我就急急忙忙去了西京医院。

这位教授名叫王臻,四十出头,但却已是军内骨科权威。现任西京医院骨科副主任、硕士研究生导师。他曾成功参与完成过世界首例"十指断指再植"全部成活手术,在国内外具有一定影响。当我被叶明冬大夫领进他办公室时,首先,我被他诗人一般的激情和饱满的精神状态所吸引,这是一个完全出乎我意料的医学权威形象,他不仅年轻,身材高大挺拔,而且浑身灵动,充满了似乎是医学以外的睿智与豪情。当知道我是搞写作的,我们很快便从莎士比亚谈到海明威,再谈到画家毕加索、莫奈,又谈到路遥、贾平凹,直到进入正题,话语才显得沉重起来。他一边调着电脑里的资料,一边对着我母亲的腰椎 CT 片说:"老人的腰椎确实破坏得很厉害。二椎已完全销蚀得不留痕迹;三椎也已基本破坏,存在部分全是病灶和死骨;四椎也有不同损伤;腰段脊椎呈位突畸形;结核组织已使侵犯椎管深度压迫脊髓。这么严重的腰椎结核病变,我见到的还是第一例。现在必须进行腰椎置换术,就是把死骨全部清除,换上人工椎体,不然你母亲可能从此就彻底瘫痪了。"

"换了人工椎体,能让她站起来吗?"我急切地问。

王教授几乎不假思索地说:"可以,只要手术不出意外,老人以后的生活是可以自理的。就是手术材料相当昂贵,像这么严重的病情,恐怕得用世界最先进的,不然将来再造成内固定断裂、人工椎体脱落,麻烦就更大了。"

我当时干脆就没有问价钱,心想只要能让母亲站起来,即使倾家荡产,也在所不惜了。我很快将情况通报给兄长,兄长跟我是完全一样的心情:手术只要能做,即使负债,也得先把母亲从生命的煎熬中解救出来。后来因为准备款项的需要,我从侧面打听了一下,数字确实惊人,对于工薪阶层的兄长与我,意味着每人要拿出四五年不吃不喝的全部工资。

这个消息无论如何都不能让母亲知道。她一旦知道，手术是绝对无法实施的。因为我们各自为买房所受的煎熬，她都一清二楚，如果再知晓了这次手术所需的惊人数额，兴许她会做出异常极端的事来。

一切都在有条不紊地运作、铺排着。兄长在那边继续做母亲的工作。亲戚朋友们也持续进行着"车轮战"。大伙说：你就是不为你想，也该为两个儿子想想，你病成这样，他们要是不给你治，不说他们自己心里过得去过不去，社会上会怎么议论这个问题？他们在外面都有很多事要做，你的病一天比一天重，缠绕得他们啥都干不成，你这倒是为了儿子还是害了儿子？终于，母亲看"胳膊拧不过大腿"，更是看着兄长和我为此奔波忙碌得可怜，到底还是放弃了自己的意见，最后，她不无戏谑地对兄长说："你们实在要动刀杀老娘了，那就朝手术台上抬吧！"

手术选在镇安县医院做，这是母亲的一再要求。一来在家门口，二来人都熟。加之镇安县医院的骨科技术在全省县级医院中处于领先水平，因此王臻教授同意赴镇安担任主刀，县医院院长、骨科专家马彦绍和其他几位骨科骨干担任助手。很快，母亲的第二次手术，便在一个多月的艰难准备中，进入了最后的实施阶段。

手术那天，母亲的精神状态非常令教授满意，一向痛苦不堪的她，那天显得特别平静，甚至谈笑风生。她不停地对我们说："妈是一颗红心，两手打算。活着抬出来了，就好好活；死了拖出去了，你们也算是尽了孝心。"兄长颤抖着双手,在签完了"手术可能导致病人死亡或各种后遗症"的"生死契约"后,我们一一与母亲捏了捏手。随后,母亲便被几位穿白大褂的人送进了手术室,时间是早晨八点半。紧接着,一场比炮火硝烟战斗更让人惊心动魄的手术便开始了。

我和兄长坐在手术室旁麻醉师的办公室里,虽然这里禁止吸烟,但熟悉的麻醉师还是让我们一根接一根地吸着。而在手术室外的过道上,亲戚朋友已将走廊围得水泄不通。这是一个特大手术,在镇安县医院的历史上尚属首次,在全省据说也不多见。教授要求录下手术全过程,因此,县电视台的工作人员也在里外奔忙着。伯叔兄长陈训因在医院工作,也便干脆穿上白大褂进了手术室。是他来回传递着消息:一会儿告诉我们,麻醉已经结束;一会儿又通报说,切口基本拉开,是从腹部动刀,直拉到背部,伤口有一尺多长。我们都紧紧咬着牙关,不敢想象那种情景,好在母亲是在麻醉中人事不知的。手术前后进行了七八个小时,我们就那样吸着烟,一直静静等待着里面的消息。几十位亲戚朋友,自始至终围绕在手术室附近,有了这些精神与道义上的支撑,我和兄长也便在极度不安中有了一分慰藉与平静。术前王教授曾讲,这个手术最大的危险在于撞破脊椎动脉血管,一旦撞破,病人很可能就会死在手术台上。因此,每当护士出来要血时,我们便会冒出一身冷汗来。好在手术终于在下午三点多顺利结束了,当王教授笑吟吟从手术室走出来时,我们当即百感交集地迎了上去。

王教授说:"手术进行得很彻底,把里面的死骨和脓肿全部清除了。你母亲是一个非常顽强的人，骨头已经被结核侵蚀成蜂窝状了，用一个形象的比喻，腰部整个成了'豆腐渣工程'，能坚持到今天是个奇迹。这下你们放心好了，手术用进口钛金椎体连接住了完全取掉的二、三腰椎，她会跟正常人一样站起来的。"

我和兄长的喉头都无比激动地哽咽着，什么话也说不出来。很快，母亲是活着被从手术室里推出来了……

蓝 天 微 笑

母亲在有惊无险地经历了七十二小时危险期后，终于慢慢地露出了笑意。她开口说的第一句话是："妈这个老废物……怎么还没死呀！"我笑着说："教授说了，从理论上讲，这次给你换的人工钛金椎体，在体内至少能使用一百二十年。"母亲说："那我还不活成老精怪了。"

说实话，我们不指望母亲能再活一百二十岁，只期待她在有限的生命中，活出一个人应有的结实身板，活出最起码的生活质量。母亲一生为我们辛苦操劳，即使在重病期间，仍追求自食其力的生存原则，这让我们感受到了一种在书本上永远也感受不到的精神引领和意志提升。母亲是我们生命的来源，母亲是我们生命的钙质，母亲更是我们精神的蓝天。不敢想象，在没有母亲的日子里，我们取得的任何成就，还有谁能发出如此由衷地赞叹和会心地微笑；不敢想象，在没有母亲的日子里，我们遭遇了风吹雨打、雷劈电击，还有谁能像母亲那样无私地接纳、呵护、抚慰、安帖。母亲是儿子永远的根基，只要这个根基在，无论走到哪里，我们脚下都不会产生虚飘空洞感；母亲是儿子永远的蓝天，只要这蓝天在，无论飘到哪里，我们都会感到有一把无形的伞，在随时遮挡着无常的风雨。母亲是个人，但她更是一棵树、一眼泉、一架桥、一个巢、一座温馨的老房子。当我们远离时，她是孤独寂寞地存在着；一旦走近，我们便感到了无与伦比的亲切、祥和、静谧与安宁。这种任何亲情都无法替代的感觉，是一种真正的人生归宿感。无论你能上天，能入地，唯有这种归宿是最安全的感觉。

母亲终于一天天好起来。有了兄嫂的真切呵护，有了小保姆的细心体贴，有了亲朋好友的诚挚关爱，我相信这片蓝天会越来越灿烂的。我该走了，儿子又该远行了，我拉着她的手说："妈，我走哇，你的腰板这下是要彻底硬朗起来了！"

母亲说："你走吧，好好干你的事，只要你们的腰板硬朗着，妈的腰板即使断了，感觉也永远是硬朗的……"

2001 年 5 月 15 日于西安

纪念北京人艺院长任鸣

我是6月15日早晨参加的论坛，北京人艺院长，也是中国剧协副主席的任鸣还出席会议并致辞。但四天后的晚上，连续收到不好的消息，我有点不相信，就用微信方式打问人艺副院长霍志静同志：院里是不是发生了什么特别的事？她回答是的，并发了个泪目的表情，我的眼眶立即湿润起来。四天前的印象，迅速全面复活。在我的感觉中，6月15日那天，他的精神状态是不错的。从开始见面，到最后离开，都在跟我约定，说搞完院庆活动，我们就准备去找你，商量剧本的事。我说您别跑了，我找时间过来。他说那哪儿成呢，并且一边走一边跟我约大致时间。无论从哪个方面看，都绝不像是一个会迅速离去的人。可他真的离去了！

他让我立即想到去年在武汉举办中国戏剧节的一些情景。也是有一天到北京人艺看《香山之夜》，我说我们今年在武汉戏剧节期间，要搞两个论坛，一个是导演高峰论坛，一个是表演高峰论坛，想请他去一趟武汉主持导演高峰论坛，他欣然答应，然后我们就在休息室商量了一些事情。离开时，他一再说，过几天他到协会来，找几个人好好商量一下论坛的详细内容。我知道他身体不好，就说您别跑了，我们电话沟通，或过人艺来说，他还是那话：那哪儿成呢。时间不久，他就来协会召开了论坛"前奏会议"。再后来，他如期到武汉，主持了那次可谓"群贤毕至、少长咸集"的学术会议。他个头大，腿有点颤抖，行走坐立都不是很方便，但依然坚持了整整一天，让与会同志深感敬佩。在他去世后的几天里，协会许多人还在回忆他去武汉的点点滴滴。那一切，不仅表现出了一个导演艺术家的崇高风范，而且也让我们感动着一个副主席的担职尽责。

  我跟他认识较早，那是在一个会议上。可真正有更多更实质的交往，还是在到中国剧协工作以后。人艺每逢有好戏新戏，我基本都会去学习观摩。也就经常有与他见面的机会。我固执地以为，一个剧院的管理者，如果能经常出现在演出场所，就说明人在状态。我感动着北京人艺演出时管理者的在岗敬业。也就在那些反反复复的接触中，任院长老涉及一个话题，让我给北京人艺写个戏。我说我哪儿敢哪，北京人艺是何等的戏剧殿堂啊！6月15日开"剧作家与剧院"论坛会议时，著名作家莫言发言说：我现在最大的愿望，就是成为一个真正的剧作家。莫言已然是一个大剧作家了，但他仍然对戏剧创作保持着一种敬畏。我自写小说后，也越来越对戏剧创作深感功力不逮。写戏真不是闹着玩的，没有十年八年功力，你连结构都抟不到一块儿，遑论其余。当然也不乏个例，但大致需硬着头皮、日夜颠倒、苦其心志、劳其筋骨。我的那些奋斗在戏剧行的剧作家朋友们真的很不易！为人艺写戏是我的一个梦想，但我觉得需要时间，需要好好思考，就一拖再拖。任院长也是一问再问，并说院庆后就上门"商议"，还给霍志静副院长做了交代。我正诚惶诚恐，想着那几个踅摸来踅摸去的题材，还不知所以呢，倏忽间，他竟去矣！

我知道25日是告别他的日子。可那几天我又不得不去西安，要举行中国秦腔节的系列活动，连送送朋友、同道、我们的副主席的机会也失去了。好在我从许多业内朋友圈中，看到了十分别致的送行场面：灵车拉着他，缓缓绕北京人艺院落一周，让人艺的儿子，最后看了剧院一眼，也让剧院，以及响彻中国剧坛的艺术家群体，看了这个把生命奉献给剧院的儿子一眼。我的眼泪再也抑制不住地奔涌而出了。一个戏剧人还要什么呢？这是最好的告别，也是最好的纪念。我远在西安，隆重地参与了这场无比深情的送行！

2022年6月下旬于北京

辑二

南街·北街

上　篇

　　一泓激流，从连绵不断的山峦深处，曲里拐弯地钻了出来。一座脱离了群体的孤山，虎踞龙盘在河道中央，蛮不讲理地阻拦住了河水去路。愤怒的河水，不得不一次又一次与其拼命，结果留下的永远是一幕又一幕的悲壮。当那千万粒粉碎的白沫又重新构合成一个墨绿色整体时，水便不得不绕道而行了。就在河水绕过的地方，淤积着一块宁静的沙滩，也就在这块沙滩上，谜　样构建着一条画一样的小街。

　　它叫穆家坪，也叫穆家街。说是叫穆家街，却没有一户姓穆的，只有一个老掉牙的传说，证明这儿曾是一个穆姓人开垦的处女地。话说在很久以前，有一个从湖南逃难上来的穆姓人，突然在路上捡了个媳妇，从此便结束了盲流生涯，在这片没有人间烟火的沙滩上生儿育女了。托送子娘娘的福，才五年工夫就生得七个伢崽，到了男大当婚的年月，没用二老操心，一阵仙风就刮来七个仙姑，自此穆家的子子孙孙便没有穷尽了。那么穆姓人又是如何从这条小街上绝迹的呢？

这便又引出了传说的续篇：言说穆姓人后来一代更比一代懒，仅为争夺先祖的一点遗业，就整日钩心斗角，打捶闹仗，相互残害，终于惹怒了天庭，玉帝命龙王爷在更深夜静时将其一轿子抬了。这个续篇虽然离奇，但也不能完全否认它是某一次真正暴发了毁灭性洪灾的演义。

谁也说不清真正的穆家街是个什么样儿，反正后来不是穆家人在此建起的穆家街，一直保留到几年前才分两次彻底毁灭。这条不是穆家人创建的穆家街，也不知起始于何年何月，反正现在活着的人，都说他们一生下来见这条街就是这么个样儿。

小街其实是极不对称的两个合面，北半边坐坡朝河，地势整整高出南边的一倍。北街人平踢出去一个石子，南街人就听到叮当瓦响。而南街却与河床平行，要不是一道古老的堤坝挡着，一打开后门河水就能打湿脚。从建筑气魄看，北街也明显比南街财大气粗，雕梁画栋，四壁绘彩的，宅内曲径通幽，户外石狮守门，街沿坎高得南街人硬是要仰起头来才能看见他们的脚。也难怪这等威风，这里昔日曾是一家大地主的宅院嘛。而南街大多是单门独窗，橼檐低矮的小房，瘦精得很是谦恭，活像匍匐在北街人脚下的奴隶。不过1949年后地主的宅院被二十多户贫雇农化整为零了，因而很难说清现在的南北街到底谁穷谁富谁贵谁贱。

反正一街两岸的男女，好像都念地气之饱足，感日月之关照，几十年如一日没饿过肚子露过腚；子孙又能层出不穷地承上启下，香火袅袅；几乎满足得除了感到活不够外，再没有了其他奢望。一年四季都见家家半开半掩着柴门，男人们四脚拉叉躺在炕上打鼾；女人们三人一撮五人一伙地嚼舌；老汉老婆们蜷缩在太阳地里晒暖暖；一群又一群传宗接代的新生力量，在演出着永远都演不腻的做饭、缝衣、推石磨和结婚、抱娃、过大寿的生活小品。南来北往者，无不惊叹小街人神仙般的快活。

查考祖籍，小街人虽然大多是湖广一带的自然移民，却好像都不会了经商。北街有一六十高寿的老爹，墙上挂有六十个猪脑壳，虽然床上只有一床垫半边盖半边的油花被子，却永没舍得拿猪脑壳换钱，终日只打坐在"天地君亲师位"前，美滋滋地瞅着猪脑壳哼小曲，直到仙逝之日，猪脑壳总数未减，在小街传为"老爹守业"的美谈。

有关部门曾多次在小街搞物资交流大会，想刺激一下小街人的商品观念，结果是张飞打脸（化妆）——茄子色不变。每当交流会开始，小街人便赶紧挂了大门的锁、上了二门的闩，生怕"娄阿鼠"的哥儿们趁机浑水摸鱼。开几天会，唱几天戏，小街人就能在台口拥挤几天，看小丑耍怪，瞅小旦闪腰，受活得一天只啃一个生红苕不晓得饿。交流会结束了，小街人也要产生一种怅然若失感，不过那是在怀恋"好玩得要命"的小丑小旦，全于吆五喝六的小商小贩，从来就没有值得他们正经瞅过一眼。

有一次交流会，也曾把南街的一个后生勾引得怦然心动过，竟然将老老爷（陕西方言，高祖父）手上传下来的尿罐子偷卖给了古董商，事情被老爷（陕西方言，曾祖父）发现后，硬是逼着后生的爹和爷把他按在大街上捶了个半死。那后生不得不撵到几十里路外，给古董商下跪磕头才赎回了尿罐儿，继续着每天早晚给老爷提出端进地孝顺。

小街人就是这样几乎完全麻木了地享受着一个又一个自给自足的春秋，从来不想知道除了小街以外的一切；也不爱外面人来小街转悠；更懒得步行到几公里外的过路车站上搭车出山；只喜欢整日拜倒在泥捏的老爷像下磕头烧香，祈求神仙保佑岁岁平安。

可泥捏的老爷虽然吃去了小街人的许多俸禄，仍没能完成"保佑小街人岁岁平安"的崇高使命。就在公元一千九百八十年后的一个秋夜，不知因何发怒的龙王爷突然一声虎吼就抬去了小街的半边。

当天亮水退时，低矮的南街硬是清洗得找不见了张三李四王麻子的地界。"泥爷们"更是被老龙王咀嚼得没剩下一星半点骨肉。一个又一个做梦都在高枕无忧的南街人，突然感到了灭顶般的绝望。

下　　篇

地势高出南街一倍的北街，龙王爷几乎连人家的脚都没够着，洪水吞没南街人房顶时，北街人站在大门口还穿着干布鞋。

虽然他们与南街人不怎么对铆，往往为小孩儿站在高坎上对着南街人比谁尿得高之类的琐事，争吵得脸红脖子粗，可当南街人一朝落难时，他们也还能不计前嫌，表现出一种雍容大度的宽广胸怀。昔日曾怀疑母鸡把蛋生在了南街人鸡窝里的麻婶，几乎与怀疑对象明枪暗箭地战斗了十八个春夏秋冬，可当对方一跟头栽进穷坑时，她又一把鼻涕一把泪地把人家接到了家中，并且还颤抖双手，宰杀了一只正生蛋的老母鸡为其压惊。

落难的南街人，确实在北街人的怀抱里感到了温暖，然而这种温暖没有持续多久，便随着人们对于初落难时那种极度可怜劲儿的淡忘而慢慢消失了。仍是那个麻婶，又率先将仇人赶门在外，并且还骂骂讥讥地要人家把吃了的东西吐出来。

一些活得硬气的，不等人赶，便纷纷用救济款在一片乱石滩上搭起了属于自己的窝。一家几口挤在这样四面招风的破窝里，自然就再也做不出安宁的美梦了。父辈昔日的威严，也随着填不满了晚辈的肚子而丧失殆尽。一群又一群突然变得"不孝顺"了的子孙，吵吵闹闹踏上了通向山外的路。一个又一个浑然不可分割的家庭，慢慢支离破碎得收不拢了窠。

这一切都看在北街人眼里，叹在了他们的心上，他们几乎逢人便要讲：南街人真是太不幸了，老天爷抬了人家的窝不说，还要把人家好不容易捆在一起的几代几孙也拆得七零八落地散，真格是要把人家朝死路上逼呀！

谁知时隔不久，那些出山去的后生，又喊喊叫叫地回来了，并且还都谝嘴说自己找到了活路。只见他们四处张罗着搜集了一些在小街人眼里一钱不值的土玩意儿后，发了神经病似的撅起屁股背向了几里路外的车站。小街人有些耐不住性子地等待着他们的归来，因为他们说他们是去发财的，鬼才相信就凭着那么些土玩意儿还能发了洋财？谁知没过几天，还真有人给腰上别了几个子儿，从山外兴冲冲地回来了。小街一下子变得热闹起来。

在这儿两升苞谷就能换一头的猪娃子，在外面还真是五块多钱一斤呢。"麻狗子"硬是看见人家城里人就那么把毛一烫掉，浑着烤熟吃了。就连一条腿不怎么好使唤的"根深儿"，也靠几麻袋"木牛儿"赚了大钱。他说这玩意儿在城里俏货得很，只要背到学校门口一放，看见学生下课就用鞭子抽着转，五毛钱一个，保准票子直往口袋蹦。一帮一帮吹得唾沫星子直溅的成功者，把一个又一个手头紧巴得快要吃不起盐的南街人，说得心里像击鼓一样咚咚直响。很快，便有更多的南街人肩扛背驼着土特产向山外扑了去。回来时手里还真有了票子。

而这一切在北街人眼里简直是不屑一顾的。他们全是一夜间突然从上无片瓦、下无插针之地的赤贫变为有产者的。当他们从猪圈牛栏中一个跟头翻进地主的大宅院时，那种超越了人生欲望的满足感，便死死纠缠着他们快活了一万多个日出日落。就在这一万多个日头里，他们几乎很少添置一张桌椅、一双筷子和半边碗碟。二十几户人家，竟然不见一户在外面盖新房的，家家都是几代同堂，房连着房、炕挨着炕的紧巴。每日都见家家户户的主人，舒展地躺在三条腿管事的太师椅上，眯起眼睛细品着已喝了好几天的淡茶。

特别是南街被龙王一口吞了时，他们便更是感到了命运对他们的特别关照。而当南街人开始奋发图强时，他们每天都要把太师椅搬到街沿坎边，仰在上面，像看小丑表演一样地观看南街人蚂蚁搬家般的可笑劳碌。尽管有时看见南街人点票子，他们心里也不怎么畅快，可当有人从山外回来连裤衩都险些叫人骗着剥了去时，他们也便更加坚定了"任凭风浪起，稳坐钓鱼台"的信念。一家又一家的婆娘一早比一早起得更迟，懒洋洋地开开门，磨磨蹭蹭地将一罐罐热气腾腾的尿端到了屋背后。

终于，南街有人盖新房了。先是见人家砌了屋根基；过一阵儿又见人家买回了钢筋水泥；又过一阵儿，便有人贴了恭贺新禧的对联，一阵噼里啪啦的鞭炮声后，就见人家在堂屋喊开了"八加一"。这些新居清一色地不用了土，一砖到顶地硬朗，四周还镶嵌着五颜六色的瓷花，鳞次栉比地组合成了半边只有电影里才有的洋街。

北街有人眼气得搓开了手，可更多的人仍然认为南街人是在"鸡扒命"。命上只造就了那么点儿，再扒也是给龙王爷的女儿准备嫁妆。尽管政府已在小街外面修筑了两道坚固的堤坝，但他们仍不相信南街人命上有享受这溜洋房的福分。

在南街人成功的背后，他们看到的永远是南街人丢丑的一面：昔日那个曾经偷卖老爷尿罐子的混账又因贩"老票子"坐了监；二狗蛋去自然保护区捉鳖罚了款；朱木匠的女人出山卖樱桃，叫关中人贩子拐卖到了河南……反正他们越来越感兴趣地搜集整理着南街人的丑闻，编成一溜一串的不乏浪漫主义色彩的故事，刻薄地训诫着瞎子见钱眼睁开的儿孙。

然而，无论他们如何训诫，如何采取稳定局势的措施，大院子还是变得一天不如一天安宁了。昔日逢年过节时，"磨盘会"总见一推半月不散，东家吃了西家喝，见天都有从高坎上滚到北街人檐下还在喊"我喝得高兴"的醉鬼。现在突然不见了，见天却又有了赵家吵、钱家闹、孙家李家从中搅的怪事，不是为一颗鸡蛋就是为半截砖的所有权，搞不好就见开了打，扭搓成一捆捆的肉绳，从院里翻滚到院外，又从院外翻滚到街心，直撕抓到有一方喊"爷"饶命了才算告一段落。儿女们也越发地不成器了，有的竟然以能与南街那帮浑蛋交友为荣；连一些女娃子也竟敢不遵从了父母之命，偷偷撇下自己指腹为婚的男人，与南街小子躲在苞谷地里"啃苞谷棒子"。这些不祥之兆，终于使整日躺在太师椅上闭目养神的北街"人精"们，渐渐丧失了那种无忧无虑感，他们甚至在构思着一个伟大的防范计划，准备将开在正街的大门统统封掉，改从后山进出。然而，还没能等这个计划付诸实施，一把大火就把半边街烧了个干干净净。

这也许是一种巧合，也许是命运对他们的特别关照，也许是上帝对一块僵死了的土地的故意破坏，反正当火熄灭时，北街人全都只剩下了干干净净没有身外之物的一堆骨肉。

好斗的鸡们，烧焦在了昔日为爱情千口一粒米战斗得头破血流的地方；几只不会捕鼠的老猫，也永远火葬在了主人的土炕上……人们全都矗立在这片灰烬面前，良久地沉默着，那是在凭吊，更是在思考这块土地上所发生的一切……

五年后，当刑满释放的故意纵火犯麻婶，战战兢兢回到小街时，几乎以为自己是误入了"桃花源"。她连做梦也不曾梦到小街会变成这个样子，恍若有隔世之感。当她步履蹒跚地登上高坎，寻找她那一块烧焦的"领土"时，发现四周的高楼已将其彻底遮掩在了阴暗角落。她哭了，她感到小街把她彻底遗弃了，而这才仅仅是五年的工夫呀！

五年前，仅为一颗鸡蛋的主权问题，气得她偷偷给邻居鸡笼塞了一把火，本想只烧死几只鸡解恨，结果却酿成了一场毁灭性的灾难。她一想起逮捕她那天北街人喷向她脸上的唾沫和掷向她身上的石块儿时，就浑身直打哆嗦，释放后迟迟不敢回小街，生怕小街人余怒未消，把她砸成了肉饼。然而当她心惊胆战地回来时，慢慢就感到了那种担心的多余。一群又一群拥向她身边的男女，对她表示了关怀的亲热。她受到了北街人盛情的款待，当一盅又一盅拐枣酒下肚时，她哭了，哭得很伤心……

1989 年 10 月于镇安

野叟之死

陕南千山深处的一个桃花庄。

当我们采风走到这里时,一村人都在传说着一个不幸的消息:九公死了!

我们去了九公家,见一个骨瘦如柴的老头是真的躺在炕上睡过去了。一圈人围着哭成一笼蜂。

主事正在堂屋策划:一边吩咐孝子孝妇赶快用包袱拾掇了屋外的细末零碎,以防人顺手牵羊;一边安排闲人下了堂上廊下的门扇,好畅迎八方来客。

俗话说:一家的亡人,百家的丧。一般人不用请,就会主动找上门来寻活听差。九公的胸口窝还是温热的时候,便早有"飞毛腿"去给村外的亲朋报丧了。而当九公被硬挺挺抬到堂屋的一块停尸板上,准备澡后穿衣入殓时,就有远房的侄孙跌扑进来,磕头如捣蒜地喊叫:"我来迟了!"

也有一种人是需要孝子上门三拜九叩后才来的。他们一般是村上的当权者和德高望重者。他们不来,一场丧事往往办得无声无息,有时甚至麻里麻达,弄得死人活人都不安宁。他们来了,拣一间上好的房子住下,上好酒,上好烟,上好茶,只见人家吃吃喝喝,胡诌乱侃呢,外面的一切却进行得有条不紊、秩序井然了。这有些像城里的治丧委员会。

九公的治丧班子是在他断气后的两小时宣告成立的。一瓶红西凤蹲在一方油漆柴桌上，你抿一口我抿一口，便有口令随着酒气传来：张三请阴阳先生，李四接厨师，王五、赵六搭帐篷，周七、吴八垒锅灶，不到一顿饭时辰，光桌椅板凳就借了一院子。

窗上的纸花糊了，墙上的年画遮了，门框上的春联残迹罩了，连九公孙子媳妇套在里面的大红袄都脱了。一阵吭唷声从房后传来，八个后生用手抬着早已用土漆油染过的棺材，放到帐篷下的两条凳子上，就有人忙着给九公"牵床"了。

纸钱在九公的脚头燃烧，纸币在后檐沟坎上制造。那是两个人手执钉锤，用刻了面值和"阴司通用"字样的木凿在火纸上打图案。若把两背笼火纸造完、烧完，九公到阴间该是个亿万富翁了。

阴阳先生姗姗来迟。当孝子们把他从一辆临时绷了黑布的架子车上接下来时，一看才是个二十刚出头的小伙子。人瘦得一把骨头，骨头上挂了件西服，西服里吊了根紫领带，领带上浸满了油花污。我们只说这等山野稼娃，就能游刃于阴阳两界了？旁边人却说："这小伙子道行深得很呢。十二岁学艺，十六岁出师，所看阴地，个个后世发旺，连谁家出乡长还是副乡长都能看个针针到眼眼圆呢！"

阴阳先生是被前呼后拥着迎进上房的，打一碗鸡蛋臊子面端上来，几口吸溜得只剩下半碗油汤后，就吩咐笔墨伺候。一阵写、画、掐、算，九公的沐浴、史衣、入殓、落葬时间，就分别落在了几张黄表纸上。

其实九公人生的最后一个澡洗得极简单。那完全是一种仪式，一种"质本洁来还洁去"的象征，打一盆清水，蘸湿毛巾，前胸三下，后背三下，就更衣、着帽、穿鞋了。

入殓选在黄昏时分。

九公是头戴金瓜圆帽，身穿长袍马褂，脚蹬白底皂靴，手捻七色馍珠走向另一个世界的。当沉重的棺盖哐啷一声落下时，他也就有了享受人间香火的资格。香火台上摆了一只拔了毛的鸡和三盘切成坨的熟肉。一双筷子是端插在一碗米饭上的。小碗大个茶盅里还盛着满满当当的酒水，想九公那么大的年岁，有此一杯下肚，也就西去一路威风了！

天渐渐黑下来。

一班龟兹（陕西方言，指吹鼓手）被从邻村接来，于房檐下设一小桌，摆上几个凉盘，烫一壶热酒，就边吃边喝边吹开了。喇叭声很凄厉，听得一村人都在家里坐卧不安。当两对雪白的檐灯开始放亮时，就都过来给九公"守夜"。

那夜很像唱大戏。

九公占领了舞台的中心，却只睡在一个贯串始终的道具里死不亮相。竞相登场献艺的，净是山野民歌手。观众里三层外三层地把灵堂围得水泄不通。

"戏"从《开歌路》响锣。那是由孝子、龟兹和四名地方"歌坛高手"联袂演出的节目。先给香火台上插三炷特制的长香，然后安排孝男孝女跪倒一片。再由怀抱灵牌的长子，手操鼓钹锣镲的歌手甲、乙、丙、丁和吹得白眼直翻的龟兹组成一路纵队,从灵堂出发,绕院落一周后返回。

歌手甲开始韵白——

> 一对鼓槌圆溜溜,
> 孝家请我开歌路。
> 开天天有八卦,
> 开地地有五方,
> 开人人有三魂七魄,
> 开鬼鬼有一路的豪光……

又是一阵喧天鼓乐后,歌手甲拱手抱拳道:"诸位走阳过阴的礼乐大仙,今有人间九公度完了苦难人生,奉天诏曰'斩断尘缘,日夜兼程,返回天堂'。你我动乐相送了!"

众乐仙齐呼:"动——乐——相——送——"

而后,四人围着九公的棺材,一边轮回敲鼓打锣,一边咏叹生离死别——

> 开罢了歌路我先唱哟,
> 一脚蹬开的是龙凤榜,
> 马不抬头铃也不响哟!
> 为人的在世有什么好哟,
> 说声死了就死了,
> 亲戚朋友都不知道哟!
> 亲戚朋友知道了,

亡人过了奈何桥。
阴间不跟阳间桥一样，
七寸宽来万丈高。
大风吹得摇摇摆，
小风吹得摆摆摇。
两头都是铜钉钉，
中间抹的花油胶。
有福亡人桥上过，
无福亡人滑下桥。
早上过桥桥还在，
晚上过桥桥抽了。
亡者回头把手招，
断了阳间路一条……

歌声如泣如诉，凄婉悲怆。听口气，九公是不想走得这样早，在阴间路上一步三回头地流连忘返。孝子们伤痛得涕泗滂沱，观众们感动得珠泪涟涟。想九公八十有四的年纪，西去路上还得走七寸宽、万丈高的独木桥，且两头钉钉，中间抹油，阴风刮得两面倒，怎不让人替他担惊受怕、直竖毛发呢。

《孝歌》很长很长：先是描状险象环生的阴间诡谲环境；然后是历数前朝后代帝王将相的生死荣枯；再后来是颂扬古往今来烈夫贞妇的忠孝节义；当三炷吞烧完后，第一乐章才画上休止符。这时孝男孝女已长跪三个半小时，个个显得体力不支，是被一一搀扶着退出灵堂的。据说谁家儿女要是平日不孝，乡邻便在此时设法惩治，三炷香未烧完再换三炷，直跪到五更时分，个个失了人形方罢。

第二乐章是在吃过了夜宵后开始的。歌手已杂七杂八，谁愿意都可以站出来围着九公唱。内容大多是因果报应、劝人行善之类的，也有借别人灵堂哭自己恓惶的，反正以能拉住观众守夜为原则。其间最数一个名叫刘二嫂的人唱得生动精彩，一曲《劝郎歌》，几乎义愤得九公都要从棺材里跳出来骂"烟鬼"了。

> 挨刀的吃洋烟败完家当，
> 挨刀的吃洋烟奴遭饥荒，
> 挨刀的吃洋烟四处赊账，
> 挨刀的吃洋烟颠倒时光。
> 大冬天耍单片冻如猴样，
> 三伏天背破袄臭如粪缸。
> 穿一件破汗衫有肩无膀，
> 穿一条破裤子有腿无裆，
> 穿一只破袜子顺腿抹上，
> 穿一双破鞋子有底无帮。
> 想往日你也曾头油鞋亮，
> 想往日你也曾眼明脸光，
> 想往日你也曾人前逛荡，
> 想往日你也曾五马长枪。

> 看如今吃洋烟脸瘦牙黄,
> 走一步晃三晃泪眼汪汪。
> 搂着奴睡热炕死人一样,
> 哪比得昔日里倒海翻江。
> 烟盘子好比那杀人战场,
> 烟葫芦好比那毒人砒霜。
> 奴劝你再莫受洋烟败葬,
> 若不然滚出去猪狗同房。

不知不觉中,东方已泛了鱼肚白。几名龟兹,人困马乏地怀抱喇叭溜进桌底睡熟了。一群敲过锣打过鼓的歌手,也喊叫腰疼背胀,喉头发炎,手生血泡了。一夜悲歌,到此懒懒地降下了帷幕。观众纷纷打着哈欠晕头转向地退场了。

我们本当继续前行,但几个城里的文化人听说九公明早就要入土,便坚持要再等一天,看完丧事的全过程。

野叟之死,已经由一场严肃惨重的悲剧现实,演化成了一幕抒情浪漫的喜剧艺术,这是山民对死亡这个不可逾越的现实的达观和超越。

大概是十一点,答谢宴会开始了。

由治丧机构从礼簿上录下名单,然后派"跑腿的"挨家挨户去接人。客到齐后,再由"支客"按长幼辈分排好座次,然后静候孝子"出菜"。

其实孝子给每席只出一个菜,那是一碗蒸煮得油汪肉酥的冰糖肘子。孝子是在主事的率领下,将肘子举过头顶,跪着献给各位来宾的。主事代孝子致辞曰:"承蒙各位大爷、奶奶、叔伯、婶娘、兄弟、姐妹赏脸,九公的丧事办得脚板上抹油——一光千里。这正是'一家有孝,百家举丧'。浪费了你们的金工,破费了你们的银钱,孝子实在过意不去,备了几杯水酒,略表谢意。因他们孝布缠身,伺桌陪饮委实不敬,故望叔伯长上海涵见谅,自斟自饮了……"

这宴会与婚宴、寿宴几乎没有质的区别,大家猜拳行令,谈笑风生,主人以大伙能酒足饭饱为乐事。有几个开怀畅饮得满嘴喷饭,颠倒了阴阳黑白的,主人更觉得来客没把自己当外人。所谓红白喜事的白亦为喜,在此尤其让人体味深刻。

当一个个吃得饱嗝响屁后,便有一些老辈子剔着牙花儿,走进灵堂陪九公说话。有人羡慕九公死得撇脱;有人叹惜九公走得太早;有人感念九公润泽的恩惠;有人伤悼失去知音后的孤寂。一个与九公年岁不相上下的白发老者颤抖着嘴唇说:"老九这辈子要说也算活得英武风光了。十几岁虽然给人放牛,却被东家的小老婆缠上,给了身子给银钱,活得不算不滋润。后来学劁猪骟牛,走州过县地吃香喝辣。凭着一副俊模样,睡过多少美女人!人嘛,一辈子还想咋嘛!俗话说:好汉占百妻!老九就算是桃花庄的一条好汉哪……"

大家用不同的方法从不同的角度祷告亡灵:比上不足,比下有余;要他知足常乐,死而无憾。

九公无言。

又一个夜幕降临了。打杂的拨亮了堂前灯盏;龟兹们吹响了《老龙哭海》;歌手们响动了锣鼓家伙;观众们拥实了百米灵堂。

孝子依然灵前长跪,乐仙们传来了九公在西行路上的训诫——

> 劝你们清明要上坟哪,
> 祖先个个荫儿孙。
> 劝你们种田要发狠哪,
> 皇天不负有心人。
> 劝你们下苦读书本哪,
> 多读诗书有前程。
> 劝你们书要读得深哪,
> 书读深了有功名。
> 劝你们夫妻莫打架呀,
> 三打两打成冤家。
> 劝你们莫交瞎朋友哇,
> 花天酒地出赌徒。
> 劝你们为人要正派呀,
> 偷鸡摸狗不应该。
> 劝你们莫把野花采呀,
> 伤了身子破钱财。

字字血,声声泪,感动得孝子们匍匐在地,泣不成声。想老先人活着千般照应,死了万般关心,却在临走时还未吃完年前杀的大肥猪、年后吊的甘蔗酒。眼看端午迫近,新麦子即将下世，他面未尝一根，馍没吃一口，只喝了半碗洋芋糊汤就匆忙上路了，那是怎样一串让人无法排解的伤感情结呀……

孝子们又一次哭得死去活来，被人一一架了出去。

晚会进入第四乐章了。

这是九公冲破了重重艰难险阻，即将步入天堂的一幕。先是龟兹终了哀乐，后是歌手止了悲腔。用一曲《贺新春》作引子，顿时群情亢奋，满堂生辉。《孝歌》的《欢乐颂》开始了。

这是一个与悲悼活动极不协调的乐章，外人如果不了解九公的行踪，很可能以为悼念活动流于儿戏了。其实这正是《孝歌》的高潮所在。亡人经过艰苦卓绝的努力，终于到达了目的地，护送人岂能不围着他欢天喜地哉？

这阵儿什么都可以唱，并且越轻松越欢快越好。大伙儿争先恐后地抢鼓夺锣，独唱、领唱、对唱、合唱，形式变化多样。内容涉及生活的方方面面，但主要还是生动有趣的爱情片断。一个爱出洋相的老顽童，在唱《平地芝麻起高台》时，竟然是给头上包了一花帕子扭捏登场的——

> 平地芝麻起高台，
> 小奴家生就一副好人才，
> 至今见人不说话，
> 单等夜晚情郎来。
> 等郎一更郎没来，

小奴家绣了条花裤带。
等郎二更郎没来,
小奴家绣了双花绣鞋。
等郎三更郎没来,
小奴家架起了一炉柴。
等郎四更下大雨,
郎从河那边唱歌来。
头戴一顶烂草帽,
脚穿一双满耳子鞋。
身披一件破蓑衣,
扑扑沓沓进房来。
架上有盆浪脸的水,
踏板上放了双鞡脚鞋。
火盆上温了壶大曲酒,
碗柜里有碗腌韭菜。
自己喝酒自己筛,
喝完酒了上床来。
你要睡觉那头去,
你要玩耍这边来。
嘴对嘴来腮对腮,
咬住舌头叫乖乖。
小情哥哥个头大,
压得小奴家气出不来。

老顽童绘声绘色的表演,赢得了一阵通堂好。大伙儿纷纷要求他再来一个,他摸摸喉头:"嗓子眼不如从前了!"有人马上递上了茶水。他咕咕嘟嘟灌下几口后,又学着女人的花腔,唱开了《闹五更》——

> 一更里响叮当,
> 小情哥来到奴前门上。
> 娘问女儿什么响,
> 莫不是哈巴狗翻院墙。
> 二更里响叮当,
> 小情哥爬上奴家房梁。
> 娘问女儿什么响,
> 莫不是风吹石板晃。
> 三更里响叮当,
> 小情哥跳在案板上。
> 娘问女儿什么响,
> 莫不是老鼠偷生姜。
> 四更里响叮当,
> 小情哥溜到姐床上。
> 娘问女儿什么响,
> 莫不是猫儿喝米汤。
> 五更里响叮当,
> 小情哥走出了奴绣房。
> 娘问女儿什么响,

莫不是隔壁的和尚烧早香……

这时，几个后生一齐站起来，与老顽童对唱道——

你女子偷人养汉，
赖我和尚啊！

观众激动得狂呼乱喊起来，后生们干脆来了个空中走尸的动作，把还想再露一手的老顽童，横着从人窝里撇了出去。然后他们自己敲锣擂鼓，唱开了更酸更解馋的《十爱姐》……

一村人都沉浸在九公升天的欢乐中。家家柴门上锁，连儿童也蜂拥过来，散在灵堂四周捉迷藏、逮羊。狗是穿桌子钻板凳地寻骨头找肉，吃饱了喝足了，就一溜一串地在场坝边上抒情做爱。

夜越来越深，歌愈唱愈欢。

面对死亡，能如此纵情放达，不能不说是一种气度和境界。人的生死覆灭，唯有在这里才能真正体验到是一种平淡无奇的自然规律。不排除其中有不关痛痒者的借题发挥和宣泄，但更重要的，是长期生活在大自然中的山民对自然生命现象的一种深刻理解和顺应，这种顺应是原始的，也可以说是超时代的。

想九公生性风流，死后听《欢乐颂》也许更对胃口，要是一个劲儿地"哭灵""祭灵"，兴许他早就不耐烦地一个跟头栽下"奈何桥"了。

世间没有不散的筵席,再快活的事情也有个终了的时刻。

天麻麻亮时,九公归天的最后期限到了。

孝子们抬起了一纸仙鹤,龟兹和歌手们换了《长亭送别》。他们绕棺材三周后,吹吹打打来到了庄外一个山头上。

"九——公——归——天——!"

只见仙鹤一个跟头栽下了深渊,人们一齐极目远眺西天,直到九公走进南天门……

天大亮了。

按阴阳先生的算计,九公的肉体该在九时九分落土。八时整,举行了掩殓仪式,也就是让亲人们最后再看九公一眼。那是"八仙"抬起棺材盖,不一分钟,又哐啷合上,一阵锤敲钉铆后,九公就被死死地封存在一个戳不破顶不烂的世界了。八时三十分,孝子们早已白花花跪倒一片,给九公和"八仙"再三再四地磕头作揖后,"丧夫头"才拿起香火台上的祭碗,照棺材头"叭"地一击粉碎了。

送殡队伍在锣鼓、鞭炮、喇叭、三眼枪的混响中,浩浩荡荡向墓地进发了。

墓地是在一片桃花林的尽头,那儿有一个形似莲花的土台。九公的棺材就要落在那朵莲花芯子上。

据说数年前九公就看上了这块莲花地,并对长子说:"老子死后,除此哪儿也不困。"长子是怕这朵莲花于后辈不利,才接阴阳先生前来勘察论证的。谁知阴阳先生一架罗盘,直喊风水宝地也!并明确预示:三代后将出风流才子,名分不在唐伯虎之下。

九公如愿以偿了。

灵柩走得很顺利，不到半小时，就穿过桃花林，步上莲花台了。

漫天桃花飘落，大地一片红粉。

九公幸福地入土了！

1994年8月于西安

我的塔云山

在我的风景里，塔云山始终是人间最险、最奇、最绝、最美的山，因为包裹在千山万山之中，而一直冷清寂寞着。我就出生在这座山脚下的几间石板房里，这个地方原来叫松柏乡，我父亲在那里当公差。当我第一次视力能够远眺的时候，大概看见的就是这个像刀切斧劈出来的山峰，那是全然孤立的一根通天柱，我奇怪很多地方都把这种山叫了天柱山，而我的这根通天柱，却有了塔云山这样诗意的名声。后来才知道，那是因为我的家乡镇安县，在清朝时出了一个进士，此人还在朝廷当了很大的官，并且很清廉，名叫晏安澜，是他把一个"祈福求子"的"塔儿山"，改成了塔云山，一字之改，自是生出了难以言喻的化腐朽为神奇的功效。塔云山，山似塔，云雾终日缭绕，在五百年前的明朝正德年间，就有道士建观布道，数百年烟火不断，说寂寞，其实也在淡淡长流水地悄然红火着。

我第一次登上去，是在十二岁的时候，学校野营拉练，让我们都背了捆得跟粽子一样的背包，还挎了自削的步枪，别着锅盔馍，一行几个班的百十号人，真像打仗一样，天还没亮，就顺着山脚猫腰往上攀爬起来。那根"天柱"是绝对爬不上去的，我们都是从"天柱"旁边的平缓山脉，迂回盘旋而上的。背包和"武器"辎重，在半山腰就被老师集中到一起了，光人上去都很困难，还别说背着捆扎得三扁四不圆的行李和几乎跟人一样长的枪械了。我们都顺手折下一根棍做拐杖，勉强爬上去时，太阳已当顶了。一些女生硬是"赖"在了路途上的临时"收容站"里。强撑着爬上来的，大多也累得够呛，我清楚记得，当我接近最后一级台阶时，脚咋都抬不起来，是先用屁股着地，一个驴打滚，才生生滚了上去。

山上确实很美，几人合抱粗的松树，布满了几座山头，松鼠也许是很少见到这么多叽叽喳喳的毛孩儿，都十分胆怯地四处乱窜着，竟然有同学一个石块飞上去，就见一只松鼠血淋淋地跌在了另一个同学正东张西望着的脸上，肇事者立即遭到了老师的痛斥。

那时山上有十几间塌了顶、倒了墙的烂房圈，房圈里长满了野草和青苔。断壁上有依稀可辨的画像，老师说是老子骑牛入关图。在房基四周，到处都是被打碎的石碑，那上面刻着许多字，因为是繁体，我们几乎认不出几个来。但字都刻得非常周正、好看，老师说："你们的大楷几时要是能写到这个水平就行了。"有学生问："这么好的字为啥都打成这样了？"老师说："'文革破四旧'嘛。"大家都在破石渣中捡那些相对完整的字，我也捡到了一块，是个"仁"字，比拳头略小一点，边缘部位破损得厉害，但总体笔画都在。老师说这些字应该很有些年代了，算得上文物了，可当时，这里荒芜得没有任何管理迹象。我把"仁"字揣了回去,至今还在书架上摆放着。

我们满以为这就是塔云山顶了,谁知玩了一会儿,老师说:"这才是过去接待香客的地方,'金顶'还在山梁背后呢。"我是一步都不想再爬了,一直磨叽着,但最终拗不过,还是被大部队簇拥到了"金顶"脚下。真是太神奇了,一间白房子,凌空盖在了山石的峰巅,据说里面的"老爷像",就是用山顶石自然雕琢而成。从山坳登临"金顶",需要爬上几十级台阶,开始,那些台阶还是匍匐在岩石上的,到后来,就蹈空了。那些台阶都是一丈多长錾凿整齐的方石条,它们险象环生地排列在云雾中,石条周边即是万丈深渊,整个台阶是靠两道铁索牵引而成的,摇摇欲坠是它的基本形象。任别人怎么撺掇,我和好多胆小的同学都没敢上去。多年后,我还有这样的印象:当时要上去,无异于有点慷慨赴死的意味。老师也不让年龄小的同学上,第一次登临,我就这样与"金顶"失之交臂了。

可那"金顶"真是太神奇了,回来后,每每看着那个直插云端的山尖,心里仍产生着极大的好奇和恐惧。那间白房子是怎么在山顶盖成的呢?人为什么都要向那么险恶的地方攀爬呢?但那山尖又分明太美太惊艳了,尤其在阳光下,更像是一方黄澄澄的金子,在吸引着冒险家去拥抱,犹如飞蛾面对着美丽的火焰,咋都经不住诱惑,要奋不顾身地扑去一样。终于,我又去攀爬了第二次。这次,自己总算是摇摇晃晃地上去了。

当真的扶着石梯，一步步攀上绝顶后，那里的终极空间，其实只能容纳下三五个人，石雕是一尊观音菩萨，道观，却供着一尊菩萨像，这是中国许多名山的共同特征：儒释道合而为一，塔云山尤为鲜明。这里自古至今都住着道士，但它的主峰、主殿，却偏偏供奉的是大慈大悲观世音。

即使在主殿里，我也没敢站直身子，总觉得这间房是漂泊在云海中的。思绪不断穿过在天风怒吼中震颤不已的墙壁，臆想着山脚下我的那洼出生地，在那里仰望这里，那是怎样的一种高度，怎样一个神奇的所在呀！我现在就置身在这个光芒四射的金屋中了。而在这个高度，是以万丈深渊作为深度的，我知道我的脚下，就是那无法测量的迷茫深度。金屋的建筑技术，至今都是一个没能破解的谜，几百年前，在一个无法搭建脚手架的绝壁峭崖上，石条是怎么拉上去的，房坯是怎么矗立起来的，那盖顶的琉璃瓦，是怎么一片片插上去的，尤其是那在太阳照射下，放着万道金光的白墙，又是怎么粉刷出来的，那是需要怎样的胆量、怎样的智慧，才敢作为的事呀！因而，民间只能把这种后人无法理解的传奇技艺的金，统统贴在神话人物鲁班的脸上了。数百年前的那些英勇工匠们，因为没有图纸与文字的记载，一身绝活，也便都付于消散无常的苍茫云海了。

颤颤巍巍下了金顶，我与同行的朋友们，又在乱石仓中，寻找起了好多年前还捡过一个"仁"字的碑石来。这里已经有所恢复，一个道士不时敲响了让山顶更加静谧悠远的磬声。终于，我们还是翻到了一些破损的文字，我又捡了一个"宽"

字，下面那个字只留下了一个无从辨认的脚边，有人说可能是宽厚的"厚"字，有人说可能是宽恕的"恕"字，字迹已有些风化，但字形完整，古朴大气，我如获至宝地拾回来，与"仁"字做了书架上永久的伙伴。

后来我又陪人上过几次塔云山，不再是脚力活儿了，公路已直接盘旋到了山顶，游客也越来越多。金顶我只上过那一次，以后再也没敢攀爬。我害怕那种高度，更害怕着那种深度。断碑残字再也寻找不见了，只有那金屋和苍松，仍是昨日的淡定模样，任由风月揉抚，雷雨摧折，依然沧桑挺拔故我。我也算是经见过天下的一些山水了，但如塔云山这样惊险奇绝的兀立山势，还是有些少见。无论远观，抑或近蹈，都充满了不二的个性风采。现今说好的去处，大多失望而归，那是诱惑者太能说会道了，而我的塔云山，却一直由一帮实话实说的"笨人"经管着，少了夸大、煽惑、欺诈，多了愿者上钩的仁厚者的守株待兔，因而总是没能"做大做强"。我倒是喜欢这样的无为而治。老子讲"孰能浊以静之徐清，孰能安以动之徐生"。从本质上讲，这样的经营，是最符合道家精神的。

我已经离开出生的那片洼地很多年了，但我的书斋号，还叫"塔云山人"。我始终向往着我的塔云山的风采和精神，我知道我永远也达不到那种高度与深度，但"虽不能至，心向往之"，有个方向，赶起路来，心里总是要踏实许多。

2013年10月13日于西安

故　乡

　　故乡，是人生的起点站，抑或是一个在漂流中停泊过的港湾。人无论走到哪里，都会在梦中，或是成功的时候，失败的时候，兴奋的时候，孤独的时候，想到故乡，想到故乡的人。即使像终生都在旅行，终生有许多时间但却从来不回故乡的李太白，也在某一个月色溶溶的晚上，大概是旅行到了一个非常陌生的地方，没有朋友，没有知音，便斜倚在客栈的一张硬板床上，一边喝闷酒，一边吟道："床前明月光，疑是地上霜。举头望明月，低头思故乡。"故乡是什么？故乡是一种情结，故乡对许多人来说，也是人生的最后一道防线、最后一条退路。

　　许多大人物在成功以后，都忽然感念起故乡来，说得头头是道，写得云里雾里，我们小人物，谈故乡便成了一种奢华。但我们毕竟有故乡，虽然在故乡旷工要扣工资，现在超假也要扣奖金，端着同样随时都可能打的碗，看着同样随时都会变的脸，但在故乡的岁月，已被年轮磨尽了尘垢，留下的只是一些发亮的片断，而现在却是一副既装着鲜桃又盛着烂杏的生活担子，因此，故乡便时不时成为我们气喘吁吁地跋涉途中的一个精神驿站。

这个驿站对我来说，基本是每隔一两年的春节才享用一次。它在千山深处，这里没有发生过惊天动地的历史事件，也不可能进行决胜千里的宏大战役，更没有出过彪炳千秋的风流人物，因此地名也就显得寂寞冷清。唯有镇安板栗在省内外还有些影响，据说大吃家慈禧都曾品尝过一二粒，因而，每年秋季，倒是有不少天南地北的吃客，站在热气腾腾的铁锅面前，一边尝着糖炒板栗，一边打问镇安是安康的还是商洛的。近几年，又因黄金产量过了双万两，而使穷乡僻邑声名大振。据说一个故乡的生意人，在西安吃完酒席，因多用了两瓶高档酒，超了预算，最后短了老板娘九块九毛钱，只说回头补上，却被老板娘三瓢四趄的，气得他一口啐出一颗黄亮亮的金牙，"哨"的一下就把盛王八的景德镇瓷盆砸出小拇指大个眼来，"看这值九块九不？"说后扬长而去。这是我在省城听到的第一个有些使人扬眉吐气的故乡的传奇故事。后来，有文友来信说，他也下海开了金矿，并调侃说，要是吃好东西把牙崩了，千万别胡乱装修，回去他给弄个金的，我一直盼着缺一颗板牙了再回去找他，板牙却至今牢固得能嚼碎鸡肋。猪年岁末，我就是带着这样一副绝好牙口回去过春节的。

在亲朋家肥吃海喝之余，最深刻的感触是：我离故乡遥远了。这是我离开故乡七年后第一次产生的强烈感受。这种感受是由"股东"二字引起的。在省城我所活动的圈子里，很少听到这两个字眼，而在故乡，股东已经成为人们茶余饭后的重要谈资。这不仅仅因为家兄是商业部门的一个经理，就连昔日的一些文化闲人，也在大谈特谈股份与红利分配，它使我感到了自己与故土的格格不入。在一个名叫金凤豪华卡拉OK歌舞厅的地方，一位旧友问我愿不愿意合资开发桑拿浴或游泳池，我随便问了一句，得多少钱，他说一人先拿个二三十万吧，那种一掷万金的身心轻松，把我闹得紧张得只会一个劲儿点唱《一无所有》。

这是一个让我过得很不安分的年。我觉得：七年了，我没有真正融入现代化的都市；仅仅七年，我却被故乡遗弃了。难道眼红的仅仅是故乡人口袋里的那几个钱吗？不，我吃惊的是故乡人猛醒的经济意识、开创意识和现代意识，唯有这些意识，才是山里人彻底摆脱穷困命运的大矿藏。我为故乡写过不少鼓吹的文章，而面对今天这样的经济意识的全面觉醒，却深感笔力不逮。故乡，已不再是一个让人喘息、歇脚、松弛、入静的精神驿站，而是一根鞭子，抽得游子在年宴未散时，便匆匆踏上了通往域外的茫茫山道。

一路上我在想：故乡是不能常回去了，因为故乡对游子已不具有一种休憩性。千百年来，一直被军事家作为调养生息之地，被隐者作为恬淡栖息之所的终南奥区，已经成为与外面没有两样的"花花世界"。连歌舞厅里唱歌，也已不习惯于光听别人哼哼，而要自己亲自抒情，有的干脆用英语、日语、粤语过瘾，面对这种充实、阔绰而富有激情的现代生活，我真的感到我是一无所有。当翻过逶迤的秦岭，放眼一望无际的关中大地时，我又在想：这是人家关中人的大地，我是被悬浮在一个无根无涯的空间了。

故乡已不再是需要游子创造和完善的记忆，故乡已经成为对游子构成了生存压力的现实。李太白一生不愿回故乡，大概是因为不被故乡人所理解，故乡把一个天才只当了"酒疯子"拾掇，而使他终生只愿在异地"低头思故乡"。我辈无太白之才，也便没有不被人理解之累。虽说清贫些，却也吃饱了穿暖了，况且又被故乡人厚待着，又不似叫花子回了故乡还是被人鄙夷着，为何不想再回故乡了呢？不想回故乡，正是因为回了故乡才产生的人生迷失与觉悟。

故乡还是要回去的，不过得在自我调整到确立了自信心以后。

1996年3月于西安

上善若水

老子言：上善若水。我想意思大概是说，最大的善行，犹如水一般随物赋形、润泽无声。依据科学的说法，一个成年人的体内含水量大约是百分之六十五，而地球面积的百分之七十一，也是被海洋占领着。因此，水对人类的生存作用，是须臾不可或缺的。

当然水也有恶名在外，譬如洪水猛兽、浊水污泥、恶浪滔天等等，可以说人类在充分享用它恩泽的同时，也饱受其肆虐的痛苦。为了战胜这个恶魔，几千年的文明史中，关于治水的神话与史实俯拾即是，大禹为治水"三过家门而不入"的故事和西门豹治邺的生动传说，都为我们留下了宝贵的精神遗产。尤其是李冰父子在两千二百多年前创造的都江堰工程，更是至今都福利着千万百姓，堪称是人类历史上一劳永逸的治水绝唱。

我曾先后两次到过都江堰，第一次是去青城山路过，本以为一个水利工程，没有什么看头，谁知一看就不想走，因为两千多年的风雨蚀剥，已使一个人工建构变成自然存在，一切开凿痕迹都被悄然风化，加之由此生成的文化积累，几乎无处不景，无景不富含咀嚼力，因此匆匆过往，便有一种踏入宝山而两手空归的感觉。这次公干成都，得空一人前往，慢慢走，细细品，确实咂出了一些景中之景、物外之物的意味。

从技术层面讲，都江堰工程至今仍让国际国内的水利专家啧啧称奇。我们是行外人，无法从科学的角度进行论述，但却能从世俗的层面进行感知。我总觉得这是一个最不事张扬的工程，看不到雄伟的堤岸，见不着高耸的大坝，匍匐在脚下的是"逢正抽心"的"鱼嘴"分水工程和溢洪排石的飞沙堰、人字堤。就连取名为"宝瓶口"的岷江改道出口，也在树木葱茏中隐蔽得紧急窄小，确实让人无法想象它浇灌蜀地千万亩良田的"供血"能耐。面对这种与自然融为一体的和谐改造，我甚至感到如果没有了庙宇、游人和各种碑记、标示，一切便是一种原初的物象。尤其令人感慨的是，世界上与它同时或先后开创的诸多引水工程，悉数成为"史书记载"和断渠残堤，与其相距仅十数年开凿的郑国渠，今天甚至在许多地方连残槽遗迹都难以寻见，可见都江堰是怎样一种真正的不朽基业和人间奇迹呀！

都江堰工程得以千古不朽，还有一个重要原因，是历朝历代一些心中装着百姓的官员的悉心呵护维修，如果都是一颗龌龊的心灵，只给咱自己建功立业，不给他李冰涂脂抹粉，那么还不知都江堰已成什么堰，在此还将留下几多劳民伤财的"烂尾工程"呢。因此，建立起一个良性的吏治循环机制，确实是实现"造福千秋万代"口号的关键词。人民心中是有一杆公平的大秤的，连在维护都江堰工程中犯过错误的蒙古族官员吉当普，都仍被塑像，列入堰功人物系列，可见老百姓是不以成败论英雄的，他们看的是一个人的心地和处事动机。

一项工程的成败优劣，常常从民间故事和民歌民谣中能洞见一些带本质性的东西。都江堰的修筑，想必也是要费尽千辛万苦，耗尽人力财力的，单就还未发明炸药，仍要豁开玉垒山、洞见"宝瓶口"、让岷江改道这一点，不知有多少人流淌鲜血，甚至牺牲生命。然而，翻遍都江堰的典籍传说，找不到一星半点毁誉的文字。而伟大的长城建筑，便出现了"孟姜女哭倒长城"这样动天地、泣鬼神的悲愤传说。尽管长城在历史上的安邦定国意义不可妄自菲薄，但对老百姓造成的生命重荷，以及由长城维护安全下的封建皇权统治者对人民的欺侮压榨，确实使长城成了一个非常复杂的存在物。如此映衬下的都江堰，却是一个清澈见底的透明体。难怪同是伟大工程的缔造者，秦始皇至今毁誉参半，功过难评，而李冰却被老百姓奉为庙堂之神，香火延绵千年不绝了。它的本质区别，就在于谁能给老百姓带来最直接的利益，其中固然有政治家与老百姓在宏观与微观上的视角差别，但从根本上讲，一切功业只有建立在老百姓能忍受的度上，并为他们带来生命的润泽，才是经得起历史评说的德政善行。

我曾到过长城的起点山海关、终点嘉峪关，也上过北京的八达岭，登过陕西的镇北台，作为一个游人，除了跟着游人一道气喘吁吁地干哄哄外，最大的感慨是：把我们的祖先给扎（方言，类似很难受、很煎熬之意）咧！雄是雄哉，伟是伟哉，却留下了太多的人道遗恨。而两游都江堰，心态总是呈现出一种悠然的愉悦感，也许是与水有极大的关系，漫步在低矮的堰堤上，不喘，不累，不焦，不渴，观有清流，扶有绿枝，倚有石砌，卧有草滩，很是舒心惬意。难怪联合国世界文化遗产评估专家要说，都江堰是"人与自然和谐统一的突出范例"了。

在渠首工程的臂弯上，依山斜筑着一座二王庙，这是最早用来纪念蜀王的"望帝祠"，约在一千五百多年前改为专祀李冰的崇德庙，后定名二王庙，由李冰父子共同享受供奉和香火。连帝王都请走了，供着一个相当于现在省长一级的官员，这是人民对为他们创造了幸福的人的最深刻纪念。我们这个民族有一个传统，那就是把一切智慧、善良、勇敢、忠义的人杰，都要神化成千万尊通灵雕像，安排在一些地理要冲或风景优美的地方，从而永远关照着我们的世俗生活。这是一种无奈，更是一种精神传承与教化，它无疑是有积极意义的。当然有时也弄得有些莫名其妙，譬如把关公也封成帝王，沐一顶皇冠，穿一身龙袍，让一个忠勇的英雄别别扭扭坐到皇帝位子上才算心甘，确实也有些说不出的怪味。

但对李冰父子的祭祀，却让人感到一种神化后的亲和与自然。据四川《灌县乡土志》载："每岁插秧毕，蜀人奉香烛祀李冰，络绎不绝。"这是一种最大的信任情怀。当然后来被官方利用了，每岁春秋盛典时节，宰羔羊五万头，以致方圆几十里血腥刺鼻，真是变了大味了，想李冰那等善行若水的父母之官，是会在庙中坐立不安的。好在元代以后这种排场便废止了。时间推移到20世纪50年代，才从炮火硝烟中走出来不久的毛泽东视察都江堰，他在二王庙后的公路上拿着望远镜看渠首工程时，问过地方官员这样一句话："都江堰每年岁修，给不给民工钱哪？"这句话深深震撼着我的心灵，我以为这是都江堰工程自完成以来，所有游历者创作的最得修堰要领和最具深刻思想的一句话，它是李冰治水精神的真正发展和延伸。任何伟大的工程、不朽的基业，如果不能建立在对当下人的生存权利和人的劳动价值的确保上，仅用理想的光辉进行遥远的昭示，那是会留下诸多历史遗憾的。尤其是那些"面子工程"，仅为一些钻营者修筑加官晋爵的攀升阶梯，而使民间叫苦不迭，那就更是应该从李冰和持续维护都江堰两千多年的诸多功臣的人格中，寻找修复自己灵魂的间架龙骨了。

人间造化，上善若水。

2002年6月6日于西安

雾 庐 山

要说这里景色确实很美,山下有长江、鄱阳湖缠绕,山上有密林、巉岩、清泉、飞瀑掩映,真是看山有山,看水有水,加之历史名人点山成佛、点石成金的本领,把个庐山已经人文得无处不是名胜景观了。

我上山时,是农历端阳前后,山下已呈暖热气候,山上却冷风灌袖,池鱼尚不出游。唯行人东张西望,大呼小叫,那种叹为观止的惊诧声,不时吓得树上的群鸟扑棱棱,中天乱飞。

除了山水林泉、花鸟虫鱼,庐山最值得看的,恐怕就是那时隐时现、时浓时淡的蔽山云雾了。几乎眨眼间,它就会把天地遮蔽得混沌一片,又几乎是眨眼间,它又会漂泊得无影无踪,让千山万树毫发毕现。这种莫测的变幻,有时真让人产生一种神性的质疑。可更让人感到神秘莫测的,还不是这些来去无踪的天然云雾,而是云雾中的林隐别墅和别墅中曾经居住过的神秘人物。

在庐山,你永远看不到一座完整的房屋,能看见的仅仅是那些房屋神秘的一角。可当你漫步在林间小道上时,一座又一座欧式建筑,便会在冷不防中悄然显形。这些房屋都很精致，大多上下两层，占地二三百平方米，与自然林石互生互掩，和谐得几乎让人难以分清是人工所为还是天工造化。当讲解员把这些别墅和一些历史人物与历史事件相连接时，吓得人常常要倒吸一口冷气。

我在彭德怀居住过的别墅前坐了许久，并在一个小书摊上买了一本历史见证人李锐写的《庐山会议实录》，读着读着，一切便都比迷雾更加迷茫得双眼模糊，两腿拖拉不动了。也许是雾的原因，那么多大人物，在这里突然连是非都辨别不清楚了，即使能辨别清的，恶者火上加油、落井下石，善者也装聋作哑、哼哼哈哈，以至让百战百胜的元帅在"天生一个仙人洞"这样的游览胜景中马失前蹄，跌跌撞撞下山后，从此人生辉煌不再。望着这神秘的浓雾和隐蔽的房子，我在想，如果当初那个著名会议不在这里召开，而是在一个阳光充足、视野开阔的草坪上，与会者的心理是不是会比在这儿光堂豁亮一些，而不至于导致紧接着发生的重大历史悲剧与灾难呢？一切都过去了，然而，这组神秘的房子，仍然保持着比过去更神秘的卧姿，永远蛰伏在密林深处，将它们掩盖下发生的全部秘密，守口如瓶地封存在历史可能永远也打不开的"黑匣子"里。

庐山又名匡山，据传是殷周时期，有匡姓兄弟结庐隐居于此而得名。几千年来，先由文人学士题诗作画，以广告天下，然后，达官贵人才闻风而至，附庸风雅。渐渐地，文人反倒缺了在名山落脚的银两，达官显宦却高楼矮檐地盖满了凉亭别墅。本来这是一个休闲的地方，一旦达官显宦卷入，也便破坏了山川本来的宁静，据说当初蒋公偕夫人来美庐避暑，特务和军警每每将方圆几十公里的山体，密闭得铁幕一般，不时密林中还传来几声枪响，这哪里还有休闲的空气与意趣呢？如今庐山虽然与政治少了缘分，但经济显贵们却又趋之若鹜，到处是安营扎寨的钢筋混凝土，有些房屋"誓与天宫试比高"，弄得山川风物失去了比例的谐调，很是让人"触景生怒"。好在我们没有那么多银两去购买寸土尺金的地皮造别墅，看一下就走，以后眼不见为净，也便懒得生那些就是生了也没用的闲气。

庐山的景色确实宜人，庐山的空气确实清新。我第一次认识庐山，是从一部名叫《庐山恋》的电影上，那些奇、险、诡、秀的风景，那场美轮美奂的爱情，确实让人心向往之。当我真的走上庐山，面对那些比电影上更真切的景物时，却深感心灵上的压抑与憋闷。这儿林太密了，雾太大了，峰太险了，沟太深了，对于一个不知深浅的人，确实不是一个好玩的地方，真的，一点儿都不好玩。

2001 年 3 月 4 日于西安

希腊阳光灿烂

（2010年）8月20日 星期五

应希腊政府邀请，我与小梅花秦腔团的28名同学和几位政府官员一道，今天开始了赴希腊进行文化交流演出的行程。

晚下榻上海一个机场宾馆。

有点兴奋。去希腊似乎比去哪个国家都让人兴奋。

随身带了本《古希腊政治、社会和文化史》。几位美国研究古希腊专家写的，书很厚，足有70多万字，躺在床上看，稍不留神，一瞌睡，塌下来都可能有致命危险。但它确实是一本古希腊的百科全书，将政治、军事、社会、文化和经济史熔为一炉，讲述了从青铜时代到希腊化时期的诸多古代文明故事。引人入胜，也发人深思。真是一本好书。带着一本好书旅行，那是比旅行本身更快意的享受。

8月21日 星期六

一整天都在飞机上。由上海起飞，中途经停德国法兰克福机场。那年到德国访问演出，就曾降落在这个机场。多年过去，似乎除了比过去破旧、肮脏些，再无新的变化。在这个机场停留三个多小时后，又转乘希腊航班飞雅典。

坐飞机最大的好处就是能看书。虽然人在说不清"魂系何处"的空中飘浮着，但书已把人带到了希腊，甚至是遥远的古希腊。这本书好就好在不仅说正史，也说野史，甚至对古希腊农村生活、宗教习俗、田径运动、妇女待遇、奴隶制、婚姻制度、同性恋都有研究。古希腊文明之于我并不陌生，从荷马的口头诗歌到城邦制度，再到斯巴达历史，再到哲学家苏格拉底、柏拉图、亚里士多德，再到悲剧作家埃斯库罗斯、欧里庇得斯、索福克勒斯，再到雅典民主制度，再到奥林匹克、古希腊雕塑等等，总之，都知道一些，但这样整合起来看希腊，还是第一次。加之，马上还将直接阅读这个充满了历史故事和幻想的国度，兴奋状态就始终不得减弱。

飞机终于还是把人坐得软瘫如泥了。

希腊的半夜时分，星空寥落，一帮睡得迷迷糊糊的中国人，双脚麻木地跌撞在了历史名城雅典的大地上。茫然四顾，什么也看不见，那种感觉并不比半夜被人拉到陕西关中道的某一个村镇的感觉更真实可靠。然后，又被塞进一辆大巴，摇摇晃晃拉出了城。翻译说了一长串名字，脑子已经明显迟钝的一群人，大概谁也没记住。然后，就在黑夜中向更远的地方驶去。我回头一看，所有人都把嘴张得很大睡着了，连美女们也都失去了优雅的姿态。公路极差，路面窄而欠平，颠簸得很厉害，虽然不时有"过山车"之惊悚感，但我还是进入了梦乡，梦中是乘坐着儿时坐过的手扶拖拉机，吞吞吐吐地行进在乡间小道上。人就是这样与环境既熟悉又陌生着。

梦境与现实也永远是这样既交汇又疏离着。

我是在希腊大地上睡着行进的。

8月22日 星期日

当眼睛被初升的太阳刺开时,我们已被放置在伊奥尼亚海的伊奥尼亚群岛上,这个城市叫莱夫卡斯。一眼望去,像一个集镇。房屋都很低矮,但十分有个性,很少有相同的"克隆"状构建。有房子的地方就有树,有草,有花,连许多墙壁上都吊着奇异的盆景。巷子逼仄,很多地方只能人行,不能走车。早上10点多钟,我们走进城市的主要街区时,几乎还看不到人影,连狗也是懒洋洋地卧在各自的门前或阳台上,对行人只睁开半只眼觑一下,就又幸福地眯上了。像童话世界,一切建筑都酷似孩子们的积木,恬淡而随意,浪漫而艺术。

早11点钟,应市长邀请,我和另外两位负责人,以及我国驻希腊大使馆的文化官员到市政府参加酒会。同时出席酒会的还有英国、爱尔兰、意大利、美国、巴西、日本、印度等十几个国家的演出团负责人和希腊,以及欧洲其他国家的一些新闻记者。市府里除了几个工作人员在忙碌外,就是应邀来的几十位不同肤色、不同语言的客人。直到酒会开始时,我们才发现,一直在忙着布置会场的一个"老勤杂工",就是莱夫卡斯市的市长。方才他一直在搬桌子、安话筒、试音响,我们还以为是音响师。连他坐的椅子也是自己从办公室搬来的。据使馆官员介绍说,这个城市在国内相当于一个省级城市。她说，希腊是一个"小政府"社会，加之现在希腊正处于经济危机时期，国家在削减已承担不起的福利，政府都在大量减员，即使是平时，也看不到国内政府的那种"繁荣"景象。相比之下，我们一个镇政府，恐怕工作人员也会超过这儿好几倍。

酒会极其简单，市长致辞，然后是艺术节组委会主任介绍各国代表团，并通报一些艺术节背景材料。再然后是相互碰杯，客人们捏几根薯条、吃几块蛋糕，就算结束了。市长在他办公室专门接待了中国代表团，我们进去时，正看见他把刚才开会的那把椅子亲自搬回来。他之所以要特别与我们坐坐，原因是他来过中国，他的城市与中国某个城市是友好城市。他本人很喜欢中国文化，当我们给他送上民族剪纸和书法作品时，他双手不停地在微胖的肚子上揩拭着，然后才近前接过礼品。过了一会儿，他又提出，能不能把这些礼品拿到晚上艺术节开幕式上赠送，让市民们都能分享到中国文化和礼仪的快乐。

晚上，先是十八个国家的艺术团，各自打着国旗，穿着自己的特色服饰，在莱夫卡斯市区巡游。市民们全部出动，沿街两边观望、狂欢，然后进入主会场，第十八届莱夫卡斯国际艺术节就开幕了。据说往届艺术节规模都比这次大，这次缩减的原因主要是经济危机。开幕式很简单，还是市长致辞，组委会主任介绍各国艺术团。我们按照市长的要求，在开幕式上赠送了礼品。市长专门高调介绍了"文明的中国"。演出开始，各国艺术分头亮相。我们的小梅花秦腔团表演的两个节目获得了满堂彩。希腊观众的文明热情，让人对骨子里的社会文明有一种渴慕感。

　　晚会开始后，我才发现这么大的艺术节，其实组织者就三个人，国际艺术节组委会主任这样的角色，放在我们这里，那是怎样了得的身份，可在这里，他的位置就在侧幕旁，拿着一个演出单子，指挥音响师、灯光师配合演出，并催场、捡场，活活一个大剧务。三个人撑持一个有数百位艺术家参加的国际艺术节，这在国内是难以想象的事，我们少说也得上百人，还都会喊叫人手不够用，可他们就这样干了，也确实漏洞百出，接待粗疏，但他们已经干了十八届，"国际友人"还趋之若鹜。再一个精彩的细节是，当市长上台致辞时，给他在一排中间留的位置被人占了。他下台后，在没有任何人跟班的情况下，四处找着自己的位置，见都已坐满，就在一排边上一个工作人员的位子上坐了下来。他看节目很投入，好像一点都没在意十分边缘的位置，像是一个宽厚的长者，憨憨的，木木的，两个肥厚的巴掌比谁都拍得响。

　　演出结束后，整个城市才全然进入活跃期，一条又一条街道上，布满了白色桌椅，人们都穿着十分随意地喝起啤酒、咖啡来，热气腾腾的生活直进行到凌晨二三点。当人散物移后，第二天清晨起来，满街干净整洁，仍是似乎有很久不曾有人来打扰过的静谧生活。

8月23日　星期一

　　一早又乘面包车返回雅典。车主是一个中国留学生。一路介绍希腊人文、地理，以及当下世俗生活，我算是对希腊有了更进一步的了解。

在希腊大地上，生长最多的植物是橄榄树和开心果，几乎遍地都是。

公路不时从海滩穿过，海滩上摆着许多赤身裸体晒太阳的人。

一切都充满了懒洋洋的诗意。

快中午时分，我们到达雅典。车主也是导游，安排我们吃了一顿中国餐，红烧鱼、东坡肉、煎豆腐、未婚鸡炖蘑菇、紫菜鸡蛋汤，吃得还算惬意。然后，就登上了心仪已久的雅典卫城。

这里阳光灿烂，远看金碧辉煌。一步步踏进卫城，原来那金灿灿的一切，就是矗立数千年不倒的花岗岩柱石。建于公元前四百多年的帕特农神庙，在风雨剥蚀中，依然保持着如磐的姿势。

许多柱石已经悄然倒下，有的已断成数截。诸多雕塑也已残破不堪，但昔日的精致和大气，仍历历在目，令人流连忘返。

物体倒塌成什么样子，就保护成什么样子，不人为修复，不刻意重建，让人深刻地感知到历史的沧桑和岁月的无情，这是物质文化遗产最好的保护方式。我们不乏很好的历史遗存，但在保护口号掩盖下的拼命造假，已使本来极其厚重的历史遗迹显得恶俗不堪。旅游文化产业"大发展""大繁荣""大跃进"的虚浮肿胀，更是让没有的编了出来，无价值的一夜之间突然价值连城，连西门庆的出生地也争得脸红脖子粗地难分轩轾。对于一个文明古国来讲，这样的无知无畏，真是到了寡廉鲜耻的地步。其实真正值得保护的，又因缺钱，而日晒夜漏，无人问津着。

最负盛名的古希腊剧场，还保持着环形的舞台，前排石椅虽有许多已断裂了靠背，但仍能让人感到几千年前，人们在观看悲剧时的优雅坐姿。

雅典生活中一个特别重要的场所，其实不是这些建筑物，而是一个叫普尼克斯的山坡，它比卫城低，但又远远高于城区地耸立在半坡之上，在整个公元前5世纪，雅典公民们就挤在这里，风雨无阻地倾听那些"高人"的演讲和辩论，辩道德问题、法律问题，论人群的管理方式，也提出动议，追究高官要员行使职务的责任，并举手表决，行使公民的参议权利。这里也是苏格拉底等哲学家的大讲堂，他们在这里为西方人点亮心灵火炬，也在这里被自身点亮的精神火炬所焚烧。今天，放眼望去，只剩下散懒涌流的俗众，再也建不起同等高度的精神灯塔，无休止絮叨咀嚼的只是先哲的余唾和牙慧中的残渣。

这里最为不朽的就是阳光，灼人的艳阳永远都在自然升起，投射在不朽的人文柱石上，让人看到的是人类通过自然才留下了这些传之千秋的雕琢物象和精神光斑。人比自然远为渺小。自然这个庞然大物，最终只允许人类留下他的精神遗产，物质即使再华贵、再坚硬，迟早也会被它捣毁得荡然无存。真正意义上的雅典卫城，迟早也是会灰飞烟灭、不留痕迹的。只有雅典的自由意志和精神会像太阳一样永放光芒。

8月24日 星期二

一早起来，被那个中国留学生拉到码头，登上一艘游轮，去爱琴海的三个岛屿参观。

有"爱琴海诗人"之称的诺贝尔文学奖获得者奥德修斯·埃利蒂斯说："作为一个诗人我的想象力是从爱琴海的礁石和小帆船，以及岛上的白灰屋和风车的世界里培育起来的。整个爱琴海在我的意识中已烙下了不可忘怀的印象。"这是驰骋文学的沧海，更是希腊远古神话的摇篮。因岛屿众多，爱琴海又叫"多岛海"。它是黑海沿岸国家通往地中海以及大西洋、印度洋的必经水域，因而在历史上，也是战争频发之地。

当我们进入一望无际的爱琴海时，阳光已像黄金一样，镶满了海面。一群群海鸥，紧随着游客抛向空中的食物，而上下奋飞，争相觅食。大概是他们太熟悉游客的习性，而不时献媚似的编队表演，以争取更大的利益回报。

当太阳毒如火烤时，船上的铁甲板也已晒得滚烫如烙。我们都龟缩在船舱内，而更多的西方游客，却纷纷登上铁甲板，男的穿着二角裤，女的穿着二点式，有的甚至只穿着丁字裤，就或躺或趴在甲板上，任凭太阳烧灼、铁板煎熬。身上一层层涂上橄榄油和防晒霜。白色人种都烙烤成了古铜色，油光汪亮，分外健硕。这也是希腊最迷人的景观，到处海滩上、礁石上、甲板上都摆着十分悠闲的享受阳光者。其实生活本该如此，就像那个有名的乞丐与那个富人的对话所说的，追求一切物质条件，最终无非还是为了到沙滩上享受阳光，乞丐现在就在沙滩上享受着，又何必再去打鱼敛富后才来享受呢。物质的过分追逐、攫取，永远是人类幸福生活的最沉重负担。那个乞丐可能才是人类最富有智慧的哲学家。

我们登上的第一个岛屿叫伊兹拉岛，这里没有任何电动交通工具，毛驴和马是主要运输交通手段。岛上的一切都还维持着三百年前的面貌，据说这是英国戴安娜王妃生前最爱来的地方。环保是这里叫得最响亮的口号。沿途沙滩上仍是摆满了赤身裸体的晒太阳者。由于游客众多，置身岛上，几乎连独自照张相都很困难。风景被人所困扰，一切登岛者，也便成为环境的垃圾。

登上的第二个岛叫波罗斯岛，岛名翻译过来是涉水的意思。面积很小，仅35平方公里。登上岛顶，便能看到四周的海域。岛上仅有古老的教堂赫然矗立，其余皆是漫天游人。

第三个岛叫埃伊纳岛，离雅典很近，盛产橄榄、开心果。由于与雅典比邻，战略位置十分重要，而备受"拉锯"战之苦，留下了与雅典同样富有的人文历史故事。中国留学生讲得头头是道，可惜我们毕竟离得太远，而脑子的资讯储存有限，离开岛屿，就随着海风飘散了。

当我们的船只在黄昏中驶向雅典城时，那群追食的海鸥仍在波浪中频频起舞，争食。那份苦累、执着，让人在残阳中直感到生命的悲凉。

晚登上雅典城最高那座山峰，俯瞰雅典夜景，真美。这是一个紧紧围绕雅典卫城环形建起来的城市，雅典卫城在夜间，仍被雅典人投上了太阳一样的光芒，整个城市都在这种光芒的笼罩下熠熠生辉。没有哪一座城市像雅典这样具有向心力，古老的卫城更像一个生命轴心，一层层将散落的珍珠环扣起来。那种严密感，又酷似从这里生长起来的哲学逻辑，看似张力四散，实则构成谨严。无论在这里产生过的城邦，还是在这里时兴起的民主，都似乎在这个夜景中有深切映像。在这里观景，现实总是被淡忘，有小贩推荐甜玉米，才让人感到双脚是踩在现实的大地上。一个甜玉米两欧元，与人民币一换算：二十多块，不便宜。

快23点时，城市突然沸腾喧嚣起来，所有街道都被汽车堵得水泄不通。雅典的夜生活开始了。我们被人潮裹进一个夜市，喝啤酒，吃烧烤，聊拉登，说奥巴马，说金融危机，说希腊高福利已使政府不堪重负……反正也学人家，硬熬过了凌晨三点。

8月25日 星期三

一早起来，又安排了半天的市区游览。车在窄窄的街道上穿行，行人稀少，都刚入睡才四五个小时。这里没有高楼大厦，多是七层以下。阳台、窗户、楼顶，凡能利用的空间，都摆满了绿色植物和鲜花。很多传统建筑物上，都布满了雕塑，这是希腊文化最本质的形象。那位留学生把我们领到了一个自由市场，除橄榄油产品独具特色外，其他与国内此类市场大同小异，诸多产品还是中国制造。购物兴趣不大，就早早奔机场了。

　　本来这次行程还有土耳其一站，因故取消，这就给返程带来了麻烦。国际机票都是几个月前定的，临时一取消，再购返程票，三十几个人，分成了七拨，分别还都要在几个国家转机。有的落在了匈牙利的布达佩斯，有的降在了德国慕尼黑，有五人一组的，有三人一组的，还有两人一组的，好在孩子们都会些英语。我带的十个孩子再次降落在了法兰克福。七拨人的组长都开通了手机国际长途，当我降落在上海国际机场时，很快收到了其他六拨人发来的顺利转机、登机的消息。

　　出国真累，但到希腊很美妙。

2010年9月

春天的创痛

——一九九九年五月德国纪行

克林顿前脚从德国走，我们后脚就踏上了德国领土。克林顿是去德意志检阅他狂轰滥炸有功的军队，而我们是应邀赴德国参加迈宁根国际艺术节，进行文化交流。

迈宁根国际艺术节，据说在欧洲是一个有一定影响的世界性艺术节，已经举行了七届，我们应邀参加的是第八届，许多专业文艺团体都以能参加这个艺术节为荣。本届艺术节是从世界五大洲各选调一台节目，我们陕西省戏曲研究院青年团是去年十月正式接到邀请函的。

当我们乘坐的国际航班平稳地降落在欧洲著名航空港法兰克福机场时，有人指着一个角落停放的许多军用飞机说："军用飞机怎么停在民用机场？"原因不得而知，我们只知道德国也是北约成员国之一。而离此不远的南斯拉夫正在经受着北约的第四十五天空袭。

艺术节组委会工作人员把我们一行四个人从机场接出来，然后乘大巴向迈宁根市行进，我们一路感受到的是和煦的阳光和满目的苍翠。一百七十公里的路程，几乎像漫步在公园里一样，花艳草香，树木葱茏。德国以汽车工业的先进，带动了高速公路密度位于世界第一的发展,那经纬交织在宽阔田野上的黑色纽带,几乎把所有松散的土地都捆扎得结结实实,给人一种力量美,加之纵横交错的滚滚车流,让人深切地体味到一种逼人的速度。突然有人喊:"看,地里拉粪的都是奔驰!"一车人全笑了。确实,奔驰与宝马这些国内稀罕的高级轿车,在这里就同我们大街上行走的奥拓、夏利一样寻常。

当地时间下午六点,我们住进了迈宁根市一个叫凯塞公园的四星级宾馆。旅途疲劳和六个小时的东西方时间差折腾得每个人几乎都已手无缚鸡之力。躺在床上,只是不停地按动电视机遥控,遥来控去,不是西方摇滚就是生活片和德语电视剧。好不容易找到一则新闻,那画面上好像是与南斯拉夫有关的内容,我急忙找到翻译,他告诉我说,电视里在讲对南空袭"战果"。炮火很猛烈,与在国内看到的镜头没有两样,但说法却不一样。晚上,外国友人邀请共进晚餐,当谈到北约对南联盟的轰炸时,他们好像更多谈到的是科索沃的人权问题,而很少涉及北约轰炸的正义与非正义性。夜深了,我站在房间的窗口向外瞭望,德意志在静谧的气氛中安享着和平之夜,而电视里南斯拉夫街景却是千疮百孔、战火纷飞。也就是这个静谧的夜晚,中国人的人权和国家主权,遭到了震惊世界的粗暴践踏和蹂躏。

那是当地时间八号早晨九点,我们全体出访人员在宾馆大厅集合,准备参加艺术节开幕式,有人突然告诉大家,昨晚北约把咱们驻南斯拉夫的大使馆炸了,伤了好多人,好像还死了人。虽然听不懂语言，但国旗是中国的，有好多中国人在抱头痛哭。很快，我们与中国驻德大使馆取得了联系，证实了这一消息，大家立即沉浸在一片悲痛之中，尽管迈宁根市鸟语花香，阳光灿烂，但遮不住我们心头的阴冷、屈辱和愤怒，说实话，我们在一种窝囊感中等待着北京的反应和声音。也就在这时，大使馆用电话传来了中国政府的严正声明，我们立即从这种声音中找到了精神支柱，国家的概念只有在这时才那么强烈、具体地浮现在脑海中。

这天晚上，友人再次邀我们到迈宁根的中国餐馆吃饭。路上，我问他们对北约的这种行为怎么看，翻译翻过来的语言是：这是太不应该发生的事，太粗暴、太野蛮了！尽管饭菜非常可口、非常香，但我们却都没有胃口，我们像是一群受了欺侮的人，那种阴影在心头久久挥之不去。

九日，是我们参加艺术节的正式日子，我们早早来到了迈宁根剧院——一个被欧洲人称为"德国剧院的一颗珍珠"的古老剧院。大家一边装台一边议论着从电视及其他渠道获得的国内信息，一整天，我们就在这个有着一百三十年历史的名牌剧院里进行着文明交流的准备。我们能做的工作就是完成好文化交流任务，我国驻德大使馆也几次打电话来反复强调这一点，最后还派外交官亲临现场指导工作。由于语言障碍，与剧场许多配合工作都进行得很艰难，但双方工作人员都异常敬业，咱们许多同志一整天都没时间吃下一口饭，然而却充分保证了装台质量。晚上七点，当四层楼的剧院座无虚席时，秦腔那激越高亢的音乐奏响了。青年团在欧洲已经成功地进行过多次文化交流演出，这一次碰巧带的是具有强烈爱国主义色彩的传统剧《杨七娘》，它讲述的是大宋将军杨七郎征战死后，夫人杨七娘强忍悲痛，挂帅出征，面对敌寇，又大义舍子，终于攻破敌阵、收复失地的故事。当剧情的正义与艺术家的正气接通时，戏便活似游龙，唱念做打俱佳，剧场掌声不绝。全剧在险象环生的绝活中戛然而止，观众全体起立，以长达十三分钟的掌声和口哨声为艺术家喝彩不止。

演员们卸完妆后，艺术节组委会为我们专门准备了酒会，主办方和许多出席酒会的世界各国文化名流，都纷纷拿起话筒，为中国艺术的"精美绝伦"倾尽敬慕之词。剧院经理米莉茨女士一再感谢中国艺术家为他们奉献了这样一台"绚丽多彩、魅力四射"的秦腔剧目，并对"完美的组织工作和所付出的巨大努力"表示由衷地敬佩，直到此时，大家才相互频频举杯，为一种莫名的战胜感，饮下了多滋多味的干白、干红和香槟。

十日，大家就在一种归心似箭的忙碌中，踏上了回国旅途，在法兰克福机场候机时，我们从无处不有的电视画面中，看到了国家主席沉重的表情和大学生示威游行的场面。虽然看不懂报纸上的内容，但每份德语和英文报的头条，几乎都刊登着中国人在美国驻华机构前抗议的巨幅彩照，我们从中深深抚摸到了祖国心脏的剧烈跳动和世界为此加速律动的脉搏。当十个小时近八千公里的飞行把我们送回北京国际机场时，各种中文报纸便成了我们抢购的奇货。如果不是在异国他乡，特别是在北约成员国之一的德国感受祖国这场飞来横祸，也许并没有如此强烈的创痛感和羞辱感，我们急切想看到祖国的愤怒和呐喊。终于，这种愤怒、抗议、谴责和呐喊，在国内已铺天盖地，我们心灵的创痛得到些许慰藉。

四天的德国之行，虽然走在阳光下，行在春光里，然而，五枚炸弹留下的创伤，使春色黯淡无光。美丽的房舍、漂亮的汽车、公园式的田野全都在那些惨烈的电视镜头中化为虚无，我们为春天遗憾，我们为人类悲哀，我们期待着和煦的阳光能使这块春天的创痛早日止血结痂。

1999年5月于西安

故乡的烙印

文学是什么？对于我，她是生活与阅读相互刺激、发酵的产物，是对过往生活储存的持续开发整理。无论走到哪里，我都会在一闪念或梦中，复现曾经生活与居住过的乡村、城市，有时半夜醒来，会突然发蒙，这是睡在什么地方？

我是一个一生更换过好多次故乡的人，命中注定是个行者。当我在西安以南的大山深处镇安县出生时，其实离县城还很远，那里许多人甚至一辈子都没进过城。我的出生地是松柏乡，那时叫松柏公社，父亲在那里当公务员。随后，父亲又调动到了红林、庙沟、余师、东风、柴坪等几个乡镇，我是从父母、亲戚和山民背上移来搬去的。那时觉得世界好大，今天看来，也都只是一二十公里的路程。我在那里获取了对大山的绝对概念和印象，至今描写起来似乎仍然近在咫尺。记忆中的山民，忠厚与善良不仅表现在宽阔的脊背上，更表现在木讷的脸庞与心肠里，你不需要设防，他就能把迷路的你，指引到山重水复的大路旁。如果说那是第一故乡，在我心头，其实还细细划分着松柏坳、老庵济、庙沟口、余师铺、冬瓜滩、柴家坪这些不容混淆的更小地标。十几年前，我又把这些地方走了一遍，许多老路已经不在，竹篱茅舍、山间小溪也甚稀罕,更寻访不到了好多故旧,一打问,都说出去打工了。至今,我也常回去,因为父亲长眠在了那里,但已是匆匆过客。

后来我终于进了县城。那时进城的交通并不发达,很多次都是骑自行车"上县"。中途要翻一个高高的土地岭梁。自行车得顺小路驮到梁顶才能继续骑。遇见下雨下雪天,还需掏钱雇当地的"冰上走"往上扛。自己也得给脚上绑了"铁稳子"或草绳做爬行状。一旦折腾上梁,幸福的日子可就来了!那简直就是"一骑绝尘"般的野马脱缰。不过也有好几次,畅美得跌进排水沟里半天爬不起来。后来这条路越修越好,竟然只有四十八公里,而我那时常常是要骑大半天的,还不算栽进排水沟里揉胳膊揉腿、找鞋找钱包的时间。

县城生活恰恰是我最具青春朝气的时期。那时街上流行红裙子。男士们多穿喇叭裤,且长发飘飘,我都有具体操作实践。并且喇叭裤口不比别人小,扫进裤管的灰尘也不比别人少。飘飘长发永远深深埋藏着耳朵,手表却是要露出来的。即使知道太阳当顶是正午,也会不时抬起胳膊把表细看一二,那不是时间问题,而是"表现"问题。

小城那时才一万多人口,是聚集在一口大瓮一样的底部,瓮盖即蓝天。一条河流顺着山脚蛇入蛇出,形成了回水湾一样的弓背,街道、单位、住家户,就像点进沙窝的落花生,越生越多,地盘也越泅越大,有些端直就泅到坡上去了,又有了些山城风貌。老县志上说,清代乾隆年间有个从湖南来的知县叫聂焘,好不容易考上进士,却分到穷乡僻壤来做官,很是不乐意。全县当时一共才七百多户人家,满打满算四千张吃饭的嘴,还吃不饱,监狱的犯人却多得关不下。他就特别灰心地想回老家当乡绅去。他爹是个老中医,接到儿子颇有怨言的家书,及时从湖南把家眷给他送来,而且还一边帮老百姓看病,一边到牢房里给那些饥寒起盗心的囚徒把脉。同时也从中医理论角度帮儿子探索"知县"之道,说只要把这满当当的"监狱病"治得没人可关了,就算没白考一趟进士。官做多大是个够?与老百姓一毛钱关系没有,再大顶啥?聂焘由此在镇安一干八年,离任时,户口与人丁都成倍增长。监狱也"十室九空",都回去打猎、垦荒、筑路、养蚕、缫丝、吊酒、办学堂去了。随后,聂焘果然从山乡小县调到关中大县凤翔高就。那是苏东坡官场起步的地方。但他很快选择了"挂冠离去",他觉得此生能治好一小县足矣。这个故事,对家乡的人文影响颇大。老百姓也一成二百多年地念叨传唱。这是小城"史记"中最温暖励志的篇章。

我进县城时,全县已有二十七万人口,二百九十公里外的西安,是小城全部生活的风向标。有人从西安带回无尽的新潮玩意儿,包括新的生活方式,让小城心脏加速跳动起来。歌舞厅一夜之间开出三十多家。录像厅、镭射影厅里的武打枪战声穿街过巷、不舍昼夜。台球几乎街面上能放下一桌的地方,都仄仄斜斜摆满了。凡临街的墙面,一律掏空或凿洞,陈列出色彩斑驳的各种电器与时装。夜半总会被摔碎的啤酒瓶声惊醒,那是要延续到凌晨三四点的夜市在骚动。我印象最深的是这个城的阅读活动和文学写作热潮,很多青年在无尽的文学杂志带动下，建立起了一个文学梦，并竞相书写起身边的变化来。也不知什么时候，这群人又随着社会大潮的新涌动，各奔前程，进西安、去深圳、下海南，包矿山、跑生意地分崩离析了。只有少数人坚持下来。我也由散文小说创作爱好转向编剧。随后，就以专业编剧的身份调进了西安。

我始终把镇安县城称为第二故乡。因为此前的六个乡镇，无论如何也只能打包成一个故乡了，虽然在我心中那仍是六个不同的小故乡。尤其在儿童和少年时期，那简直是魔方的六个面，哪一面都呈现出非常新奇与独特的"超大"样貌。今天看来，它们的确都十分靠色、相似、狭小，但对于当时的我，那就是"走州过县"的行万里路了。从地理上把那六小块"魔方"与县城拉近后，我又翻越秦岭，走进了十三朝古都西安。那时对西安的唯一了解，就是我姥爷是那个地方的人。姥爷生在西安郊区一个叫等驾坡的地方，西安周边类似等驾接驾护驾的地名很多。因家口太重，又逢战乱，十五岁时，姥爷即成游民，漫无目的地翻过秦岭，无意间"流窜"到了镇安县的柴家坪。幸喜他有商业头脑，发现这里街面上卖的小商品，比西安贵好几倍，有的甚至十几倍、几十倍，而山货又便宜得要命。他就弄了些兽皮、火纸、药材返回西安，换了火丹、手电筒、发卡、顶针、五色线之类的"零末细碎"，折回柴家坪卖出。一来二往的，姥爷最后再过秦岭时，就能雇起八个"脚子（脚夫）"挑东西，还有扛鸟枪、拎铜锤吓唬土匪的护卫。做到全国解放时，家产已是柴家坪的半条街了。后来公私合营，让姥爷做经理，他觉得自己没文化，不会开会，不会讲话，不会念报纸文件，就选择给公家做饭去了。倒是让全家都吃了商品粮。他一直安安生生活到去世。那时他是柴家坪唯一的西安人。我进西安时，他已作古。每每翻越秦岭时，我都会想到姥爷雇的那八个"脚子"，据说他自己也是挑夫中的一个。难以想象，那时姥爷他们走一单趟需要半个月。而我进西安时，坐车只需八小时，下雨下雪天另讲。可现在，十八公里秦岭隧道一通，已经把镇安到西安的距离缩短到一小时了。

我在西安生活了近三十年，那是真正的第二故乡。但我心里还是把它定为第八故乡。因为，那六个儿时走过的乡镇，还有县城，是太刻骨铭心了。

西安之大，是因秦川八百里骤显阔绰疏放。我有幸住在古城墙下的端履门外，门里不远处，就兀立着两千多年前的大儒董仲舒墓。墓旁的街道叫下马陵，皇帝到此都得下马的。其余入城者，自是皆需整好衣帽，绑好鞋带，呈端方肃虔状。三十年，我始终就住在这个地方。从我家进到端履门，只有八分钟路程。一进门，迎面就是举世闻名的碑林博物馆。即使吃完午饭，溜达着去看几通碑刻，回去稍事休息，也能赶上下午班。如果要上城墙，进门左拐就是阶梯。上到顶端，从城垛豁口看内城，脚下是一千三百多年的唐槐数棵，根须裸露，瘦骨嶙峋，树冠却枝叶繁盛，那才是真正的大唐遗株，依然生命葳蕤，雄强向天。再朝远处瞧，古城就尽收眼底了。昔日的皇城，如今多是寻常百姓住，竹笆市、案板街、炭市街、五味什字，都曾是漫卷的烟火气。尤其是钟鼓楼旁的回民坊，日夜人潮涌动，那更是我常去吃羊肉泡的地方。羊肉泡是西安名吃，有时为抢到一个座位，会在人后站立许久，看人家细嚼慢咽，直到两腿相互转换重心数次，才能挨上半个臀尖。

从城墙朝南看，一眼就能睄见我家窗户。再远，便可悠然见终南山了。那是一个充满了诗情画意的山脉。说到诗，我常常不是一下想到大唐长安的那些千古名流，而是想到一个叫陈学俊的今人，他是中国科学院院士，作为我国热能工程学科创始人之一，业余时间却爱写诗。我为创作一个舞台剧，曾在西安交大住了很长时间，数次拜访青年时代举家从上海"西迁"西安的陈院士。他们夫妻却更愿意给我吟诵自己创作的诗歌，每每让我这个晚辈坐着，他们站着朗诵，不时还配合以抒情动作。诗中充满了对故土与西部的眷恋。斯人已作古，诗情满长安！这座城市不知孕育催生了多少诗意的人文星斗，华灯初上时，你站在城墙上，仿佛还能听到或正在听到许多超强心脏的跳动声。当然，这里还夹杂着一种特别浑厚的声音，那就是城墙根下的古老秦腔。这是来自民间的腔调，大苦大悲、大欢大爱，它给这个城市铺上了厚厚一层普通生命的精神路基，让大小雁塔一样耸立的地标，似乎都有了坚实而可靠的沉雄底座。

故乡的牵挂是激情澎湃，也是愁肠百结、绵绵不绝的，更是剪不断理还乱的。在京城，常常一觉醒来，以为是睡在西安的老房里。而在西安，又常常梦见镇安和那六个乡镇的硬板床与土炕。前些年，回老家是常有的事，现在离得远了，已日渐不便。2021年清明节，我回去给父亲扫墓，算是最近一次回第一故乡。每次回去都能听到很多故事，它们是我创作素材的重要来源和补充。有喜兴的，也有揪心的，这次听到的就是一个很揪心的故事。我打听了好多年的玩伴牛娃子，突然有了消息。那是儿时的"铁杆"，但已死去十几年了。他是开拖拉机摔死的，为一家老小奔日子，拉一车山货，连人带拖拉机扭麻花一般扣到了沟底。他的生命定格在三十几岁，而他的音容笑貌在我心中终止于十一岁，后来再没见过。那时他上树、攀岩比猴子更利索。我是吃过他掏的鸟蛋在青石板上煎成的蛋饼的。家乡人为过上好日子，可是要比山外人多付出成倍，甚至好几倍的代价，但他们依然在朝前奔突着。

故乡如果抽象地说，既是山川、风物，也是亲情、友情与祖宗的灵魂所在。总有人出走，到天下去闯荡，也总有人回来或固守。我大伯父的儿子就把祖坟守了一辈子。我祖爷爷是战乱与发大水时，沿汉江而上，企图寻找"世外桃源"而来到了柴家坪。可柴家坪也不安定，他就又攀到对面一个叫上阳坡的酷似母亲怀抱的山洼地带安顿下来。由此繁衍生息，坡前坡后就都是了陈姓人家。我爷爷是读书人，做过柴家坪中心小学的校长，也自是要求儿女识文断字。我父亲和二伯父都给公家做事。大伯父文化程度最高，却选择了"耕读传家"。过年时，我见他给人写对联，红纸能铺满碾麦的大道场。他已作古，可他的长子已然"钉"在了上阳坡的老宅子里。我们都叫他大哥。大哥也识字，能读《水浒》《三国》和《七侠五义》。但职业却是犁地的犁匠。那把木犁我抚摸过，儿时也试着犁过，犁铧却扎不进土地的深处，总是让两头牛顺地皮拖得飞跑。而在大哥的手上，扶犁简直是一种享受，只单手握把，另一手执鞭，留下嘴跟牛说话。有时一面坡上就他和两头牛，却能说一天，像在骂，但更多的是指引与鼓励。大嫂子也是犁地的一把好手，大哥累了，她就接过犁把，把牛吆喝得麻利而顺溜。他们有个共同爱好：喝酒，喝自己吊的苞谷酒或甘蔗酒。度数不高，不上头，说很解乏。家乡有句俗语：早晨三盅，一天威风！他们不仅早上起来一人一壶，中午也是一人一壶，晚上回去还一人一壶。吵架不多，打架稀疏，一辈子过得还算和美。最痛苦的事，是大儿子出门挖矿挣钱，塌断了腰，后来到底去世，两口就越发地爱喝。有时还划拳、猜宝、打老虎杠子地喊几声。晚辈让到河边镇上去住，他们说太闹腾，就守在离祖坟一百多米远的地方，早出晚归地对牛弹琴歌唱。山前山后的土地，在他们的耕耘中，还始终保持着我儿时记忆中的生机。他们都已是七十多岁的人了，但仍能吃能喝能干，日子也殷实消停，灶头的腊肉吊着几百块，瓮里的自酿酒囤着上千斤。我总想，大哥才是故乡和土地的最忠实守望者。我们走得再远，大哥都像定盘星一样死死扎根在真正的故土上。我的文学也从这里生长起，并努力想在故乡以外有所收成，但根本还是想把那么多故乡的烙印，也可以说是时代与历史律动的微声，以发酵过的方式，传递给更广大的世界。

应约为《光明日报》"文学里念故乡"作
2023年2月12日于北京

辑三

看　　腰

小时候说腰痛，大人们永远都会说，小娃子哪有腰，人过四十，动不动就窝了气，拧了筋，我想这下是真的有了腰了。记得三十四岁时，我创作一部电视剧，先后坐了三个多月，有时一天写十五六个小时，站起来除了眼前影像成双外，那腰转一转，便又是自己的了，哪像现在，坐几个小时起来，再转腰都不像是自己的了。也许是没太在意它的反复提醒，今年春上，这家伙终于给我大发了一次脾气，差点没把我的中轴给"失塌"了。

那是一个礼拜天，我连续坐了大概有四个半小时，一篇文章刚写完，情绪有些激动地往起一戳，那腰就闪电似的抽痛起来，紧接着，两条腿也如针刺，活动了几下，感到更加疼痛难忍，就想起附近有一盲人按摩室，据说按得很好，便用双手撑着已不属于自己的腰，端直去按了一回。那师傅是用胳膊肘朝最疼处擂，越喊疼的地方，下手越狠，折腾了几十分钟，还真的有所缓解，第二第三天，就又连续去擂了几回。谁知第四天居然擂出了麻烦，也怪我自己，让他再擂重些，竟然就擂得爬不起来了。盲人师傅明显是吓坏了，一边安慰我，一边擦着额角的豆大汗珠。我看还有人等着床位，就硬让他把我扶下床，结果两腿无法站立，只好再次躺下。这时，有病人起身走了，我想我无论如何都不能平躺在这里，砸了盲人的饭碗，他们能弄起这个口碑不错的摊子不容易，不要给别人造成出了"医疗"事故的印象。我咬着牙，再次让他把我搡下床，关键是双腿失去知觉，完全不能抬腿迈步。尽管如此，我还是让他把我架出了门。靠在门外，我给朋友打了电话。很快，朋友来把我弄回了家。由此，一场治腰战役便全面打响了。

先是拍片子，然后便拉在车上，四处奔走，反正哪儿有治腰的名医就往哪儿钻，片子一拍再拍，终是说法不一，有的说腰椎间盘突出，有的说膨出，有的说腰肌劳损，有的说扭伤，有的说挤压过重瘀血，还有说骨头移位的，总之，一个师傅一道菜，诊断始终未统一。你拍拍，我压压，他扳扳，她正正，把个大梁是越弄越弯，越正越盘了。人在这时更像一条醉汉，别人说往哪儿架就往哪儿架，便门小巷，爬上背下，硬床软床，宽衣解带，反正啥不便让人看的地方都让人随便看了，快两个礼拜过去，那腰就是直不起来。直到此时，我才后怕起各种广告和所谓的民间"口碑"来，连一个腰疾尚且如此，要是再大的病那还了得。再后来，朋友和同事请来的名医，我就不敢让下手了，人家也觉得下手的人太多，不好再下手，我便只听建议，不再献二尺九寸半的腰肢了。再后来，我就进了一家大医院，被一位更大的治腰名医接纳，一切都重新来过，再拍片子，再褪裤子，再正骨，再复位，再吃药，再休息，后来就再直起腰回到了办公室。

通过这次看腰，我才知道有那么多的看腰大师在这个城市忙碌着，人体构造的复杂，也导致了医疗分工的细致，尽管有那么多的人坚守着这一截，解除病患的痛苦仍然如此之难，可见人病医治之不易。社会分工比人体还细，想来要治理好哪一截也都不是一件简单的事。也许不是治者手艺不高，而是求愈者心切，角度转换太快，才使他们的手艺没能全面发挥出来，最终导致了诸多大师的尴尬。反正他们都在我最痛苦的时候给了我精神安慰，有些安慰虽然是付出了皮肉代价的，但我还是要向最后看好了腰的名医和前面所有下过手的大师们脱帽致敬。

2006年8月5日为《华商报》专栏作

看　球

四年一届的世界杯足球赛刚刚过去，真是热闹扎了，看球的、评球的，围绕着球策划活动扬名的，做生意的，真是应有尽有。作为这个世界上的过客，遇上这样的热闹，自然也少不了要往里插一脚。你不插，这一月就几乎融不进社会，什么场合都拿球作比喻，动辄把满场人笑翻了，你还不知所云，无论政治的、经济的、文化的，似乎都能把球套进去，拿球说，好像什么都容易明了、透彻、深刻，甚至释然。最重要的是有脱离群体的危险，什么不好干，怎么要干自绝于人民群众的事呢。再忙，再累，这球不看是不行了。

我每晚拖着疲惫的身子走回家时，老婆孩子就已经把频道锁定在央视五套上了。鞋一脱，往沙发上一卧，就算走进了世界杯。茶几上放着个大西瓜，开了盖，里面放着勺子，常常下意识地就会去挖几下。第一局的上半场一般都能看完，广告出来时鼾声就发作了，这实在是对支持足球赛转播的商家有些不大敬重，可那瞌睡就是让人文明优雅不起来，因此，我始终没弄清，都是谁掏钱让我们这些东方人占了西方人搞活动的便宜。电视里突然一阵炸堂，我会吓得浑身一抖地睁开眼睛：进球了，差点进球了，进了点边边又旋出来了。热闹过去了,挖几勺西瓜,那眼皮便又会撑持不住地耷拉下来。有一晚上电视里突然喊起"万岁"来,吓人一大跳,我是经过了一点那个岁月的,那种声音不由得人不从沙发上弹射起来,直到发现一切都安详如旧,才骂了一声"神经病"又睡了。鼾有时也会把自己打醒,但并不影响一浪高过一浪的鼾声的卷土重来。也不知又睡了多久,第二局的高潮就又来了,这时我会坐起来,再把西瓜挖几下,看精彩回放,听说客煽情,吃得满嘴爽快了,又倒头睡下,等再一轮高潮的惊魂。一般来说,十六强以后的进球,我还都通过不同的方式看到了,每一场的结局,也都在一个大西瓜挖得完全见底时了如指掌了。尽管不像人家行家看得头头是道,说得唾沫星子乱溅,写得云山雾罩,但你说啥我还都能心里有谱地点点头、颔颔首,也就算是终于没有在世界杯这个大是大非面前,稀里糊涂地不知如何立足、表态、站队了。

当然,其中也有因表态不当,站队有误,而差点没惹出乱子的事发生。那是英格兰对葡萄牙的八分之一进四强决赛,女儿是英格兰的铁杆球迷,为看这场球,下午一放学回来就睡了,公然违抗老师的作业布置、对抗母亲的监督管理,静夜时分,提前上好的闹铃一响,一骨碌爬了起来。她母亲也跟着卧到了沙发上,从一开赛,家里便分成了两派,我不得不支持她母亲的"正义行动",我们始终说"牙"好,故意把英格兰砸得一塌糊涂,并坚定地预言,葡萄牙必胜。谁知结果"牙"还真的把英格兰给撕扯了。女儿哇的一声大哭,我才意识到把大乱子惹下了。这一晚的思想政治工作,可是比平生的任何一场思想政治工作都费智慧、费口舌，我突然感到了不从实际出发而事后开展政治攻势的苍白无力。直到后半夜娃自己瞌睡了才算了。那一晚上的那个大西瓜只挖了一半，咋吃咋没味道，第二天给扔了。

一个月的球赛，让我感到特别欣慰的是，始终睡在世界杯旁，还始终没有误工作，并且把比脑袋大的西瓜，掏空了好几十个，这对今年不景气的西瓜市场消费，可算是做了些比较实际的拉动工作，单从这个意义上讲，球也算看得值了。

2006年8月6日于西安

看 戏

我几乎天天都要看戏,这是工作,有些戏迷说你这工作美得很,我说见天让你吃鲍鱼,你试试。戏迷一想,也是,再好吃的东西,一年三百六十五天不换汤头地吃,放谁也有厌烦的时候。有些戏我从剧本一遍遍修改看起,直到安场(初下排练场)、细排、两结合(演员与乐队)、三结合(演员、乐队、舞美)、彩排,每个环节都得过一遍甚至几遍,真正到看演出时,已烂熟于心了,戏的起、承、转、合,故事,悬念,甚至连一些关键道白、唱词都一脉清知,脑子里只有漏洞、缺憾、事故,看戏的所谓艺术享受早已荡然无存了。通常所说的专业人士,我想就是指的这一类只会挑毛病,而很少发现好处的人,当毛病越挑越少的时候,再看这个戏的意义就不大了。

全国每个地方都有一些以看戏为生的人,京城中的尤其多,他们每人每年看戏都在一百本以上,天上飞,地上跑,遇上会演,有人一天看三场,常常会在座谈会上张冠李戴,说《周仁回府》哩,却把《游西湖》里的人物拉出来遛一圈,容易把人弄得不知所云。但有一点,他们的意识深处,也是在拼命找毛病,毛病多的自是"烂戏",毛病少的自是"好戏",有暗中交易者,当是另一种"戏"了。总之,职业习惯使这帮特殊的看戏人群,也不会产生更多的看戏快乐。

真正快乐的,当是戏迷和愿意走进剧场的观众了。他们是带着审美眼睛来的,业内的细微毛病,他们不易察觉,只要大的关目合辙,便会顺着剧情自然而然地往前跟进,直到高潮迭起,掌声雷动,闭幕后久久散之不去。这是真正的看戏。我平生见到的最伟大的观众,当是关中道的老农,他们是剔尽了一切外在形式与豪华设施,而真正走进戏剧脏腑的朴素看戏者,他们一般是闭起眼睛来听的,只有在唱腔、白口出现了他们所认为的失误时,才会睁开眼来向台上睃一眼,看是哪个角儿出的洋相,等一切又入辙了,他们才会再回到那种特别的"看戏"状态。我以为恰恰是这部分观众,在对非物质文化遗产进行着带有根本性质的保护,而我们这些看戏人和所挑的毛病,有时可能是事与愿违,甚至背道而驰的。

不管我们承认不承认,其实今天压倒一切的精神是效率精神,一切都用效率衡量,我们的许多传统文化,便会在这种衡器的考量下灰飞烟灭。科学既要注重效率,更要尊重本质,如果我们在市场化的浪潮中,要求每一幅画、每一幅书法、每一本戏都能变成现金,或以赚取现金的多少来认知作品的优劣,那么在未来的某一天,可能我们会发现这一代人生产的多是泡沫和过时的垃圾。由此,我在想我们的看戏和挑毛病,是不是缺乏了关中老农身上的精神定力和悠然自得?艺术是寂寞的,这是几千年总结出的铁律,我们突然想让她在一夜间火得跟房地产、股市、洗脚房一样车水马龙,恐怕多少是会有些出力不讨好的。我们在更多的效率原则和市场原则前提下生产艺术，什么时尚往里塞什么，什么赚钱往里填什么，迟早会把包括戏剧在内的所有艺术品都打磨得什么也不是的。艺术是人的精神润滑剂，不是生猛海鲜、灵丹妙药，吃下一口马上就能做冷发热。艺术对于人的作用是水盆显影式的，她应该有一种超然物外的优哉游哉感，面对无所不在的效率原则，我越来越感到了职业看戏的后怕。

2006年8月7日于西安

看　　报

　　看报已经成为城市人之与早餐一样不可或缺的必要补充了,有没有营养都在其次,早餐有些也未必是有营养的,据说油炸食品吃多了还招祸哩,可不吃总是不行,不吃半上午就撑不住。报纸照说没有早餐这么物质,这么实际,可看习惯了,哪一早上突然不看,就有点像没喂早点一样闹饥荒。我手头几乎定全了这个城市的主要报纸,每早上班前先要呼呼啦啦翻一遍,过过标题,看看奇闻,再聊聊熟人的行踪,拣重要的放起来,等中午吃完饭了再躺下仔细看。有时一连好几天都找不到值得细看的文章,中午睡前就只好翻杂志了。

　　到了外地也是一样,进宾馆一住下,就先去找报亭,抱回一堆当地的报纸来,从头至尾翻一遍,就好像知道了这个城市的一些底细,出门走路,也觉得实在了许多,不至于这个城市正在通缉一个身材微胖的杀人犯,我却在黄昏时分,夹一个包出去东张西望地乱晃悠。即使到了山区小县,也喜欢找来当地的报纸看一看,许多模式化的东西让人看着看着就笑了,但里面也总有能够提供你熟悉地方风土人情的只言片语。

　　我不是报人,却有着报人的癖好,一同出门的人老觉得可笑，我就说，这就跟人爱洗脚一样，那脚真是需要天天找人连捏带搓带敲打的吗？看报更多的是获取信息，看得少了容易轻信，看得多了就会形成自己处理信息的系统。我们虽然生活在一个几百万人口的城市，但生活半径就那么大一块，有时连同一条街发生的事都不知道，试想，没有信息传播那还了得。人总是想知道更多未知道的事情，行将就木的老人，很少有不盼望活下去的，而活下去的最根本愿望是：想再经经世事。这个世事不就是更多的社会人生信息吗？因此，看报是满足人生经见世事这个精神愿望的重要途径之一。

但报上所经见的世事，有时也有很大的片面性和遮蔽性，我是文艺中人，恕我只能谈文说艺。譬如某明星生孩子，某艺人婚变，某美女鼻梁和乳房都是假的，等等。这也倒是让人经见了世事，可经见完了，又总有一种哑然失笑感。这些世事不是不能让人经见，但有必要从那明星"纸里包不住火"起，一直炒作半年，甚至还要后续追踪月余吗？有些城市的报纸，似乎更能显示出一种自信，总是在讲自己的人物、自己的故事、自己的新作、自己的品牌，有些报纸就完全是在网上当"文抄公"，你走到全国各地都能见到相同的制题、相同的照片、相同的婚外恋、相同的变性术，好不容易看到属于自己的一点报道，人多只有二指宽一绺地塞在某个角落，从制题到内容好像都生怕让人看到了影响发行量似的。生意要做，市场要进，但真正意义上的文化传播，恐怕也不能不兼而有之地有所担当吧。

我一年翻过的报纸能卖几百块钱，出差还损失了不少，尤其到香港,买几份报就是几斤重,待上几天,就把几十斤废报损失在宾馆了,看完似乎也就完了,能留下的并不多。我常想,这真是很大的损失,可作为报人,正是读者的这种损失,才造就了他们的巨额利润,因此,我也常常有一种贡献感。我天天在不满意着这些报纸,但天天又在来回翻动着,不看似乎就惶惶不可终日,我想这也就算是人家把报纸办成了吧,你想,咱都看上瘾了,还能说人家"戏"不好?

天天早上起来有一堆报纸看的人生,不亦快哉。

2006 年 8 月 8 日于西安

看　　书

这个话题说的人太多，但见说，就有卖弄看书之嫌，可话又说回来，如今看书还值得卖弄吗？傻乎乎的，与"时间就是金钱""效率就是生命"甚不搭界，说来道去，岂不惹人耻笑？可看书的人，一遇见好书，就爱介绍读过的体验，就有推荐给朋友的恶癖，几年前我看熊召政的《张居正》，高兴了，先后买过六套送人，后来"检查"时，发现一个也没读，从此我便再也不做花钱还不赚吆喝的傻事了。看书就跟挖耳朵一样，舒服了，自己偷着乐去，何必非要咦哟嘀嘀地把受用喊出来呢？读书人这个爱吆喝的毛病真是讨厌得很。

小时候看书很简单，就是大家都熟悉的那么几本，或者几十本，仅《西游记》《高玉宝》我就看过好几遍，有一段时间中外名著解禁，记得那时弄钱还不是人生主要目的，全民把书读得如饥似渴，我也跟着看了个昏天黑地。后来经济建设了，谁不知道抓钱，好像谁就无异于"瓜坎"了，除了学生被逼无奈，还气鼓气胀地在"为未来能赚更多的钱""不要命"地读书外，自己觉得需要看书和觉得看书还有用的人，就越来越少了。奇怪的是，看书的人少了，书却几何级增长地多了起来，开始进书店还能买几本，后来就买不成了，一是本本都是"精品""极品"，个个都是"大师""泰斗"，且精装、线装、丝织、木烫，更有甚者，干脆拿黄金滴鎏嵌镶，把个让人看的书，弄得翻一下还得戴手套，书的本来意义就荡然无存了。最让人迷糊的是，同样的书，"穿一个马甲，好像就认不出来似的"，左策划，右包装，拉长抻展，加水掺沙，一部《三国》，"干煸"了"水煮"，"容嚼"了"易品"，把个读书视线，搅扰得比电脑遭遇了病毒还模糊混杂。

其实孔子的《论语》才一万五千字，据不完全统计，仅注解、品读书籍就有两千三百多种，如果盲目进入，一辈子恐怕也钻不出来，何况还有新的解读"大师"，在源源不断地输送着更新的"精品力作"，你把这一辈子都搭进去能弄灵醒了？前年我接受一项任务，要写一个《司马迁》的电影剧本，先后用了八个月的时间通读有关史料，开始找传记，仅在西安市面和朋友家中，就搜罗到十一种之多，读着读着慢慢发现，好多说法相互矛盾，让人不知所云。有些情节又连文字都几乎一样，让人怀疑其中必有文抄公。后来我干脆用三个月时间啃了五十四万字的《史记》，才发现好多传记都是用《史记》里的情节杜撰的。比如写司马迁"少年壮游"，干脆就把《史记》里涉及的人物故里都走一遍，话是《史记》里的话，事是《史记》里的事，无非找些不同的老婆老汉再说一遍，情节与语言的雷同也就理所当然了。读了《史记》我才发现，我们平日挂在嘴边的许多成语、掌故，原来出处在此，如果仅靠品别人的唾余，那今生许多书的妙处都是读不出来的。从这个意义上讲，看书是要回到源头的，也只有回到源头，才能在"新渣滥泛"的书市中，不至于眼花缭乱得如堕五里雾中。

古人宋濂、袁枚都说过，真正看书，借是最好的办法，借来你会珍惜，并且人家屡屡催促，你会看得又快又认真，好的地方还会抄下来。这也是避免买书上当的一个手段，不过今人一借去就忘了，还不大好要，书又不是股票、优惠券、打折卡、何必看得那么认真呢？总之咋弄都不对了。可无论怎么说，书真的是多了起来，比起鲁迅用别人喝咖啡的那点时间读书来看，我们的时间也实在不缺，缺的恐怕只是看书的精神需求和人生必要的优雅了。

2006年8月8日于西安

看　　房

　　这是一个几乎人人都要经历的问题，尽管你有了房，可能还免不了看房的扰攘和婆烦。朋友让你看房，亲戚让你看房，同事有了新房，也免不了让你去"哄房"，总之，人一辈子与房子的联系是最密切的。对于工薪阶层，一辈子把房分到手，就算是把人生最大的一件事办妥帖了，要不然，好像一切都悬在半空，两只脚再蹬跶都着不了地。当然，有人能弄几套房，那就是另一种弄法了，比喻才露馅儿的上海"第一秘"竟然有五套豪华住宅，且不说最后住没住成，单就看房，恐怕也没让这位"大秘"少奔波劳碌。

　　房子已成为人生世相的重要看台，贫富贵贱，在这里形成了巨大的落差分界，有些人去看一次别人的房回来，就眼暴筋胀地失衡了心理，甚至觉得有活不成的感觉。我倒没有这么严重，但每经见一次窝的豪华，出来也得辨辨东西南北，不然就突然有一种路径迷失感。一次差旅北京，有朋友带我去长安街旁看一豪宅，一平方米价值三到六万元不等，水龙头都包了金，建材更是只差到月球上采石料了。走出大门，我觉得是需要调整调整价值观了，不然，就有可能打银行的主意。自那以后，我就不太容易被人怂恿着去看房了。仔细想来，房就是人的一个窝，温馨、洁净、清雅当是最好的境界，何必非要给水龙头和坐便器上都镶一圈黄澄澄的金子呢？这也许有点酸葡萄的追问，但把金子用来包了坐便器，咋想也都觉得是拉得太奢华了。人类在行进中，始终把对物质的攫取放在第一位，虽然极大地提高了生活质量，推动了生活进程，但也使精神世界失去了悠闲、自在与轻快，那些豪宅门口重兵似的看护把守，现代化探头和红外线不分昼夜的窥测捕捉，以及只有在二战影片中才能看到的防御敌人的铁丝网，还有藏灵獒、大狼狗的忠于职守，不正是这种如惊弓之鸟般生活的真实写照吗？

拼命追求离群索居式的富贵感，其实也是限制人生自由的一种过程，鸟们只有一个简陋的窝，才有了到处飞翔的欢乐和歌唱的时间。而人类却在窝的奢华搭建中，耗尽了心血和财力，再加精神上的防御过度，同类之间的戒备森严，甚至你死我活的主权争斗，到了了一决算，付出的成本真是有点太大太大了。

国土资源部门每年都在公布着土地锐减的惊人数字，但大小城市仍在水浸宣纸般地快速往开淫浸着，过去一家几口住三五十平方米的房子，已感满足，现在说谁住了二百平方米也没吓人一跳。卧室能打乒乓球，阳台能打羽毛球，客厅能学贝克汉姆，后花园还能做跑马场的豪宅，已不是凤毛麟角。与此同时，几代同室，人均不足八平方米的捉襟见肘者，也不在少数。阔绰的更阔绰，龌龊的更龌龊，时间长了，恐怕仅凭狼狗和铁丝网，是不好保证席梦思上粉红色嫩梦之长久的。

我们这一代人，把山上的石头烧成了水泥，把田里的泥巴烧成了再也不能繁衍任何生物的砖坯，然后，再把大片的土地建成森林般的高楼，据说，使用寿命都在八十年左右，八十年后，这些"伐倒的森林"，又该去向何方呢？看来我们不仅是把各类资源疯狂地透支了，而且还给我们正孕育和即将孕育的孙子和曾孙子们，丢下了一个巨大的垃圾场，大家似乎还在暗自窃喜：看狗×的将来咋弄啊！

房这东西真是没啥看头，再往后看几十年，只能看见孙子和曾孙子们，在那片破旧的"森林"中，一边进行定向爆破一边破口大骂着："狗×的爷呀！"

2006年10月3日于西安

看　　人

人这家伙，是最不容易看清楚的，初看眉眼都差不多，细一琢磨，差别就大了。我所说的看人，不是组织部门考察干部，一看政治表现，二看工作能力，三看社交圈子等。也不是谈情说爱，配对相亲，先看个人能量（现有物质装备、财力储存和未来发展空间），再看家庭背景（政治经济状况和有无"漏痕"，以及穷亲戚拖累等），也看年龄相貌（只要前两项达标，这一项仅供参考）等等。这里要看的人，是生活舞台上频繁交往的熟人、朋友、同事，以及见过一面或者几面的人。有些人见一面，终生难忘，有些人常常谋面，却视同陌路。有些人见上几面就够够的了，有些人几天不见，就想得发慌。其实真正的人生交往，就是情趣相投的精神契合，任何物质的互换，带来的兴奋都是短暂的，而物质与精神的换算交换，掀起的也是特别脆弱的高潮，唯有趣味相投，才能相携久远，所谓"君子之交淡如水"，就是这种剥离了物质基础的相互欣赏和吸引。

有人说，看一个人，仅需要与他旅行三日，便把"蹄蹄爪爪"都看透了。这话有一定的道理。有些人，坐车先抢好座位，住店先抢安静的、向阳的，进了房还要抢床是靠墙的，吃饭乱点一通菜，酒喝足了还闹着要再开一瓶，临到买单时，一头扎进厕所咋都尿不尽，等人家结了账，他跑出来一边扒拉着钱包，一边还要埋怨别人如何瞧不起他，没让他付款表现，等二次再下馆，他还是在关键时候尿急、尿频、前列腺肥大。不等三日，人就想把他清理出去。据说日本的有些企业家在选拔管理者时，先要与他打一场牌，看他在面对金钱和输赢时的态度与做派，如果那人连诈带蒙带偷带无赖，赢了喜形于色，输了怒目相向，结果自然是可想而知了。人生大量都是从细枝末节看大节，所谓"患难识知己"的大关目，毕竟不是每个人都能寻常遇见的，因此，"细节决定成败"论，在人生看台上，也是一种异常独特而又深刻的洞见法。

我平生最不喜欢的是那种忽冷忽热的人，热得来了，就像嚼过的泡泡糖，粘在身上咋抠都抠不离，那多半是有求于你，一旦事毕，或是没能满足，立马变脸失色，行风走暴，视同路人。过一段时日，他又会突然忘记一切仇恨似的猛扑上来，阳光灿烂得让你大汗淋漓，胶着黏糊得令人毛发倒竖，紧接着，便会有更难缠的事摆上桌面，那种作冷作烧的阴晴无度，确实把人弄得进退不是，哭笑不得。坊间把这种人生交往法称作"热粘猛趄型"，确实形象生动之极。其实人与人之间的交往，更应该有一颗平常心，任何"用力过猛"的"经营"都会适得其反。

我有一个朋友，交往十几年了，他无求于我，我也无求于他，无非就是隔几天在一块儿喝喝茶、聊聊天，有时也打打牌、洗洗脚、说说布什拉登、谝谝警察小偷什么的。每年我母亲过生日，他会排开手头所有事，跟我回一趟老家。他母亲过生日时，我也会尽量到场，实在去不了，就捎点心意去表示表示。我唯一向他索取的是，每当写下新文章，先要对他发表一次，管他爱不爱听，我总喜欢压住他硬念。有人问我怎么跟他打了这么长时间交道？我说，我们第一次在一起吃饭时，见他打了个包，出门后给了街旁的一个乞丐，这让我们都有些不好理解。他说，咱是可怜人出身，见了比咱可怜的人就想给点帮助。以后他始终保持着这个习惯。我想在我有困难时，也许只有这种朋友是靠得住的。

2006年10月4日于西安

看　车

不是我们要看车,而是车随时随地都可能堵住我们的去路,不看不由人。

我真正第一次看车,还是在陕南山区的时候,大概是20世纪70年代初,襄渝线修铁路,部队要到山里拉木料,一条简易公路很快便通了。来的全是解放牌军车,开车的也都是当兵的,沾老舅的光,通车典礼那天,他给一个混熟的老兵一盒"宝成"烟,然后把我抱到一辆大卡车上,车一动,我立马失去平衡,一头撞在车厢上,额头蹭去一块皮不说,下了车才发现,"奔楼"上还留下鸡蛋大个包。由此我知道,车这东西对人并不温情脉脉,能远离就尽量不要跟它套近乎。

那年月,让我把车看扎了,每天都有一百多辆军车从那条道上呜呜地过去,一看见车队过来,我们便会聚集在一旁数数,时间一长,部队与地方上交道多了,我们有时还能钻进"司机炉(驾驶室)"里到处野逛。后来襄渝线修成了,军车再不见了,那条道便冷清了下来。有时几天见不到一辆车,偶尔见一辆,司机比"公社书记"都牛,脾气大的逮谁骂谁,有时好不容易挤到严重超载的货车顶上,用一根草绳把腰系住,还让人家用长竹竿磕了下来。眼看着人家女孩子就坐在"司机炉"里热热乎乎上县（城）去了（那"司机炉"里明明还能再坐一个人的），男的却只能用两条腿，拼命地在后面"一二一"。

那时我见到最豪华的车就是"帆布篷（北京吉普）"，那是真正权力与地位的象征。在我家居住的小镇，出过一位县团级干部，每年那辆"帆布篷"都会回来两三趟，每次回来，都会成为小镇的新闻热点和看点，尤其是到春节的时候，但见那家开始打扫院落，不一会儿，公路拐弯处，就见那辆"帆布篷"轻盈快捷地回来了。车有时会在那个院子停几天，一镇人也便都感到了"风景这边独好"。也不知啥时，镇子不远的修车铺也弄回一辆"帆布篷"来，并且整得通体油污，老板娘和一堆娃娃动不动就坐着"帆布篷"上街来买盐打醋了。紧接着，贩鳖的，"拐人"的，也都坐着"帆布篷"来了，我就知道"帆布篷"作为权力象征的时代已经过去了。

再后来，车多了，牌子杂了，也就越来越看不过来了。

20世纪90年代初我调到西安，开始人生地不熟的，下午吃了饭没处去，便坐在护城河边，一边看车一边打发时光。慢慢认识了许多标识不同的车牌，那时林肯、奔驰、宝马、凯迪拉克这些名车还属凤毛麟角，拥有这种车的人，在这个城市都是绝对名流，圈内人扳着指头就能把人给你数出来。而出租车几乎是清一色的奥拓，对于工薪阶层，咬着牙坐一回，已是十分奢侈的生活"越位"了。90年代中期，我去了一趟德国，发现街上所有出租都是奔驰、宝马，连地里的拖拉机都是"大奔"的标识，这不仅让我深刻地感受到了国产汽车工业的落伍，也突然"金贵"了身子，再坐奥拓，就觉得不仅"挤卡"，不舒适，而且还有点"丢份"，遇到重要场合，远远地就提前下来了。这种不断作怪的资产阶级思想，尽管时时在自我批斗着，可还是不能有效地矫正过来，并且越滑越远，直到跟全市人民一道，彻底告别"地瓜牛"出租时代。

再后来高档车就多了，并且方向盘很多都掌握在美女手中，这车我也就越来越看不懂了。尽管有身份和地位的人，还能从车号上加以区别，但仅从车的档次看，既不能区分财富多寡，也不能辨别职务高低。我的一个老熟人，有八九年没见面了，有一天突然在我散步时，将一辆十二缸进口越野车顶在了我面前，车体的高大威猛，一看就吓人一跳。闲聊中，得知他在山上栽树发了。没过几天，就有另外的朋友告诉我，那家伙骗取国家精准扶贫贷款，买了一辆高档车，山上连一棵树也没栽，钱已经"浪"完了，有关方面正寻人呢。而现在企业亏损到资不抵债的"漏斗户主"，还驾着一款名车到处招摇的，也不在少数。汽车已经成为复杂世态的多棱镜，它不仅折射财富、身份和地位，也折射人格、品行与追求。据说现在许多百万豪车，都拥坐在一些"煤老板"和"油老板"的屁股下，可一旦矿井出事，一些人连活的都不想救，就把"人口"和洞口都一律封了，企图永葆"贵族"青春，这种"贵气"，真是与他们所乘豪车的废气排量，完全成正比了。

其实车就是人的代步工具，美观与派头都是它的附属品。任何事物回到源头看，便清晰了许多。据说我老家在解放初，县长进省城开会，自己背一个"盒子炮（手枪）"，通信员挎一根"汉阳条子（步枪）"，拉一匹马，来回要走半个月，而现在，开车只需三小时。当然，都想快速，就又出现了车的劣势。2000年我们去伊朗德黑兰参加国际艺术节，对方的文化官员在会见我们时，迟到了近乎半小时，原因是塞车，后来听大使馆人讲，他们在接待外国首脑时，迟一会儿也是常有的事。这个城市有一千二百万人口，五百多万辆机动车，平均两人一辆，谁急也没辙。想想西安到两人拥有一辆机动车的时候，不知从文艺路到钟楼，三个小时能到否？

车多了，安步当车又是最好的行进方式，据说走路能走低血压、血脂、血糖，走掉凸肚、赘肉、脂肪，还能走好心脏、肝脏、肾脏，矫正弯腿、歪脖、脊梁，何不甩脚甩手走起来呢？一边锻炼身体一边观景，面对无处不在的"长蛇阵""盘龙阵"和走不出去的"八卦阵"，看车追尾、"顶牛"，看人发急，骂娘，甚至拳脚相向，就突然觉得在城市里能有路走，便是再也"神仙"不过的好日子了。

2006年10月14日于西安

看　　景

　　无论你愿不愿看，各种景观都会来到你面前，推开窗户，哪怕咫尺之间，又一座大楼的又一个窗户正对着你，那上面挑着文胸、内裤、长腿袜，色彩斑驳，临风飞舞，难道那不是景观。出了门，见一老头，上身赤膊，瘦骨嶙峋，下束短裤，腿如麻秆，跑得热汗涔涔，紧随一狗，却是仪态雍容，深秋着装，体裹毛衣，还喷嚏连天，那也是景观。进了公园，见一胸阔臀肥的"压秤婆"，水桶一样吊在小树杈上来回晃悠，小树压得咯吱吱，肥婆累得呼哧哧，那同样是景观，不过让人觉得有点以强凌弱而已。至于花草顽石，楼台广场，那就更是大景观了。景无处不在，也无处不得观，套用一位名人的话说，缺的仅仅是发现景的眼睛了。

　　如果要专门出去看景，那景致就更多了，先前好像一个省就那么几处，或者几十处，现如今，一个乡镇都能给你弄出个东线一日走、西线一日游来，大量伪造景点，杜撰"史实"，煽得清水能点灯，吹得死人变活人，不仅把游客搞蒙了，连当地老百姓都以为是撞见鬼了。你如果仅选名点走，那里面也大多变了味，最美好的地方总是与钱瓜葛太深，弄得人不看不舒服，看了气呼呼，再加上各种旅游品的"特色"

陷阱，晚上回到宾馆，一盘点，老婆就有可能为老汉或孩子"多饱了个眼福"或"多上了一次当"而产出一顿臭骂。

有些自然景观确实很美，但却缺乏好的诠释，在国内大多溶洞景观中，不是"孙悟空"，就是"猪八戒"，再么就是"老虎""狮子""狐狸精"，连桂林七星岩这样的"老字号"，也不能免俗，许多美妙之处，便在无诗意、无趣味、无创新的絮叨中，让美感悄然消失了。还有一些自然景观，刻上去了太多不自然的欲名垂千古的书法，而使美景徒增其丑，连华山这等"神品"山岳也未免遭荼毒。至于佛塔上的"我爱你"，长城上的"张二狗登临"之类的"佛头着粪"句，更是连绵不绝、千刀万剐不穷。这些属于景给人带来的不快，还有人给景带来的难堪，在今天这个全民旅游的时代，也是竞相亮相、"好戏"连台。几年前，我在安徽开创作会，结束后去品读黄山，未到半山腰，就有两组人马在前面大打出手，我们始终未弄明原因，但见一组比一组下手狠，最后，甚至有穿着十分入时的美女猛扑上去，照着对方男士的要害处，飞起一脚，当下让那男的就窝在地上，双手捂住疼痛点，满地打滚爬不起来。黄山的一切景致在我心中很快就淡忘了，但那美女的一脚，却使我终生想起来都浑身痉挛，再旅游时，在山上遇见美人经过，两只手总要下意识地把什么地方捂起来保护一下。

卞之琳有这样四句脍炙人口的诗："你在桥上看风景，看风景的人在楼上看你。明月装饰了你的窗子，你装饰了别人的梦。"我们在看风景时，其实在别人眼中，我们已然是风景，至于好看不好看，全在我们的行为了。近几年国人腰上别了几个"银子"，蜂拥到国外看景，结果弄了许多代名词回来，诸如"随地吐痰族""高声喧哗族""到处便溺群"等等，在许多地方，华人旅游团，已属"最不受欢迎的人群"而频遭退单。尽管资产阶级和资本主义有它可恼可气可憎可恨的地方，但老用这种方式去"蔑视"和"战斗"，恐怕也不是个长久之计。国人在许多事情上，好像不是一个太喜欢抱团的群体，可在名胜景点、候机大厅和宾馆电梯、走廊、大堂里，却最爱"秀"成堆，或是勾肩搭背地合影，或是脑袋套脑袋地争睹别人的照相成果，或是搞"幽默"，说"段子"，动辄"轰"的一声炸堂，招徕四座侧目，还浑然不觉，即便知觉了，也是"管球它的"得大大咧咧，时间长了，拿你无奈的"资产阶级"，就会对你实行"眼不见为净"的"×× 禁止入内"。

有些人出去看景，纯粹是"干呼呼"，真到了好的景点，未必真有兴致。我在敦煌看莫高窟时，就见许多国内游客，仅只在一层看上一两个洞窟，就坐在一旁等起了同伙，嘴里还念念有词地："都是些泥娃娃，有啥好看的。"然后便拿出手机，弄起了"拇指文化"。有人开玩笑说：中国已经进入了全民写作时代。这话还真不是吹的，你看无论何时何地，都见一群一群的人，在手机键盘上埋头创作着。如果与外国人坐在一起，他们一般都才进入看书学习阶段，我们就已经在集体"著书立说"了。手机"写作"，不能不说已是我们最夺目的一道风景。

我们看景，也被人当景看，景色衬托了我们的身影，我们的身影能为景色增添谐和的光斑吗？

2006 年 10 月 15 日于西安

看　　狗

在诸多动物中，狗恐怕是人类最亲密的伙伴了。过去，我们只从外国影片里看到，"资产阶级"小姐和贵妇人，手里牵着一条长得特别怪异的狗，很矜持地走来走去。再就是国产老电影，在展现20世纪三四十年代上海滩和南京的生活图景时，一些美娇娃，也爱抱着或拉着一条狗，以示身份的尊贵和有闲。进入新中国后，这些狗也不知怎么处理的，反正再也不见了，能见到的，大多是真正的看家狗，不大好看，也不大好玩，搞不好嘴就上来了，人用拳脚还击，咋都不如那张利嘴能切中要害。

我在山里长大，见过太多的看家狗，那些沟洼岭梁上的单门独户，全凭一条狗捍卫安全，狗的机智敏捷，常常与主人形成鲜明对比，主人总是木木的，似乎对身边一切都反应迟钝了，那狗却能洞幽烛微，明察秋毫，主人还在墙角丢盹呢，狗却已经把贼的裤子扯到脚脖子上了。想那山野农户，家里如果没有一条狗，财产安全和人身保障，就真的要大打折扣了。

狗的忠诚是无与伦比的，无论主人家再穷，它都是要坚持狗格、操守的，即使饿得前胸贴住后背了，有时主人还对它痛出恶气，但它绝不会以怨报怨，甚或"倒戈""起义""私奔"，打得急了，汪汪叫几声，或躲一阵，等一切烟消云散了，又会出现在自己的"岗位"上，作"严阵以待"状。到了春季，主人也可能有那么几天找不见它，那是爱情的季节，人都经不住爱的诱惑，狗到那几天，便也抵御不住"春情荡漾"地放弃责任，"逃岗""窜岗"到附近小镇上，"会亲访友"，享受爱情，几天后回来，就一年都安安宁宁地"忠于职守""保卫家园"如初了。

当然，狗的忠诚也是看对谁而言了，恶人家养了狗，对于别人，那就是恶狗了。《左传》中记载，暴君晋灵公，就豢养了吃人的恶狗，有一天他请爱提意见的大臣赵盾喝酒，提前将"训练有素"的恶狗，安排在殿侧，三杯酒下肚，恶狗就被唤了出来，要不是护卫提弥明挺身而出，差点没把赵盾当堂咬死。古典戏曲中，也有恶人训练食人恶狗的情节，先是把对方的像画出来，做一个模拟人体，让狗每天练习"掏心"，最后，恶狗见了真人，果然就扑上去，把对方的心脏活活掏了出来。难怪鲁迅要发出"痛打落水狗"的呐喊了。鲁迅要打的就是人间"恶狗"，即使跌到水里了，也是不能随便放过的。

狗因人恶，狗也因人善，就看狗掌握在谁手中了。恶人家养了狗，那狗就善良不到哪儿去，因为狗是听人使唤的，他放狗去咬人，那狗咬得越凶，受到的奖赏越重，狗能不越变越恶吗？而善良人家养了狗，每乱咬一次，都要受到惩罚，久而久之，它还会自找麻烦，自讨没趣，自领酷刑吗？人是狗的主子，狗是人的影子，与其说狗恶，不如说人恶，狗说穿了，只是背了个赖名誉而已。当然，狗这个灵性极高的动物，好仗人势，恶人饲养的时间长了，也免不了"'狗'之初，性本善，性相近，习相远"起来，恶一旦成为"习性"，那狗也就成为一条十足的恶犬了。狗为人类出了很多力，最终浪来许多不好的名声，说穿了，都是人类害的，狗们要是能在一起开"愤怒声讨"大会，人这家伙是绝对的"领赏"主角。

不知从啥时起，狗就养得多了起来，过去是乡村比城市多，城市甚至是禁止养狗的。现在，乡村的狗反倒比城市少，"阡陌交通，鸡犬相闻"的田园风情，突然把"犬"这一半搬到城市来了。过去养宠物狗，似乎仅是"贵妇"的专利，现在狗已进入寻常百姓家，不仅女性侍弄，连男同胞身后，也是要跟着一条闲适的美狗的，狗便越来越成为我们生活的重要组成部分了。在有的家庭，狗甚至享有比人更尊贵的地位，一些本来就不怎么招人爱的先生，大概就有这种排名已在狗之后的"懊丧"和"失落"。狗一般都有昵称，先生有吗？狗乖乖的发式、体毛都是家庭主妇亲自修剪、梳洗的，先生旋在头顶的那几缕愈来愈稀疏的头发，还有人帮你打理吗？狗宝宝是可以上床睡觉的，家庭保姆和乡下亲戚来了，敢到主妇卧室的软床上去迷瞪一会儿或打个滚吗？

由于人类对狗的过分娇宠，使狗也越来越丢失了本分，绝大多数美狗，"看家"的本领已不复存在，只练就了一些简单的技巧，每天在主人需要的时候，拿出来"演出演出"而已。有时来了客人，出些风头，也能给主人增添些"优越"

与"富有"感，除此之外，就是饱食终日，单等侍奉了。有的已心宽体胖、雍容华贵得出行都需要"备轿"了。这种对狗的一味放纵与娇惯，也导致了狗的"忠诚意识"的退化。去年我去乡下探亲，已很少见到"看家狗"，问及主人，都说养不住了，要么被人暗杀吃了狗肉，要么蹭到有钱人家门口去当"编外警卫"了。俗话说"儿不嫌母丑，狗不嫌家贫"，连狗都出门"傍大款"去了，这种趋富趋贵的时态，也真是有些触目惊心了。

狗一旦异化蜕变，危险性比人还大，前不久发生在山西的一场惨剧，有人在放养狼狗时，不加照看，两个穷凶极恶的家伙，竟然将一个年仅9岁的小孩活活生吃了。这可能不是养狗者训练的故意，但狗已不是在进行看家的"正当防卫"了。至于随处可见的威猛大狗和藏獒对人的无礼"热吻"与精神刺激，以及狂犬病的频繁暴发和狗粪的俯拾皆是，已是城市最难治理的顽疾了。

尽管如此，我还是主张家里养一条小狗的，也同意"老人、孩子、主妇、狗、先生"的家庭地位排序，但我不主张给狗搞特殊化，还是让它以啃骨头为主，也不要让它过多地"出场表演"，得让它时时保持对门户的警觉，从而坚守住狗的天性与品格。

2006年10月22日于西安

看 民 工

有一天，我无意间经过一个劳务市场，突然有人喊了一声："叔！"我很是诧异地回头看了看，见没有熟人，就继续往前走，后面又喊了一声："彦叔！"我听口音是家乡的，并呼出了我的名字，就急忙再回过头，见一个灰头灰脑的小伙子，很是羞怯地走到了我面前。我并不认识他，他自我介绍说，是我们家族中的一个晚辈侄儿。我只与他的父辈有联系，而对他们这辈人，由于离家太久，户面又大，加之亲戚也稍有点远，就都不大清楚了。他说他在老家见过我，由于晚辈太多，我已没有了记忆。他说他是来西安打工的，人太多，活难找，虽然没有直接开口，我知道是希望我帮帮忙。我实在没有这种关系，就在身上掏了一点钱，算是打发了。离开时，我感到了他眼中的失望与无助。过了几天，与一个朋友聊起此事，他说他可以给小伙找个临时活儿，我再去劳务市场，就再也没碰见那双期待的眼睛和那个瘦小的身影了。很长时间我都有些歉疚，怎么当时没有留个联系方式。但从那时起，我就深深地知道，民工群里，有我的亲戚。

由于母亲在县城住着，我每次回老家，只是看看母亲和城里的亲戚，乡下许多亲戚便疏远了。但也不断听到乡下亲戚生活的沉重与艰难,他们很多人都在外面打工,有一年,一个亲戚的孩子在山西挖煤,竟然把腰塌成了几截,煤老板十分憎恶地只给了一点小钱,就把人打发回来了。经过一年多的治疗,虽然人勉强站了起来,却是终身残疾,再不能负重。有一年春节我回去,看了看他凸凹不平的脊背和终生挺不起的胸膛,再看看年仅十九岁的鲜活脸庞,就不由得心房颤动,泪湿衣襟。他也曾在城市的劳务市场里四处找活,那双无助的大眼睛,也曾到处发出希冀的目光,但最终选择了毫无保障的私人煤窑,而使生命质量惨遭毁灭性的打击,直至骨架变形、肌肉萎缩、扣胸驼背,青春不再。

民工是到城市寻找活计的,但他们更是城市的建设者,他们总是与"脏乱差"联系在一起,当把这些地方治理得高楼林立、花坛簇拥时,时尚的人就进来了,门禁就严了,他们就再也进不来了。他们只能站在远远的地方,对新来的伙伴说,哪块大理石是他们贴的,哪簇鲜花是他们栽的,哪个防盗门是他们装的,但那一种美丽的景色也不属于他们。把哪儿建设好了,他们便从哪儿离开了,因此,民工便永远不会成为城市的所谓表层风景。在一个特别注重外表的时代,他们自然会遇到各种十分不友好的眼睛。更有甚者,克扣工资、施威施暴、谩骂体罚他们,媒体多次曝光,老板逼迫打工仔、打工妹下跪求饶的"奴隶主对待奴隶"般的倒行逆施,不就发生在光天化日之下的现代文明都市吗?一些老板的丑陋,是与他们的经济利益相联系的,而普通市民对民工的轻慢,就完全是时风流弊的深度浸染了。一日,我在南郊的一个十字路口，发现一个协勤员，用一竹竿阻挡红灯亮后的车辆行进，一民工骑一手闸不灵的自行车，车后绑着劳作工具和一块写了几个工种的招牌，一时刹不住闸地撞动了横杆，那协勤员二话没说，上去照民工的瘦脸就是两拳，并用脚狠踢民工的大腿，企图连车子带人都放翻在地，我急忙上前制止，那人见我怒斥之声异常凶猛，才住了手脚。民工急忙加大脚力，离开了现场。就在他"灰溜溜"远去的一刹那间，我突然感到，那瘦小的身影，特别像我那个再也没有见面的乡下亲戚。

在我居住的街道上，有许多没有按要求到正规劳务市场去谋职的乡下民工，他们一大早便聚集起来，在为一次又一次的机会，形成着一个又一个的追逐漩涡，有时到了正午时刻，仍有很多人在啃着干馍，苦巴巴地等待着突然降临的"馅饼"。有的人，因得到了一份工作，而精神抖擞，向同道告别远去；有的人终日"背运"，无人问津；有的人，还因此跌入了"坑蒙拐骗"的人生"黑洞"。我没有什么工作要他们做，因此，每次路经此地，都不敢正视他们的眼睛，生怕使他们在瞬间产生希望，又在瞬间遭受失望的打击。我每每在送孩子上学时，都要远远地向那儿瞅几眼，孩子老问我看什么，我就对她说："那里面可能有咱的乡下亲戚。"我没有奢望孩子这一代人，能对他们不曾相濡以沫的乡下亲戚，有什么深度感情，但我总是希望，能在他们的眼睛中，多一份比冷冰冰的水泥路面、水泥墙壁，要柔软而又暖意的，对待温润了他们父辈的乡下亲戚的眼光。

2006 年 11 月 5 日于西安

看 学 生

　　有学生的家庭是占绝大多数的，我们每个人都太清楚当今学生的生存状态。对于城市孩子来讲，衣食可能是无忧的，冷暖可能是无虑的，但精神显然是不堪重负的。从小学开始，孩子们就很少见到一种童真的天性，背个比脑袋大几倍的书包，脖子引颈欲飞地朝前梗着，目的性很强地朝一个目标进发着，对身旁的任何事，好像都缺乏多看一眼的兴趣，那种"城府"，似乎大小给个单位管管，也能驾轻就熟地从容不迫。哪像我们那时，一共只有两本书，外带一个合用作业本，连包都不用背，有时别在裤腰带上，就"飞毛腿"一般，越窗、跳墙、上树、下河地向学校迂回而去。弹弓是要打打麻雀的，陀螺是要用鞭子抽着上台阶、过沟坎的，小男人们一路是要抱住摔几回跤的，树上的鸦雀巢、马蜂窝，也是要想方设法，窥探搅扰一番的。虽然不才，长大好像也没做下什么太对不住国家、对不住社会的事，现在怎么突然对孩子有了如此严格的要求，以致让孩子们连上学、放学的路上，都要行色匆匆，目不斜视呢？

　　过去也考试，哪像今天这样，年年考，月月考，有的甚至天天考，连家长都快"烤煳"了，还别说孩子。小学升初中是个大坎，初中升高中是个大限，高中考大学，那简直就是"鬼门关"了。我们谁说累，有孩子累？谁忙，有孩子忙？谁工作时间长，有孩子学习时间长？谁压力大，有孩子压力大？我们忙了，累了，感到有些不堪重负了，还能想方设法喘口气、减减压，孩子从小学到高中毕业，整整十二年，何曾有过太轻松舒缓的时候？即使暑假、寒假，又有多少是属于他们"休闲"、减压的时刻？有时连孩子跟父母外出度几天假，也是要背一堆作业的，更遑论正常的学习时日了。这使我又想起了自己的初中时代，课本是比小学多了几本，但绝对没有课外作业，放了学，搞过泥塑，学过水粉，临过颜真卿，那完全是兴趣，绝非父母打压、老师强制，出去玩就是出去玩，毫无心理负担，有时学校组织野营拉练，一逛就是好几天，背的行军包，挎的行军壶，晚上住自制帐篷，玩得昏天黑地，哪里知道读书还是有负担的。当然，都像我这等平庸读书者，卫星上不了天；潜艇下不了海；"神舟六号"即使放出去，怕也是收不回来的。可现在的孩子也真是太苦了，不知怎么搞的，我一想到小时课本里《半夜鸡叫》的"周扒皮"，就想到了身为人父的自己，为了让一晚才睡四五个小时的孩子早点起床，我们上闹铃，变着法儿地更换所谓"动听的（那玩意儿能动听？）"叫醒服务音乐，其实跟"周扒皮"半夜装鸡叫，残忍地欺哄小长工"高玉宝"早点起来去放猪，又有什么两样呢？看着《黄河纤夫图》，我总觉得那些拉纤的已不再是黄河纤夫，而是我们的孩子，他们小小的背脊弓了起来，双肩被书包带勒得很深很深，除了没有赤脚、露腚、光膀子，那种勠力的身影，与纤夫的羸弱、悲苦、无奈毫无二致。他们拉着父母的希望、脸面，拉着老师的水平、地位，拉着学校的名次、升学率，甚至拉着社会的发展、进步，拉着民族的文明、复兴，拉着"落后了就要挨打"的"板子""鞭子"和"棍"，以及走向世界的一切"包袱"、辎重，艰难行进着。总之，是要把我们那一代人，甚至几代人失去的时间全部夺回来，并且还要"高效""快速"地与早就阔起来的人家"同步""接轨"。那纤绳岂不太沉重了，而这根纤绳就实实在在勒在我们所有孩子的肩上啊。

奇怪的是，这艘不知从哪儿开来，也不知要驶向何方的"魔船"，人人都在谈论，人人都在诅咒，但谁也无法让它停下来。我们都是浮它行进的水，孩子们甚至也成了让魔船蠢动的拉纤人。家长已神形憔悴，老师已疲惫不堪，学生们更是身体透支、无奈百端。教育部门似乎也做过很多努力，开过许多药方，但使用多大的剂量，都已扳不回沉疴，魔船的汽笛还在狂叫，所有人，包括我们自己，仍在给船抬高水位，依然骂骂咧咧地给孩子肩上搓更粗壮的拉纤绳索。

社会发展的不竭动力是科学创新、技术创新、机制创新等诸多创新因素的集合体，而我们在对学生的培养上，似乎更多注重的是灌输和死记硬背，打基础是必要的，但如果成为一种"应试"的方式方法，就在思维模式上，给孩子们落下了难以校正的病根。据说爱迪生小时学习也不咋的，后来竟然弄到了那样个高山仰止的水平，仅发明就一千多种，说明科学巅峰的攀登，思维方式与创造力是至关重要的。不过话又说回来，人人都希望自己的孩子是已成发明家的爱迪生，谁又希望独生宝贝是那个没有成名前"瓜"得倮在鸡窝里"孵蛋"的"小蠢货"呢？

文章写到这里，门铃响了，下午六点三十分，孩子放学回来了。放书包，换衣服，上厕所十分钟，吃饭二十分钟，然后学习到十一点半，老"周扒皮"检查作业，孩子洗漱。十二点准时休息，有时熬过了瞌睡，一点还听孩子在来回翻身。早六点十分，"动听"的叫醒音乐响起，老"周扒皮"开始连忽悠带蒙地整孩子起床（这个过程很艰难，有时长达二十分钟），洗漱十分钟，吃饭二十分钟，七点准时"拉上纤绳"出门。中午十二点放学，十二点四十走回家，换衣服、如厕、洗手十分钟，吃饭延长到半小时，在床上平躺二十分钟左右，然后再"拉纤"出行……

我有时看着自己得的那一点奖励和荣誉，突然想全部发给孩子，即使全部发给她，都觉得无法弥补她的付出和透支。我们到底想要孩子给我们带来什么呢？

孩子又出发了，她母亲突然站在窗前说，外面下雨，孩子忘带伞了。我急忙拿着伞跑下楼，孩子在前面远远的地方，背着个大书包，梗着脖子在细雨中往前走着，我扬起伞喊："毛毛，伞，伞！"就在把伞扬起的一刹那间，我突然觉得那不是把给她遮风挡雨的伞，而是一条鞭子，一条无论刮风下雨，都要抽打着她陀螺似行进的鞭子。

2006年12月9日于西安

看 字 画

也只有在盛世，字画才值了钱了。我们每天都能听到：谁谁字价又涨了；谁谁画价又升了；谁谁是胡吹呢，有价没市；谁谁真的红火，去家里排队都拿不到手。我不倒腾字画，却是个字画爱好者，鉴定不了字画的真假，不敢妄论笔法、线条、用墨、布局的高下，只在喜欢不喜欢、养眼不养眼的层次上瞎晃悠。有时见书画朋友，面对一幅作品，立马能辨别出真假，就感到很神奇，更感到自己与书画的真正距离。但这一切都不影响我对字画的爱好，就像认不清真假名牌鳄鱼、皮尔·卡丹、老人头，并不影响我穿衣服一样，打假是人家专门关心打假人的事，虽然这种做法显得有点对社会不负责任，可我真的认不出来，还能装？

西安真是个好地方，虽然从上海回来，感到这儿太干燥，卫生也不怎么尽如人意；从北京回来，感到这儿有点小，楼房也没有人家气派，但住久了，对旮旯拐角熟悉了，就觉得这地方，特别适合人居住，尤其是适合有点闲适感的人居住。上海那地方，容易对人产生经济压力，没钱，好像不大好玩。北京那地方，容易对人产生地位压力，没级别，好像活得也不大爽快。西安这地方，就散淡多了，温饱解决了，大小有个能吃饭的差事，活得就滋润了。也许是几千年历史文明浸润的结果，面对碑林、雁塔、钟楼、古城墙这些沧桑遗迹，历史视野大了，看得透了，对眼前利益就会淡然一些。淡然有淡然的方式，人吃饱了，穿暖了，总得有个精神寄托。古人有寄情山水的，有寄情诗词的，有寄情字画的。今天，寄情山水的，出去逛就是了，虽然不是过去那个意义上的寄情山水，但坐着飞机、轮船、火车、缆车，把名山大川遛一遍，也总还不失为一种雅兴。寄情诗词的，没有了过去那种你抄我诵的古朴环境，人也浮躁得不大想咀嚼其中的意味，产出和传播链有些断接，也就成了越来越"小众"的个体把玩。唯有寄情字画者，突然找到了比任何时代都风靡的市场，家庭要挂，单位要挂，宾馆要挂，餐厅要挂，连歌厅、桑拿间、洗脚房，也是要文化一下的，这玩意儿一下就红火得了得。

　　谁也无法统计，西安地面到底有多少书画机构，有多少自封的，或相互尊奉的主席、副主席，会长、副会长，更不知有多少人，平日都在写写画画，著名的已经著名，不著名的正在努力著名，尽管也有相差甚远者，喜欢把自己介绍为"著名书画家"，或出个简介之类的薄册，以此标榜，但这一不影响社会稳定，二不拖累经济指标，三不妨碍他人存活，即使是吹了点小牛，又有什么关系呢？经济界，有人注册几万或几十万元资金，对外就敢吹几千万，甚至几个亿。书画界，尽管也有一幅字画，只卖了三五百元，却要说成三五千元的，但与经济界的浪漫夸张相比，似乎还算是比较保守的，更何况，没有了这点自信心，笔墨就张扬不起来，因此，书画人吹吹不违法、不影响经济生活秩序的牛，是大可不必介意的。当然，如果太醉心银两，看谁的书画值钱，就拼命模仿造假，那又另当别论了。

也许是这块土地出过太多书画大师，颜真卿、柳公权、于右任、范宽、石鲁、赵望云……因此，树起了这块土地上人的书画自信心，加之碑林、诸多出土壁画和茂陵石刻等历史遗迹的耳濡目染，而使人们手心都有点发痒，不仅寻常百姓爱挥毫泼墨，有的干脆拿一大桶，每早在城门洞子底下就颜真卿、柳公权起来，官员也喜提笔运腕，抒发豪情，连已与电脑接轨的作家们，也群起研墨铺纸，真、草、隶、篆，人物、山水、花、鸟、虫、鱼起来，这种氛围，真是与文化古都的西安，极其协和、般配、融洽了。更有意思的是，一些书画家，又打开电脑，写起散文、随笔来，连跑遍祖国大地的余秋雨，都觉得西安这种文学书画同流的景观，在九百六十多万平方公里上，是一种不多见的文化现象。

尽管这个庞大的书画群体中，有许多人，永远也不可能真正著名，但他们对这个城市的总体文化品位，都是有提升作用的，因为没有数量的聚集，就不可能有质量的飞升，这就像一个名将的诞生，永远伴随着成千上万个无名勇士的流血牺牲一样，仅凭几个人或几十个人，是玩不大，也玩不火这种"游戏"的。

在中国古代社会，人们的分工都十分粗放，无论作家、书家、画家，似乎都是第二职业，连书圣王羲之，第一职业也是带兵打仗，尽管作家曾巩在《墨池记》里，详细记述了他磨砺书艺的惊人毅力,但这种酷爱,并没有使他放弃军事管理。颜真卿、柳公权、苏东坡也个个如此,不仅书法、绘画、文章精妙,而且第一职业也干得有声有色。今天社会分工越来越精细,书法家是书法家,画家是画家,作家是作家,官员是官员,技术上可能都会越来越精到,但从综合人文修养与性情练达上,可能就会出现一种技术至上的弊端。从这个意义上讲,专门从事书画者,永远只应该是少数人,他们需要从技术上引领突破,但绝大多数,都应该在已有的职场中,把书画、写作,作为一种爱好,这种多方位、多角度的融汇和打通,不是也并没有影响于右任、赵望云这样的书画大师的诞生吗?

我曾在一部戏中,写过这么一句台词:"在西安这地方,古城墙旁的公厕里,蹲了十个人,有九个是书法家,还有一个一查,是著名书法家。"尽管是剧中人的一个小幽默,但也是一种文化渴慕与期待。试想,如果有一天,护城河的污水排净了,一城人都在工作之余,拿着毛笔,把个清凌凌的护城河,涮得跟王羲之的"墨池"一样墨浪滚滚、香气四溢,那这个古都,又该是怎样一番令世界仰慕的文化气象啊。

2006 年 12 月 14 日于西安

看 手 机

1985年，一个叫马丁·库珀的美国人，发明了摩托罗拉无绳电话，那是第一部人能便携的所谓"手机"。那一年，我在一个小县城工作，要给几十公里外的父亲所在的区公所打电话，是要到邮局排队的。单位有部城区内电话，因交不起座机费，里边经常发一种直音，再拍再打，均匀的电流声不变。其实早在1987年，也就是手机诞生两年之后，就有人把它引进到了中国，不过从"高端"拥有，到寻常百姓普及，先后却经历了十几个年头。据资料显示，全世界现有手机用户25亿，中国占4亿多，并且每年还都在以七八千万新增用户的速度往前递进。

我是1996年用上手机的，当时拥有这玩意儿，还是比较奢侈的，啥都办齐，小1万块钱就没有了。那时我经常为电视剧和一些晚会写歌词，老有人说跟我联系不上，咬咬牙，兜里就揣上了。开始，真有些不自在，一是觉得贵重，老害怕丢失；二是盼着有人往里打，不然，就生些"锦衣夜行"的失落。偏偏有了这玩意儿，有时竟然几天没人联系，急得人老害怕是手机出了毛病，过一阵儿，就要拿起座机，自己往里拨打一次试试。

当一种奢侈品，被人们寻常拥有时，它的许多炫目光泽，便荡然无存了。记得手机进入市场之初，有人拿着一块"黑砖"样的东西，无论走到哪里，抽出长长的天线，就能"吃了没，喝了没"地"炫"谈起来，虽然信号不好，有时机主脑袋像"转轴"一样，得打起转圈找最佳方位，但毕竟不是谁都能"转"得起的派头啊。就像过去时兴镶金牙，谁嘴里要是镶了一颗这玩意儿，见了人即使没有笑的契机，也是要把嘴唇裂开，让那黄澄澄的东西亮一下相的，那也是一种身份、地位，甚至财富的象征嘛！这几年，那种"富牙"和"黑砖"一道，都不见了，新的炫耀物又在不断产生，但无论什么样的炫耀物，随着时代发展，都会成为昨日的"富牙"和"黑砖"。不过话又说回来，"黑砖"也有"黑砖"的妙处，它不仅能通信，而且能防身，你想那么沉甸甸的东西，无论拍谁一下，脑袋不糊涂一阵儿是不大可能的。后来手机体积越来越小了，不仅失去了防身的妙用，而且还容易丢失，加上拿手机炫耀的时代也一去不复返了，你在公共场所，尤其是电影院、剧场这些地方，再高声"吃了没，喝了没"，人就不是当初那种有些羡慕和嫉妒的眼光了，而是一种对一个人素质的叹息，和公德缺失的鄙视。

手机的出现，不仅缩短了人与人之间的距离，使世界真正成了一个地球村，而且使办事效率加快，繁文缛节顿失，甚至使素不相识者的交流，也成为一种可能。但副产品也是明显的，首先是，使这个世界变得躁动不安了。我们都渴望信息时代的到来，但繁杂的信息，恰恰是导致人失去精神定力的最重要原因，尤其是手机信息的快捷，已彻底改变了人的生活方式，它使一切躲避、隐逸、封闭、超脱，都变为一种不可能。除非你扔掉它，否则，无论是彩铃，还是振动，都不可能不调动你关注它的神情，因为，在未知的信息里，可能有你的机会，有稍纵即逝的收获，有如果在第一时间不知晓，就会产生遗憾的忠告，如果你担当着一定的社会职责，还有可能酿成重大损失。总之，一旦拥有它，便须臾不可或缺，也许就在你关掉它的一刹那间，你就与某种机遇擦肩而过，甚至失去了挽回某种损失的宝贵时间，反正它已成为左右你生活的总开关，闸一拉，你就会有与世界切断一切联系的孤独无助感。记得前些年，呼机流行时，有人把它叫"拴狗链"，那真是再也恰当不过的形象比喻了。比呼机先进的手机，那更是已成为拥有者的生命遥控器了，你已完全不属于自己，而属于手机这个现代科技产品的俘虏、仆从、杂役和走狗尔。

手机不仅使人浮躁，而且由于交往的便捷与私密，还开发了诸多感情副产品。一部《手机》电影，虽然演过去几年了，但那种精神赤裸感和生活残酷性，仍给大众的手机人生，笼罩着十分沉郁的阴影。这是一部为人最不厚道的电影，它不仅破坏了人的基本信任感，津津乐道着对人隐私权的侵犯，而且使人的弹性生活，突然变得针尖对麦芒起来。现代人本身就抑郁不堪的日子，顷刻间，被撕咬得恐怖异常了。这些感情副产品，是人的原罪泄漏，但又何不是手机的作恶多端呢？几千年传统礼教的各种限制，都是在精神与物体的双重隔离中得以实施的，而手机这个妖魔，使各种隔离带变得荡然无存，连恋爱也是不需要约会在花前月下来卿卿我我的，还有什么高招，能使人的情感世界，在手机的操控下，再回到单纯、宁静与含蓄、内敛的轨道上去呢？

可能我们都已十分憎恶手机的存在，但谁也摆脱不了它的掌控，就像恋爱中的人儿，十分喜欢对方操纵、掌控，甚至虐待一样，我们不能不接听各种有内容和没内容的电话，不能不接受有意思还是没意思的信息，也不能不打各种有内容还是没内容的电话，更不能不回应各种有趣还是无趣的信息，总之，好像每天有许多时间，都是耗费在了手机通话和"拇指写作"上，一旦人机分离，就惶惶不可终日。又是一个星期六，我想试验一天没有手机的生活。办公室和家里都会有人找，一个朋友说，他那儿有一间空房，非常安静，特别适宜写作，我便去写这篇《看手机》。我把手机终于关了，可快到十二点时，总觉得有什么事在心里搅扰着，便打开机子，看有什么信息，嘣嘣嘣，别出一串来，上面全是"你在哪里？""你还活着吗？""有要事快回电！"我急忙把电话回过去，原来是几个书法朋友聚到一块儿，正在说我临的《圣教序》。书法是我唯一的业余爱好，谁说我书法有长进，比说我编剧有成绩，更让我心旌摇荡。何况大家又是催，又是骂的，我只好把文章结束了，尽管关于手机还有许多话要说，但听人表扬我书法是大事，无论如何，先把句号一缩，我得快去。

2006 年 12 月 16 日于西安

看 电 影

平生也不知看过多少场电影,反正无论从哪个方面讲,电影给我们的影响都是巨大的。记得很小的时候,为看一场电影,我们会追赶到很远的地方,有时一部片子能看无数遍,譬如《地雷战》《地道战》,到现在,许多细节和语言,仍能记忆犹新,包括对日本鬼子的憎恨,都是从电影最先获得感情浸染的,以至到今天,连面对普通日本人的情感,都不大好往最佳处调整。至于艺术启蒙,那就更是微风看草长、润物细无声了。

对电影渐渐疏远,大概是在影片越来越多以后,实在看不过来了,就选择了放弃。记得改革开放之初,有一段时间,国产与进口影片突然丰富起来,那时我在一个小县城工作,事不多,几乎每天都泡在电影院,有时一天看三场,几乎场场都是新的,实在买不起票了,就在人家清场时,蹲在厕所不起来,等新的观众放进来,再跟着一块儿哄进去。我有一个朋友,说他那时蹭电影,有一个绝招,每次在人多时,买两瓶酸奶和一袋爆米花往里闯,收票人老以为他是已经验过票后,从里面出来,给他的小情人什么的,买吃喝献殷勤来了,就从来没有阻挡过。他把奶端进去,一边看电影,一边左一口右一口地品咂着,再把爆米花咯嘣嘣一嚼,电影白看了,还吃了喝了实落了,算是精神物质双受益。我们那时把看电影,自嘲为"审片子",其实所谓"审",是领导的事,不掏钱,还坐好座位,谓之审。我们虽然掏些钱,也坐不上好座位,但见片子就看,并且要先睹为快,也便谓之"审"了。"审"着"审"着,就发现多得"审"不过来了,后来就干脆不"审"了。有了影响特别大的,也去"审"一下,但多数时候,就只在家里看录像和碟片了,说实话,由于碟片质量问题,完整看完的并不多。

有一段时间,因写作需要,我的一个搞电影编剧的朋友,给我推荐了近百部世界一流电影,让我先后"审"了几个月,算是又一次调动起了看电影的兴致。后来有一阵,我甚至又回到了电影院,虽然那里,已是门前冷落车马稀,但始终还有一些年轻人,在坚守着电影的消费市场,我想,这应该是那些电影人心灵的最大慰藉。可惜,好影片太少了,无论是美国商业大片的千篇一律,还是国产大片的邯郸学步,都让人再也找不到小时看电影的激动和兴趣了,虽然今天的电影品相,可能比老电影要好过很多倍,但技术至上主义却无处不在,那种导演越来越想站到前台做木偶提线人的强烈表演意识,那种制作上的刻意、错乱、荒唐、乖张,甚至已经到了令人十分讨厌的程度,我们已很少看到那种内在质地扎实稳健的好电影了,更多的是金玉其外、败絮其中的文学空壳。一些电影,从莫名其妙开始,到不知所云结束,以至看完几天,都不敢说一句话,生怕是自己没看懂,因为强大的舆论,已经告诉我们：这是一部谁不看谁就算白活了的电影。直到大家都说那是"皇帝的新装"，我才敢对自己的真实感知下结论：是的，这"皇帝"是真的"既光着上身，也没穿裤子"。"包装"这个时兴的词汇，从来没有像今天这样，被一些导演和制作人，运用得如此淋漓尽致，以至于每揭开一层皮，人们都要大失所望地唏嘘哀叹半天。相反，倒是一些炒作甚少的"小电影（可能因花钱少而称小）"，既有文学内蕴，又故事完整，还有人物的自然痛痒和哀伤，可惜这些"小玩意儿"，有时在电影院看不到，拿碟片看，又全然不是看电影的感觉，我的看电影生涯，就这样，眼看着快被终结了。

一天到外地出差，看报纸上正在烹、炒、蒸、煮《满城尽带黄金甲》，住地隔壁就是影院，忍不住进去坐了两小时，还真是好看，满目黄澄澄的，所有细节都是张艺谋式的放大，颜色是张艺谋式的强烈单一，除了几个主角，其余人出来干啥都是张艺谋式的整齐划一，动效也是张艺谋式的连"风"带"控"，尤其是故事，叙述得环环相扣，摄人心魄，无疑是一部从内容到形式，都特别"经典"的电影，形式的"经典"性，是张艺谋的创造，也是张艺谋的重复，但故事的经典性，就使我们上过几天学的人，都想到了曹禺的《雷雨》。我看到过此前的各种炒作，都说《满城尽带黄金甲》剧是《雷雨》的"借鸡生蛋"版，可在正式播出的拷贝上，却无曹禺的名字。是不是打字幕的人遗漏了？曹禺不是个小人物哇，要论级别，也该是个正部长级干部了吧？且刚刚去世十年，这样身份的编剧，都能被如此漠视，其他编剧的著作权维护，就可想而知了。由此，我突然明白了中国电影怪圈形成的原因，那就是对电影文学的极端忽视和粗暴践踏，连曹禺都敢不当人，其余编剧为老几乎？话得说回来，有了曹禺的魂灵，这部电影真的是好看得多了，试想，如果抽去了《雷雨》的"筋骨"，即使"全球穿上黄金甲"，那又该是个什么样儿呢？形式大于内容，形式高于一切的大制作，永远都不可能把电影从低迷中带出去，只有尊重文本、回归文学，电影才可能有根本出路。

作为一个影迷，其实我最喜欢的导演，还是张艺谋，他能用《雷雨》"借尸还魂"，正说明了他的清醒与过人之处，遗憾的是：字幕上出了那么多人的名字，却漏掉了一个曹禺，真是太粗心了。如果是电影界的规矩，那这个规矩恐怕得好好改一改了。

2006 年 12 月 19 日于济南

看 孔 庙

作为一个靠写作为生的人,始终有一个愿望,那就是到孔子的故乡去看看,应该说是朝圣。2006年接近冬至的时候,我终于有了走近他的机会。那天,我们一行五人,抱着十分谦卑的心态,一大早,便从济南驱车前往。刚下高速路,正不知去向时,一辆红色小轿车就跟了上来,紧接着,车的茶色玻璃缓缓落下,一个年轻且有几分姿色的姑娘,把头从里面很优雅地伸了出来,手里晃着一个导游证,很是礼貌地问:"需要导游吗?"我们人生地不熟的,此时遇见导游,当然是瞌睡碰见枕头了,几乎没做商量,就深怀感激地把曲阜之行全部交给她了。那姑娘从红色小轿车上走下来,是要上我们的车,尽管后排坐了三个半老男人,已经很挤了,但他们还是积极性很高地同意她上来挤一挤。这一挤,把大家的情绪给挤高涨了,再经姑娘一介绍,整个曲阜,就好像在我们心中豁然开朗起来。到底是礼仪之邦,姑娘温文尔雅,落落大方,且口齿伶俐,用语得体恰当,虽未见孔庙、孔府、孔林,但心中,似乎早已沐浴到了圣地的和煦阳光。

很快,我们就被姑娘带到了目的地。从车上下来,一股冷风倒灌肺腑,先是打了个寒噤,再举目四望,就让人傻眼了，怎么全是新近打造的景观，檐墙低矮，梁柱血红，且做工粗糙，质地低劣。我们急忙问："这就是孔府吗？"姑娘沉着老练地应对说："这是来曲阜必到的地方，见了孔子，你们总得烧炷香吧，真正孔庙是不许动烟火的。"听来很有道理，我们就买了套票，跟着她，先进"博物馆"，再过"春秋时代"的商业街，然后又度九曲桥，"圣庙"便矮塌塌地出现在面前了。刚一走进大门，几位"和尚"模样的人，就如少林寺进入战斗状态的武僧一般，把我几乎是半架着，弄到了一个新近泥塑的"孔子"像前，不由分说，就把大把大把的排香，塞进了我们怀里。后来才知道，同来的其他四位，立即感到了一种欺诈，很快就退出去了。

  我那时已全然进入到拜祖祭孔的神圣状态，浑然不觉已落入圈套，五体投地地一拜再拜，刚起身，又被人拖到一长香案前，"和尚"、俗女围了一堆，七嘴八舌地介绍着各种香烛的价格和妙用。直到此时，我也并未觉醒，面对从百元到千元不等的香烛，摸摸身上那几百元钱，仔细想想，孔老夫子并非俗人，他是应该知晓读书人钱包之鼓胀干瘪的，难道他会以"粉丝"的花钱多少，来判断虔恭程度？我选择了一百五十元的，也是价钱最低的，又一次长揖不起地匍匐在老先生脚下。当再一次起身时，一房人，几乎是饿虎扑食般地蜂拥而上，有要算卦的，有要上布施的，还有要求再烧高香的，我突然有一种被愚弄感，还没等回绝，就有"和尚"已把手伸向了我装钱的口袋，我立即愤怒了，怒斥道："干什么？你们想干什么？这还是在圣人门下吗？你们配做'孔庙'的守护人吗?"有同行者,听里面吵了起来,急忙赶进来把我"解救"了出去。刚出"圣庙",就听里面"和尚"和几个卖香烛的妇女对骂起来,好像是在相互责怨,没把个"冤大头""摁倒""压住""血放完"似的。再找那"优雅"的女导游,早已不见了踪影,原来,她已把我们转卖给了另一个女导游,五个被"拐卖"的智力还算没有大毛病的男人,气得脸色铁青地在风中站了好久。

"假景点"还剩一个没看,票又没法退,不看也是损失,只好又钻进去看。这是一个类似"迷宫"一样的所在,导游把我们弄到一个有些像马车的有轨铁架子上,电闸一合,那"车"便吱吱扭扭向黑暗中走去,铁架子上有一瓮声瓮气的喇叭,里面有被颠簸得一截一截的女声:"大家即……将……顺着孔……子……当年……走过的路……线……周……游列……国了……"漆黑的洞里,有明灭无度的灯火,还有泥捏的"孔子"和他那些落魄的门徒,在用"白眼"翻着游人。洞内干霉异常,且寒风砭骨,当我们周游了两三个"国家"时,就冻得撑不住了,那种寒冷与凄凉,倒是帮助人更深刻地理解了孔子十四年游说,茫茫"如丧家之犬"的无奈与酸痛,也算是意外收获了。当从"列国"周游出来,五个人都冻得清鼻长淌,那女导游正要往车上挤,被几个肝火上升的男人,一声秦腔之怒吼,吓得趄出了老远。

我们终于自己找到了威重的孔庙、敦厚的孔府和一望无际的孔林。在孔庙里,我真的是长跪不起了,那阵儿直想哭,眼泪却终于没有掉下来。这里既没人要我焚香,也没人要我布施，更没人关心我兜里装了多少钱，只有孔子的塑像，在木然看着我们这些远道而来的顶礼膜拜者。其实天下有很多孔庙，但能到他老先生故里来亲自拜谒者，毕竟是少数，我们还算是几个比较幸运的读书人。虽然一接近他的府第，就遭遇了"美人计"，让我们感受到了经济攫取的残酷性，可这一切也怨不得圣人，谁叫我们要放松警惕，让那温文尔雅的姑娘上来挤一挤呢？其实我们都是常出门的人，深深懂得野导游的厉害，可到了圣人门下，还就真的放松了警觉，以为孔圣人的教化作用，时下再微弱，管个几十里地总是不成问题的，谁知庙门以外，他老先生就有些束手无策了。再一想，这就是我们的实用主义了，孔老先生是管大节的，是以天下为己任的，眼皮底下的小姑娘，犯了这点鸡毛蒜皮的事，又何必烦劳他费心呢？

作为建构过中华民族社会主义核心价值观的孔子，几千年来，也是挫折连连，仅20世纪，就先后经历了"砸乱孔家店"和"打倒孔老二"的两次大限，然而，他都挺过来了，今天，虽然可能出现他的又一次大红大紫岁月，但他当初周游列国时的尴尬，并不会随着"热炒"的铺天盖地而消失，相反，这种"两张皮"的尴尬，可能会愈演愈烈。可管你爱听不爱听，落实不落实，照做不照做，他都要说，这便是这位老人的恒心所在，也是他的伟大与过人之处。车已经走得很远了，我似乎还听到孔庙里那尊雕像，在说着"不倦"两个字。

2006年12月20日于济南

看 网 吧

许多学生家长，一提起这个处所，就有些咬牙切齿。但谁也没办法，据说为此还出现了一种新的职业，叫"戒网瘾心理诊所"，有的还冠以教授头衔，四处"云游"，开坛讲座，信奉者趋之若鹜。足见网吧之流弊，已到了何等触目惊心的程度。过去只听说过戒毒、戒赌、戒烟、戒酒的，当然，和尚之戒荤、戒色，胖子之戒肥、戒腻，糖尿病人之戒糖，痛风病人之戒海鲜，那又当别论了。总之，只要到了需戒的程度，那就是一个承受的临界点了，不戒，就会走向事物的反面，对于许多年轻"网虫"来说，这个"瘾"，就已经严重触及了大人们眼中的事物临界点。

世界上第一个发明电子计算机的人，是保加利亚裔的阿塔纳索夫，他出生在美国，当时是一所大学的物理系副教授。因研究工作的需要，每天必须面临无休止的繁复计算，消耗了大量时间，为了改变这种状况，他开始尝试着运用模拟和数字的方法，帮助他和他的学生，处理那些繁杂枯燥的计算问题。这样，经过五年的反复实践，到1939年，一台完整的样机就诞生了。谁也没想到，这项发明，在日后会产生对整个人类社会如此重大的影响，更没想到，它会成为一台取之不尽、用之不竭的赚钱机器。所谓网吧，简直是这种赚钱机器的副产品的副产品了。任何事物都有它的正反两面，科学家对核能的发掘探索，导致了大规模杀伤性武器的泛滥成灾；对人体密码的破译，又将引发克隆人的恐怖亮相；电子计算机，无论从哪个方面讲，都是有利于推动人类文明进程的，但谁又能想到，网络虚拟世界的致命诱惑，又导致了人类"救救孩子"的强烈呐喊控诉。由此看来，科学，也并不是一种人类能完全倚靠得住的脊背了。

我真正用上电脑的时间并不长，主要是打字，有时也到网上看看新闻，查查资料，曾经玩过几天ＱＱ，很快发现，那东西诱惑太大，会玩出事的，毕竟是几十岁的人了，理性还是起些作用的，不用人提醒，自己就关闭了。我记得有一次，几个朋友凑在电脑前，查各自的信息条目，突然蹦出一个聊天室来，反正是与情侣、幽会、野合之类有关的，大家说打开聊聊，一人操作，几个文友便七嘴八舌地提供起语言来。先是用一个男士的名字贴上去，结果半天没反应，有人就建议用女士名，好像是用了一个"翠儿"，便有诸如"西北狼""东北虎""扬子鳄"之类的生猛人物，饿虎扑食般地围追上来。几位文友，自信还是有点文墨的，但面对"虎、豹、狼、虫"的百般调情、勾引、献媚，还是显得有些无回应之力。特别是那些急不可耐地要"玉照"、要住址、要电话、要视频链接，甚至还要连夜约会者，简直把"翠儿"弄得戏再也演不下去了，最后干脆给每位"猛男"都发了句："不要脸，流氓，小奴家还不满十八呢。"就赶紧把网线掐了。

从这件事给我们一种警示，那就是孩子们如果上网聊天，真是一件令人十分担惊受怕的事。网络把一切诱惑，都端直推到了我们每个人面前，哪怕是远在北美、南非，只要你愿意，都有可能迅速连线对话。人与人之间，相逢未必愿相识，但在网络上，只要有访问者，那种神秘与不可知性，便驱使着人去探索了解，而了解的过程，又是在完全虚拟与遮蔽的情况下进行的，有时得到的结果，甚至是全然相反的，如果这样获得的信息，再与一个毫无人生经验储备，且理想主义十足的大脑相兼容，悲剧就诞生了。我认识的一个孩子，在网吧玩"网上结婚"，结果招来了那位女孩子的男朋友，把小哥们弟兄唤了一堆，在网吧大打出手，甚至把一个挡驾的孩子的锁骨都打断了，直到公安出警，事态才慢慢平息。尽管孩子们犯错误，上帝都是应该原谅的，但因此给一群孩子造成的肉体和心灵创伤，却是很长时间都难以愈合的。

我们不得不承认，这是一个光怪陆离的时代，有些人，勤勉奋斗一辈子，一无所获；有些人，仅凭一种"超级"炒作，一夜间，便红遍大地，一切应有尽有；有的干脆因为傍上了某个人物，而平步青云，富贵有加；当然，也不乏在网络上获得爱情、事业、幸福的成功者，这里面有太多的偶然因素，不好菲薄，但也没有太大的可效仿性。网络是人生际遇的重要平台，同时也是最大的陷阱，善于把握者，可能会有所收获，不善于把握者，就有可能由此跌入人生黑洞。每个人都希望以最小的生命投入，换取最大的幸福回报，而幸福又常常是捉弄人的，老是以最小的回报攫取你最大的投入，这就是人生悲剧永远都多于正剧和喜剧的深刻原因。

  一种新的浪潮扑面而来，塞和堵，都是没有用的，何况诸多"网虫"，也都未必只是在网吧寻找各种幸福的机遇，还有很多人，是在资讯和游戏的海洋里遨游。无论怎样，我们都得经历，我们自己天天都在呼唤、开辟、引流的现代化浪潮的冲刷，尽管我们已经发现，现代化所裹挟的各种病毒，并不比传统生活的病毒稀少、单纯、容易根治，但现代化，既然被我们"千呼万唤"出来了，也就再无回避的可能。我们能做的事，只能是在打开电脑时，先建好自己的肉脑"防火墙"。对于孩子，除了引导，似乎也再无灵丹妙方，你想，一个盛着海潮的巨型水管爆裂了，仅靠几床传统的破被烂絮，是能捂得住的吗？网吧总有一天会消失，就像当初到处都在播三级片，大人们生怕孩子们钻进去不出来的录像厅，说消失也就基本消失了一样，再新的东西都会成为旧的，越是前沿领域的科技创新，越是呈现出更替速度的迅猛快捷。可怕的是，旧的去了，新的还会来，新的可能比旧的更让人慌怵，这就是加速实现现代化的副产品。永远能靠得住的，只有人的精神定力，而这个定力的建构，又恰恰少不了现在孩子们迷恋网吧的这个痛苦积累经验的过程。但愿这个过程短些，温柔些，大人们更能接受些，而已而已。

2006年12月22日于济南

辑四

大爱医者

这是一个惊心动魄的春节。

过去我不是流动人口,只在原地张罗过年。从2019年开始,我加入了春运大军。开始有人说疫情时,并没在意。总觉得是武汉那边的事。从北京回到西安,餐也聚了两顿,茶也吃了几次。与朋友交流的距离,有时也没保证在一米开外。更没戴口罩。十七年前闹"非典"那阵,几乎动了什么都要洗一次手的习惯,也早忘到九霄云外了。可腊月二十九那天,武汉突然封了城,并且有消息说,从疫区走出了几百万像我一样"春运"的人,一下就把紧张情绪调动起来。很快,武汉人,扩大到湖北人,成为重点防控对象。在我居住的小区,也发现了这样的"归来者",这一下,所有人才知道:疫情真的就在身边。口罩戴上了。电梯、门把手都不敢摸了。连亲戚聚会也取消了。事情真的闹大了。

年过成这样,历史上大概也少有。我们赶上了。惶恐。抓瞎。着急。最大的动作,就是远离疫情、"疫人"。一时,村头高音喇叭里的声音此起彼伏,它已不是一种乡村的真实"抖音",而是城里人,借想象中的乡村传统面目,传递着自己慌乱无助后,内心爆发的某种"狂呼乱喊"。越喊,越惊悚，惶恐。越喊，越畏疫情如毒蛇，唯恐它们从某个缝隙钻进来，溜入了自己的单元、嘴巴和鼻孔。而就在这时，有一个群体，却在悄然集结、整队、出发。他们就是医者。一种只是掌握了一门与我们普通人不同技术的生命。这门技术在这个春节，变得异常惊艳。而他们，在技术以外，也的确闪耀出了非凡的生命火光，让我们在一个不该总擦眼泪，有可能被黏液感染的特殊时期，泪流如注，擦拭不干。

我看到里面很多还是孩子。也许比我女儿还小。他们在家里还正撒娇。疫情让很多父母，突然把孩子严控起来，让他们完全失去了走出家门的自由。即便就是买菜、倒垃圾、收快递这些不得不进行的户外接触，都由大人代劳了。而这些孩子，因为是医者，便走出家门，向着疫情发源地，驮着比他们身躯粗壮几倍的"辎重"，出发了！有一个词，叫逆行，也叫逆袭。果敢、决绝、逆风相向、迎难而上的意思。我相信这些初始上阵的孩子，不会跟"大匠"钟南山、李兰娟们一样，都拿捏有度，淡定如山。他们会同我女儿一般，面对不可知的黑夜，有些毛发倒竖，小腿微颤。但他们还是去了——武汉！这是一个眼下与疾病、死亡紧密相连的去处，"九省通衢""东方芝加哥"……都是这个春节前的旅游预览名词。今天，他们是去作战。

这是一些个体，更是一个生命群体。他们叫医者。我们仅仅从电视有限的画面中，看见他们一批批、一队队、一个个地慷慨赴难。有比我女儿还小的一群孩子，她们甚至剃去了一头秀发，有孩子还发朋友圈说："不许说我难看。"然后她们和许多青壮年汉子，为人之父、之母者，也有两鬓已斑白的医者"大匠"们，一同走向了暮色苍茫。他们没有刻意关注镜头，有的还在整理行装中没有拉好的拉链。再然后，就被一种叫防护服的东西，从头罩到脚，再也看不清他们是少是壮、是女是男了。当偶尔露出面目时，脸上的口罩和护目镜勒痕，已经改变了漂亮妈妈和女儿的形状。也许她们准备在这个春节做做美容的。现在，却是以这样的美容方式，让我们懂得了美的另一种至高境界与内涵。

医者"大匠"钟南山，并不是一个陌生的名字。他在"非典"时期就已威震华夏。这次，又以84岁高龄出征武汉。国人从他努紧的嘴唇中，分明看到一种坚定。那是一幅可以定格为"时艰信念"的精神图像。另一个女将李兰娟，74岁了，仍以每天仅4小时的休息时间，透支、"受难"、镇守在武汉前线。"非典"时期，我们记住了"北京小汤山"。这次，我们首先记住了武汉金银潭医院。一个叫张定宇的院长，医者，自己身患绝症，却以一个"渐冻人"的身躯，温暖了成百上千的无助患者。当看见他摇摇晃晃，走在医院病房、过道时，你不能不泪奔，也不能不热血沸腾。医者李文亮，34岁，就走完了短暂的人生。但这段蜡烛燃烧得的确很亮很亮，以至爆亮了武汉的夜空。大医林正斌、梁武东、蒋金波、宋英杰、徐辉、刘智明、柳帆、夏思思、彭银华、黄文军……不断传来抗疫前线以身殉职者的英烈名字。因治病救人而感染者的数字，已超过两千。国之大医，民之大福。他们是在水深火热中煎熬，实实在在，是向死而救生。

我们没有身处武汉，想象不到此时此刻，人们对医者祈神显灵一般的求救眼神。"黑天鹅"的突然飞至，把医者逼向了生死绝境，也推到了高光时刻。可医者并没有神采奕奕地站在高光灯下，而是全副武装，连一双眼睛都云遮雾罩着无法看清。尽管身上相互书写着他们的名字，可那只是为了同行、医患之间的辨认，与任何名利、名声、名誉、标榜无关。这种对自我的全然屏蔽，在十七年前的"非典"时期，也曾惊人地出现过。十七年，不是一个太长的年份，但我们已淡忘了那些把自己全然罩起来的名字，尤其是那些为此献出生命者。医者，这些年甚至有被在岗位上残忍割下脑袋的。但面临生死危机，他们还是穿起了屏蔽自我的"医者衣裳"，走向了抢救他人生命的战场。

我在网络上翻出了十七年前那场灾害中牺牲的大医名字：邓练贤、叶欣、梁世奎、李晓红……牺牲者数不胜数，说在349位死亡病例中，医护人员就占到三分之一。"白衣天使"成为那个时代最动人的名词。当然还有其他民众，包括不少警察、基层干部、记者，都献出了宝贵生命。今天，同一个阵容，同一种打扮，同一个朝向：逆行！又在书写着更加悲壮的英雄史诗。我们不能不对屡屡在同一种危境中，做出同样选择的人群，致以深深的敬重。

在人类历史上，医者，从来都有很崇高的地位。扁鹊、华佗、张仲景、孙思邈、李时珍……他们从来都是与这个民族诸多开河先贤并驾齐驱的，并且都被老百姓传说得半人半神，有的干脆就进入了享受庙宇香火的神龛。这些庙宇和香火,完全发自世代百姓的心愿。即便是天地毁损,也有民众在原来的地方,以自己心目中的慈悲图像,赫然重建。为什么?西方现代医学之父希波克拉底誓言说:"我愿尽余之能力与判断力所及……无论至于何处,遇男遇女,贵人及奴婢,我之唯一目的,为病家谋幸福……请求神祇让我生命与医术能得无上光荣,我苟违誓,天地鬼神共殛之。"中国古人也讲:"才不近仙,心不近佛者,宁耕田织布取衣食耳,断不可作医以误世。"正是这种对医德的崇高要求和垂范,与天地鬼神似乎签下了互信的契约,奇迹屡现,从而让这些大医,魂灵高蹈在人神之间。南丁格尔,一个富家小姐,在人类还把护理病人视为肮脏、不屑的职业时,她勇敢地站出来,忍受着家庭和整个社会的歧视,护理、挽救了众多的战争创伤者,而让"护士"这个职业有了神圣和崇高感。她被称为"提灯女神"。当风雨交加的夜晚,她提着一星微弱的光亮来巡察病房时,许多战士觉得这就是"天使之吻"。我们国家的好护士叶欣们,在"非典"时期的百姓心中,就是这样的"提灯"群体。

其实这些"天使""女神",平常就在我们身边。我们一生都在感受着这种医者的仁爱、仁心。我母亲两次更换腰椎,都是大手术,让我从二十多年前,就与医者打起很深的交道来。后来亲戚患绝症,先后在全国多家医院,经历了六年的奔波医治,见过很多医生护士,包括护工。平心而论,我们没有遇见过太过为难的事情。这些医者,绝大多数都不是我们熟悉的人。我的亲戚朋友中,也有很多医者。甚至三个嫂子和一个堂兄，都是医护人员。我的大堂嫂，原来还是乡医。我十几岁时，就听到她半夜起来接诊，把病人问得很仔细，有时还要给病人做吃的。她们都在基层，也都退休了，但她们在生活中，都具有比常人更多的爱心。我想如果她们还在岗，疫情需要，也会义无反顾地走向战场。这就是医者。我原来单位一个姓洪的女医生，在集体出差的火车行进中，一个老职工突然犯病，她对他直接进行人工呼吸，直到死亡后，她和临时"救护队"，也没有停下用呼吸来挽救生命。她是文艺团体一名幕后工作者，但危难关头，突然从艺术家群体背后站出来，实施了一个医者的最大人道、仁术、仁心。我们每个人大概都能讲出许多与医者的故事。尤其是在今天，看着医者的行动，让我们泪雨纷飞的，不完全是一种孤立的感动，而是对这种职业日积月累的感情沉淀，甚至是对一部人类生命健康演进史，蓦然回首时不能不产生的深情感恩。

　　医者，是生命健康的基石。医者，在很多老百姓心中，是介乎人神之间的"半人半仙"。但医者更是生命演进的早觉早慧者与科学研判者。我在想，如果我们的乡村、城镇，能多一些这样的科学研判者，是不是就会少一些挖路、封门的盲目，猝不及防地"摁倒"，还有"破门而入"的"扭打"。竟然有"鄂"字当头的车辆，很多天，下不了高速路，围追堵截地再也找不到那些赫然写着各种"家"的服务区。"他人即地狱"的存在主义哲学观，在大难临头时，不难找到很是形象的注脚。惊恐万状中，所有小区的大爷大叔，见面先是一"枪（体温枪）"，顶在你脑门上，都突然开始了哲学的终极追问：你是谁？你从哪里来？你要到哪里去？要是一问三不知，你可就真的人生无路可走了。但愿这种追问，能是一种恒常的生命价值意义追问，而不是冷不防地迎面一"枪"。难为了，那些小区门口的大叔大爷大哥，他们也是瑟瑟寒风中的"他人"守望者。

灾害是可怕的。而更可怕的，是一切灾害都在成为陈年旧事时，连最可宝贵的那些东西，也都淡忘并烟消云散了。灾害来临时，举国都把目光投向这些"天使"。一旦"多云转晴"，"天使"回归普通岗位，社会就还是艳羡着那些炙手可热的东西，而淡漠着这些大厦基石性职业。生命的一切高贵，首先是存在、活着，其次是追求意义。医者，就是保障我们存在、活着的基础柱石。社会应该给予医者巨大的尊重。用希波克拉底的话说：医者给病家"谋幸福"，病家也要给医者以"无上光荣"。有些是体制弊端，需要改革去破坚冰。如果医院不得不以创收作为考核的主要指标，那么医者永远都要背负"捞钱"的责任。希望这次疫情，也能成为一个还医者以"救死扶伤"崇高使命的职业"拐点"。社会再也不该老要面对动辄打医生、揍护士的暴力镜头。固然每个行业都有浑蛋，但治理浑蛋要靠法律不缺位，而不是人人可以随意抡起暴虐的拳头。长期这样辱没医道，会使医者寒心，后续者难以为继。当我们的孩子都再也不愿为医者时，面对大灾大难，我们生存与活着的希望，大概真的只会走投无路、祷告无门了。

尤其是护士这个"提灯大使"职业，听医界的朋友讲，几乎家家医院都有大量缺口。"女孩子们都不愿干这个了！"而这次疫情，有那么多美丽天使，在毅然向前。镜头前，我们看到大量的巾帼，在慷慨赴难。这是怎样一种泪崩的场面哪！泪崩在一个高度"自恋"的年代，还有这么多青年在舍己"怜他"，仁者爱人。中国最知名的大医林巧稚，一生像天使一样迎接来五万多个新生命，被誉为"万婴之母"。她最温暖的动作，就是每次进病房前，都要把听诊器在手心捂热，然后才搭在患者的胸口和肚皮上。这个动作已成为千千万万从医者的"下意识"动作，它也应该成为患者——我们所有人的"下意识"行为：在面对他人时，先捂热自己的手心。

短短一月中，从全国奔赴疫区的医者，已逾三万。加上武汉、湖北自己的从业者，这是多么庞大的一个医者作战军团哪！并且还在集结，还在驰援。灾害面前，我们再一次看得如此真切：大爱是医者。人间也需要大爱自己的医者啊！

2020 年 2 月

让文化从我们内心走过

文化是走心的，一旦走了表皮，不仅不能形成真正的文化积累，更不可能形成文化自信，长此以往，还将养成一个民族轻薄、伪善、虚浮之气。如习近平总书记所说，"文化自信，是更基础、更广泛、更深厚的自信。"这个"基础""广泛""深厚"，就是一个民族从血液里流淌出来的，它以集腋成裘的绵长耐心，以五千年的漫漫生长期，为今人贡献了一份绝世的骄傲与自信。

当我们回眸五千年历史，常常为一个又一个的文化单元，以及诸多生命个体的文化创造而感动。许多闪亮的文化风景往往肩负着不同的社会角色，他们是以身体的匍匐大地和心灵的宽阔触摸，形成了独特的文化视角，从而创造出不同凡响的文化遗存，也在不同的社会角色中体现出与其文化人格一致的生命担当。当我们面对这些精神遗脉时，最大的感受其实就是两个字：走心。这些文化结晶体，都是从他们心灵深处流淌出来的。

唯有真切的文化创造涌流久远

试想，中华文化的流脉如果不是镶嵌在这条历史长河中的一颗颗珍珠，又怎能形成灿若星河的景象呢？这些能够持续发亮的珍珠，是一个个鲜活的生命，经过挤压、碰撞，从内心深处压榨、提取出来的干货。司马迁说，西伯被囚而推演出《周易》，孔子处于困境才修订了《春秋》，屈原被放逐方创作出《离骚》，左丘明失明才成就了《国语》，而孙膑被膑刑方撰修成《孙膑兵法》。同样，他自己也是因为受到惨绝人寰的宫刑，才愤而创作出照耀千古的皇皇大著《史记》。这些中华文明的珍珠，无不与生命个体的痛切体验有关，包括诗人杜甫，包括剧作家汤显祖，包括小说家曹雪芹，无不与身世家世的兴衰颓败有关。这样说，是不是文明成果的产生，非要其创造者付出惨痛的生命代价才能为之？从人类历史长河看，从中华文明的演进史看，这个倾向是十分明显的。

随着文明进程的改变，"膑脚""宫刑"这些肉体酷刑也许一去不复返了，但精神心灵的酷刑永远不会在人类生活中消失，人类必然还将诞生更加伟大的灵魂，还会孕育出更加闪亮的珍珠，让我们"高山仰止，景行行止"。问题是，生命塔尖上的人物毕竟是少之又少的，我们常态的文化建设如宝塔底座一样，要有远远宽博于塔尖的体量，才能保证塔尖的高度。这个宽博体量不是泥沙俱下的胡乱扎堆，不是海市蜃楼般的虚幻泡沫，不是技术翻新的花里胡哨，也不是金钱堆砌的空壳鲜亮，而是紧抠着大地的生命匍匐、根须深厚的脐带相连，是可以赖以负重的基石底座，是能够引体向上的坚实骨骼。也只有在这样的基础上，才可能生长出优质的文化果实，从而做出这个时代应有的贡献。如果这个时代的文化在整个生长过程中，都受虚浮肿胀、技术至上、娱乐至死、乱炒剩饭、政绩工程、唯洋是从等乱象搅扰，那么，这个时代对民族文化的历史贡献就是堪忧的。

文化建设有特殊性，但也与其他建设有很大的共性，那就是需要尊重其自身的生长规律。最基本的是要让它的内在精神挺拔张扬起来，这与建设一座物理楼体有很大的相似性，都是首先必须让它有安全矗立的能力。文化楼体很多是无形的，但在人的心灵上却是有形的，把这座楼盖垮了、盖倒了，其破坏性会比一座实体建筑的倒塌更加久远。因此，文化建设不是虚幻的，不是可以随意捏圆捏方捏扁的，它需要更加科学、精细的建设蓝图与施工耐心，因为它是更加真切的、"有筋骨、有道德、有温度"的生命活性建设。

社会管理者应成为创造者、引领者

文化建设是一个时代的联动行为，仅靠从事文化工作的主体，进行"千里走单骑"式地攻克、跃进，是远远不够的。文化建设，是社会和平稳定、能够持续追求美好生活时的整体精神诉求，在战乱频仍、专制横行、瘟疫灾祸连连时，文化建设只能是少量文化萤火在风雨飘摇中的艰难拨亮，不会出现大规模的繁荣兴盛。当然，和平稳定时期的文化精神诉求，也会出现平庸、实用，甚或沉渣乱泛的不堪局面。因此，和平时期的文化建设应在厚纳与包容的基础上，加以有效地引领。这个引领不是简单地生拉硬拽，而是按照文化生成规律，进行有历史久远眼光的精神牵引，在适度消费后最终能提纯、凝结出民族精神文化积存。这种牵引更需要上下联动，尤其是社会管理层应自觉成为文化创造者、引领者。

在我国历史长河中，社会管理者从来就是文化建设的引领者，提炼出"先天下之忧而忧，后天下之乐而乐"的中华文化精髓的范仲淹，本身是政治家、军事家。写出《离骚》的楚国三闾大夫屈原，兼管内政外交，"路漫漫其修远兮，吾将上下而求索"的结晶，使他成为"辞赋之祖""中华诗祖"。唐代的元稹、张九龄、韦庄、高适、王维、刘禹锡、柳宗元、韦应物、杜牧、岑参、刘长卿等，都是刺史以上的官阶，也都更因不朽的诗名流芳千古。包括"诗圣"杜甫，也担任过社会管理角色。写过"衙斋卧听萧萧竹，疑是民间疾苦声。些小吾曹州县吏，一枝一叶总关情"的县令郑板桥在去官时，甚至"百姓遮道挽留，家家画像以祀"。他是从内心打通了政治与文学艺术关系的人，为民族文化长廊留下一个多姿多彩的人物形象。当然，中国古代诸多官员对文化创造的参与深度，与科举制度将一流的知识分子"尽入彀中"地吸纳进了社会管理层有关，但同时，也与"知行合一"的士人道统追求深切相关，他们都在努力雕塑着自己"立功、立德、立言"的全面人格形象，因此，他们不可能是文化创造的自甘"不懂"

者、旁观者,甚或胡乱扬鞭者,他们本身就是这个舞台上的"翩翩起舞"者。明代杰出政治家、军事家于谦,在奉调进京赴任时,有人劝他,不带金玉,带点绢帕、蘑菇、线香之类的"土特产"总是可以的,他仰天大笑后,赋诗明志曰:"绢帕蘑菇与线香,本资民用反为殃。清风两袖朝天去,免碍阎罗话短长。"由此,"两袖清风"便成为做官的最高境界。于谦还有一首《石灰吟》:"千锤万凿出深山,烈火焚烧若等闲。粉身碎骨浑不怕,要留清白在人间。"明史称他"忠心义烈,与日月争光",并与岳飞、张煌言共称"西湖三杰"。倘若于谦没有留下这些诗句,他的影响力可能会大打折扣,正是"清风两袖朝天去"与"要留清白在人间"的文化创造,使一个民族英雄的个体精魂,化成了映照千秋的浩荡精神长风。

优秀社会管理者的优秀文化创造,不仅具有颇大的感召力,对自己也是一种警示与鞭策。常怀羞恶之心,常念圣贤之德,吟诵出来并传播天下是一种精神升华,更是一种生命宣示。社会管理者应该有投身创造文化的自觉,这是文化自信的前提。如果庞大的社会管理层,普遍认为文化创造是从业人员的事,自身不走心、不投入,也没有能耐投入,那么这个文化自信是不容易建立起来的。只有层层引领者普遍建立起"更基础""更广泛""更深厚"的"文化化人、从我化起"的生命信仰,才可能真正形成文化中国的建设场。

唯有中华文化能凝结起中国精神

文化是标签，文化更是生命的基本质地。无论在哪个舞台上行走，起支撑作用的都是文化。文化中的精神因子与文化中的价值观，是文化的统率。当一个国家、一个民族、一个人的身上具备了这两样东西，就有了体统，有了风格，有了魅力。当然，如果是野蛮的精神因子，是"唯我独享""唯我独霸"的价值观，那么也会形成相反的生命体统与风格，人们或许被其恫吓，但背过身，还都是要嗤之以鼻的。文化和文明的前提是温厚、润泽，彼此间舒适、尊重、通达、互惠，一旦形成强势对弱势的恐吓、弹压、挤兑，那么这种文化形态就是需要再文化的。一些国家就认为，这个世界上最正确、最人道的文化是他们的文化，其他文化都是需要被同化、被改造，甚至被剪除的。可悲的是，我们自己也曾盲从或短视，让我们的文化坐标一度摇摆不定。

中华文化的本质是利他的，是"己所不欲，勿施于人"的，是谦逊、包容的，是讲义务、讲责任、讲担当的，我们的文化自信建立在对人类社会生存必然需要"利他"基础这一点的不息歌唱。当然，在全球化、多元化的文化"冲撞"期，我们的自信除了持守，还需要吸纳与应变，只是不能失了自己的骨架、血型、DNA。吸纳不是唯洋马首是瞻，不是自我放逐与矮化，世间万事万物唯有敢于并善于蓄涵接纳者，才能像老子说的那样："以其终不自为大，故能成其大。"

文化之事，一切的一切，都在于要走心。它不同于酒肉只穿肠而过，文化是要从人的内心、血脉里流淌循环起来，才能外化为行为范式的。今天的文化建设更应呼唤走心的文化、"有筋骨，有道德，有温度"的文化，而不是急功近利、粗制滥造、大轰大嗡地"闹而不文不化"。中国正处在一个历史性的建设时期，各种欲望的不断攀升对精神心灵的压榨还将加剧，实现高度文明的使命必将面临更大的挑战与考验。努力在人的心灵中建构起正确的价值信仰，凝结起以中华文化为基石的中国精神，当是应对挑战与考验最基础的工程。这是一个民族的集体精神价值寻根，是一个民族的"长征路"，更是一个走向现代的国家用更加开阔的胸襟，重塑自己独特精神面貌的一次再出发。我们曾经走过五千年，路径明晰，世界历史的参照系也历历在目，长短有据。从这个基点上走起，相信未来我们会行进得更加阔步、稳健、自觉、自信。

2018年5月19日于西安

游动的大鲸
——写在北京人艺建院七十周年

在我的印象中，北京人艺就是游动在深海中的一条大鲸，从容而淡定，悠游而自信。无论戏剧文学、演剧风格还是丰富多样的戏剧美学探索，都呈现出既有异峰突起、又有高度综合性的整体勃发态势。七十年过去，水盆显影一般越发清晰起来。剧院始终善于在历史中勘探现实需求，也善于在现实中整体把握历史脉动与朝向，并能从人类的演剧创造结晶中，汲取广谱的美学与精神营养，从而形成了自己独特的价值追求与生命样貌形塑。首先向剧院表示致敬！

在回溯人艺的七十年历史中，最根本的面向，还是民族的面向、人民的面向，那些脍炙人口的经典作品，始终在思考国家的前途、民族的命运、人民的生死存亡和幸福安康问题。这是一个大剧院的文化自觉，也是一个大剧院的历史担当。我觉得一个剧院如果没有一批有大格局、大情怀、大担当的人，是走不远的。小情小调、风花雪月、追风逐浪固然需要，但大剧院就应该像巨鲸一样，面对大海，应该有更大的吞吐量、更长远的眼光。否则，你就立脚不住，甚或摇头晃脑、不知所向。

戏剧不能不关注现实，这是人类戏剧史已经反复告诉我们的经验。我们生活在现实当中，作为戏剧人，如果在属于自己的舞台上发不出声音，就必然被历史所淘汰、被时代所遗弃。所有艺术门类，都在努力向现实掘进，作为反映时代最灵动、最具生命活性的戏剧艺术，自然应该有更深广的视角去努力迫近，并用多维的美学与技术手段，对现实进行更有力的洞穿。人艺七十年的演剧史告诉我们，关注现实、深切当下是剧院的生命线。这里有英雄史诗的书写；有普通人命运情感的真诚表达；有波澜壮阔的时代演进图谱；也有洞幽烛微的个人生命困境咏叹。戏剧不关注现实，现实就不会关注戏剧。戏剧永远是现实最亲密的朋友，这是群体观剧样式所决定的一种关乎情感共鸣与生存样态的直接互动，不可须臾或缺。

戏剧也是历史的自然担责者，从诞生之日起，就在讲述"上下四方、往古来今"的历史。戏剧很多是通过"往古"告诉人们现实与未来路径的一门艺术，它有巨大的概括力、隐喻力与纵深性，因此，也就自然而然地成为荷载历史道义的铁肩膀之一。人艺七十年创作演出了无数历史题材作品，对中华民族的灿烂文明有着大河星月一般的开阔讲述，如颗颗珍珠，镶嵌在源远流长的星辰河海中，蓦然回首，令人充满感慨与惊叹。时至今日，我们更有信心、能力、必要讲好自己的历史故事。无论从传统、经验，还是观赏习惯等方面，戏剧都有对大历史与民间社会生活的独到诠释、传播与化育力，我们有五千年文明史，因而我们就有更大的责任去做好接续工作，使之永不中断地涌流下去。从这个意义上讲，我们还应充分打开历史剧的创作空间、传播空间、认同空间，让它成为讲好中国故事、弘扬好中华文明的主阵地。

话剧是世界戏剧的一个门类，传播到中国也就一百多年历史，在这一百多年中，以人艺老院长，也是中国戏剧家协会老主席曹禺先生为代表的无数智者先贤与中坚力量，用他们的创造性劳动，实现了这门艺术的民族化转换，以及落地生根与开花结果，今天，已然成为蔚为大观的艺术宝库。我们仍然应该保持这门艺术的开放性，向一切优秀的文明成果学习借鉴。要让中国观众看到世界戏剧的精华与新成果，从而实现创造性转化、并促进交流互鉴。在这方面，北京人艺仍应是一个重要窗口。

戏剧是积累的艺术，是可以反复打磨提升的艺术，是可以通过表演实现永生的艺术。一次性完成的作品，总是会留下诸多遗憾，而戏剧可以通过一而再再而三地复活，弥补任何先天不足，从而实现真正的经典化。戏剧故事大多充满了结构的严密性、完整性，细节的丰富性、生动性，这都与它的动态存活方式有巨大关系。于一次次再现中，无数的艺术家和与他们产生生命互动的观众，不断地贡献着聪明才智，才让故事更加美好，风格更加鲜明，人物更加传神，思想更加睿智。因此，戏剧的反复上演是集成与淘汰这门艺术的试金石。自有一代代伟大的观众来汰选作品的成败优劣。北京人艺定期将一批批优秀作品轮番上演，其本身就是一种规律性生存演进。既是提升，也是打捞，更是完成文化不动产的积淀过程。猴子掰玉米棒子式的扳一个撂一个的生产方式，是典型的戏剧艺术政绩工程，值得高度警惕。

剧院是剧作家的精神皈依与生命归宿，爱剧院就是爱我们活生生的自己。我多年在剧院工作，最享受的姿态就是坐在最后一排，静静地看观众反应。有任何一个中途"抽签"者，我的心头就会被猛扎一针，为什么？他为什么走了？我在千人剧场体悟到了民众聚合的力量，更能感受到一个时代集体的精神诉求与质地。剧院可不是一个可以随便兜售杂货的地方，那就是一个民族的精神殿堂。我们可能难以增添有恒久价值的建构，可也不要成为败坏或倒观众胃口的那个"助产师"。

我心中的北京人艺，就是一头汪洋中的大鲸，不需要抓耳挠腮，不需要轻佻浮躁，不需要急头巴脑，也不需要过度包装，目标笃定，沉雄深潜，勇毅地游向无穷的远方、游向中华民族与世界戏剧的纵深海洋。

2022 年 6 月 15 日于北京人艺"剧作家与剧院"论坛会上

深沉而持久的生命回响

——写在第九届中国秦腔艺术节闭幕时

中国秦腔艺术节举办九届了，这是一个很好的坚持。本届艺术节不仅秉承往届诸多优良传统，而且全面创新了办节方式，具有开放性、互动性、数字化等特点，把艺术节真正办成了专业纵深融合、群众广泛参与、传媒高度关注、线上线下普遍推广交流的节日。这是时代赋予的契机，也是秦腔艺术的幸事。

一切热闹终会过去，本届艺术节的节旗也会降下，但秦腔艺术事业的征程又面临新的出发，这既是业内的事，也是社会的事。因为秦腔是大西北人民共同的生命爱好，它是发自精神内里的激情涌动与生命呐喊，我们必须共同呵护与珍视。

作为专业院团与艺术家们，应该在这种社会倾情关注推动的合力中，去努力寻找新的目标方位与突破。首先还是要有优秀的人才和作品做强力支撑。戏曲艺术的根本出路在人才、在作品、在反反复复的演出实践。只有人才、作品、演出三要素齐全，才能谈得上呵护传统、创新转化、发扬光大。秦腔这门古老艺术，正是因为有延绵不绝的人才队伍与生生不息的剧目积累，尤其是从城市到乡村的广泛传唱，才有了今天这种不绝于耳的良性生态。抓人才，须狠抓青年人才的培养，没有接续力量，秦腔就没有希望，要创造更多机会，让他们挑大梁唱主角；抓剧目，原创与已有经典转换提升兼顾并重，守住以往，深耕当下，肩负未来，才是剧目乃至剧种不竭的生存动力；抓演出，要牢固树立好角儿好戏是演出来的，而不是包装出来的理念，让更多的人才与剧目的口碑，形塑与树立在演出的路上；抓理论总结与牵引，使我们既知其然，又知其所以然地懂得来路与去路，从而信心满满地走在守正创新的宽阔大道上。

秦腔是一门古老的艺术，它是梆子声腔的鼻祖，由于它的出现，在此后数百年中，于大江南北，孕育催生了一大批新兴剧种。这是大西北人民的骄傲，他们为中华文化艺术宝库，做了原创性贡献。但历经数百年沧桑巨变，也要看到我们在发展中的局限与困境。既要保留传承源头根脉，也要发展壮大可持续生命力。而这个源头与接续的生命力，根本还在我们自身。在于我们的眼光、格局，尤其是"天行健，君子以自强不息"的行动。眼界要放宽，格局要扩大，要看到别人的优长，努力向其他剧种学习，包括那些由秦腔化育再生的剧种。当然，学习不是照搬，不是同质化的反复叠加，而是对戏曲演进生存规律的更深刻洞见。这是百舸争流的源头活水，加上我们对传统根脉自信而切实地继承，就有了新旧、纵横多个维度的观照，必然能结出更加丰硕的秦腔果实。

秦腔的良性赓续，在于秦腔人的终日乾乾、孜孜上进，没有不付出"人后"巨大劳动与牺牲就能一蹴而就的成果与名声。要学会判断数字时代那些过于虚幻的传播力，回到脚踏实地的行进姿态，留下坚实的奋斗者的足迹。尤其是年轻一代，要认识到从事艺术工作是十分艰苦的职业，是推石上山的劳动，要努力向前辈学习，真正在技上练、在戏上磨，除此别无捷径可走。秦腔的良性赓续，在于谦虚接纳，在于团结共荣，在于相互欣赏，在于彼此成就，大树是靠博大的胸襟与浓荫庇护方成其大的。当然，秦腔的良性赓续，根本还在于讲好适合秦腔这门艺术去讲述的故事。秦腔传统经典剧目，已经给我们提供了生存之道，讲好现实故事与讲好中华优秀传统故事同样重要，我们要在规律中去探寻演进的秘籍，从而走好未来的每一步路。

秦腔是西北人民的声腔，它的本质特点就是按说话的音韵节奏、抑扬顿挫所展开的艺术创造与想象。秦腔来自人民，一旦失去回馈人民的通道就必然衰亡。秦腔能走到今天，是一代代艺术家与人民同呼吸共命运、苦苦磨砺锻造的结果。面对新的更加开放多元的艺术审美取向，秦腔艺术家只有倾注毕生心血与精力，念兹在兹地雕琢出务必更加精美的精神产品，才能真正走向人民，走向广袤大地；人民也才可能持续养育，这块热土也才可能催生出新的更加璀璨的艺术光芒。

秦腔是一种腔调，只有万众和声，才能激扬出深沉而持久的生命回响。

2022年6月24日于西安

路遥给文艺家的启示

——参加《平凡的世界》电视剧座谈会发言

一直以来,路遥的小说《平凡的世界》,在市场的销售量,在大学图书馆的借阅率上,都有趋势十分稳定的名列前茅记录。无论从哪个角度讲,这都是一部严肃的文学作品,并且可以在前边冠以"非常"二字,且篇幅那么长。为什么这样一部并不靠离奇情节,不靠色情、物欲、自恋、自残吸引读者的作品,具有如此大的魅力,吸引和征服了如此多的读者,确实是我们当下文艺创作应该直面的一个研究课题。现在讲以问题为导向,我觉得就这个具体问题谈文艺创作与批评,可能收获会比笼而统之、大而化之地就理论说理论,具象得多,生动得多,恐怕也管用得多。尤其是《平凡的世界》电视剧播出后,再次掀起了"路遥热",这的确给了我们很多启示。

启示一·作家生命气象的强弱,生命格局的大小,使命担当意识的自省、自觉、自励程度,决定了他作品的宽度、厚度与高度。所有跟路遥接触过的人,都有一个直接的感觉,就是路遥是个干大事的人。这是说他的生命气象与格局。他能以那样一种苦行僧般的吃苦精神,创作那样的巨幅画卷,本身就是对"干大事"这三个字的最好注脚。那些大的作家、艺术家，其实都在思考大的问题。比如当今世界，有许多作家、艺术家，为人类的环境问题、贫困问题、战争问题、艾滋病问题，甚至包括动物问题，身体力行地四处考察、发言、批评、抗争。2005年获得诺贝尔文学奖的英国作家哈罗德·品特的一篇获奖感言，几乎全文都在指斥伊拉克战争，认为英美入侵伊拉克是"国家恐怖主义和土匪行径"。这看似与文学风马牛不相及，但其中蕴含的生命气象与格局，决定了一个作家的高度与深度。路遥正是这样的作家，他从他生活过的陕北的一个芥豆村庄看起，一直把眼界放大到县、市、省，乃至全国，全面思考着一个民族的精神历程与发展走向，细到对毛茸茸的底部生活的毫发毕现，大到浓墨重彩的时代笔触的皴、擦、点、染，无不折射出他宽阔的生命视域与精神情怀。贴着大地行走，站在云端俯瞰，最终成就了路遥《平凡的世界》的宏大与广博。与当下一些蜷缩在蜗牛壳里的过于自我的低吟浅唱、声色犬马、胡编乱造，甚或赤裸裸的物欲精神肆意放逐，的确形成了十分强烈的生命精神格局比照。读者持续在选择《平凡的世界》，尤其是在今天众多影视频道，以"娱乐为王"的旗幡竞相招展中，大众能锁定并自发热议起电视剧版的《平凡的世界》，这委实是一件让人感到兴奋的事情。我们可以商榷作品的技巧问题，探讨表达的方式方法问题，甚至时代局限问题等，但有一点，似乎不能不认同：人民是真的喜欢。

启示二：作家、艺术家心中始终要装着人民，是真的要装着，真装与假装，甚至伪装，是不一样的。尤其是拉开了时间距离以后，这种真伪，便昭然若揭。看《平凡的世界》，尤其是经历过那个时代的人，你眼中不由得时时要饱含泪水，它是真的触动了你的生命记忆。那些人事，那些情境，那种质地，我们都真真切切地经历过，甚至抚摸过并为之疼痛过。路遥没有隐，没有讳，没有为吸引眼球而精神躁动，他是平实地记录，真切地打捞，诚恳地编织，因此，人民就会用感情去真挚地认领。陕西作家都有一种自甘苦难的意识，愿意把自己拿到火炉里去淬火、锻造，柳青是这样，路遥也是这样。路遥几年沉潜在矿区，他"早晨从中午开始"，他写作与老鼠为伴，都体现出与生活近些、再近些的"扎根"精神与压榨自身生命琼浆的甘愿与决绝。因此，他们的作品往往与人民的心灵紧密相连。那种温度，是能随着时间推移而只增不减的。

启示三：作家、艺术家要有创造经典的意识。"高山仰止，景行行止。虽不能至，然心向往之。"要有这个心，这个意识，法乎其上，取乎其中，这个意识很重要。关于"高原"与"高峰"的忧患，与此密切相关。如果仅为"五斗米"创作，为身体快感创作，为泄愤创作，为应时创作，为博眼球创作，为各种"排行榜"创作，就会匍匐在地，一己之生命体统尚难扶持，更何况精神乎？！而路遥心中有经典意识，有创造经典的自觉追求。要不然，他不会下那么大的功夫去开挖生活，并为此耗尽生命的最后能量。鲁迅说："文艺是国民精神所发的火光，同时也是引导国民精神前途的灯火。"

路遥始终在他的作品中全力拨亮着一种叫"国民精神前途的灯火",即使再苦难,这盏灯火都闪烁着温暖与希望,让一个民族不会彻底精神坍塌,好像非外来灯火照耀而不能重振。这种"灯火"始终来自内里,来自个体的最平凡的"每一个",来自看似崩塌处,却有火苗熠熠闪动的绝望处。这大概也是人民始终喜欢路遥的原因:希望在自己,即使最卑微的生命,也是有希望的。只要心中的精神灯火不熄,就有走出暗夜的时刻。我们虽然被巨大的悲剧命运所笼罩,但生活前面仍然有"灯火"。路遥给我们的启示很多。尤其是在今天,面对文学艺术创作出现诸多歹症候的时期,解剖路遥,深入研究路遥创作,感知路遥精神,本身就是一种意义。

2015年3月27日于北京

书写生存的卑微与伟大

我原来在陕西省戏曲研究院做过专业编剧，也做过管理者，长达25年，这25年基本都是和舞台在打交道。这是一个以艺术家为中心的群体，当然还有其他配合艺术家进行创造劳动的各类工作人员。我与他们朝夕相处，做同事，做伙伴，做朋友，相互砥砺、激荡，也相互雕刻、形塑。几十年下来，许多形象，已在我心中挥之不去地存活下来。

我们曾经在剧场搞过"西安天天有秦腔"演出活动，一坚持就是好多年。这个剧院有4个演出团轮番上演剧目，有时也有外省市剧团来演，装台和拆台任务就很繁重。每个剧团都有自己的舞美队，多数是舞台美术创作者和技术人员。过去连设计制作带装台，都是他们自己干。更传统的舞台尤其简单，就是"一桌二椅三搭帘"，比如演员"跳墙""跳窗户"，甚至"跳悬崖"，放一把椅子跳过去意到就行了。现在的舞台装置要求与过去几乎完全不同。真山、真水、真墙、真门、真窗户不说，有些把汽车、飞机都弄上去了。叠床架屋、舞台升降加旋转加炸裂的，加之不断更新的各种电脑灯，有时能拉几十卡车。这样，舞台装置量就非常大了，这么大的劳动量，自然就在传统的七十二行外，催生出一个新的行业来——装台。

这些装台工人在技术人员的指导下进行舞台装置，时间长了，也就成了行家里手，算是工匠一类吧。在电视剧《装台》里，张嘉益演的顺子经常说2号灯、3号位什么的，都是非常专业的术语。导演、舞美设计、灯光师说什么，他一清二楚，干着也得心应手，他们也就算是很专业的舞台技术人员了。

装台人与舞台上的表演，完全是两个系统、两个概念的运动。我在《装台》的后记中说：装台人永远不知道，他们装起的舞台上，那些大小演员到底想表演什么，就需要这么壮观的景致，如此富丽堂皇地照亮？而舞台上表演的各色人等，也永远不知道这台是谁装的，是怎么装起来的，并且还有那么多让人表演着不够惬意的地方。反正装台的归装台，表演的归表演。两条线在我看来，是永远都平行得交汇不起来的。

说到底，创作小说《装台》，其实就是想表现大幕后面的故事。我写了两部有内在关联的长篇，一部叫《装台》，一部叫《主角》。在我看来，人无非就是一种"装台"的人生，一种"主角"的人生。我们每个人在生命中可能都会做一些主角，包括在家庭、在社会上，随时都有可能把你推到"主角"的位置。但更多的时候，我们每个人也在为家庭、为社会、为他人做一些"装台"的事情。每当我看到大山里凌空架起的高速公路、城市里拔地而起的摩天大楼时，常常就会想到那些肩扛背驮、挖坑打桩的农民工，他们就是这个国家和社会的"装台人"，也许他们有的一生还都没坐过高铁，也没进过摩天大楼。当他们驮着不堪的劳作辎重从我们面前走过时，整个文明社会都应该给他们行个注目礼。

我自己也是从最基层出来的。当我从小接触的这群人来到大城市生活时，自然会引发我的关注，装台人属于其中的一部分吧，不过他们特别有一种象征感而已。社会也像大舞台，高光时刻总是给了主角。在观众看到主角于舞台上升腾、旋转、"曼妙飞天"时，幕后装台人已经为他们搭建好了一切，包括玄幻的灯光和各种奇巧的"机关布景"。有时一个舞台炫技动作，可能需要数十人在幕后配合。在主角收获掌声、光环时，他们已在舞台"暗区"累得咽肠气短，难以自持。因为这些，而让我屡屡思考着舞台表演与现实生活之间的关系。

小说说到底是在唠叨生活。有时很像一个家庭主妇，有对象了唠叨，没对象了自个儿也会唠唠叨叨个不停。我们得扎扎实实唠叨生活。装台人在生活，在用给别人装置表演舞台的方式讨生活。我们得唠叨出他们讨生活的大小关目和细节。他们永远不可能登台表演，但他们与表演者息息相关。没有他们，许多表演会黯然失色。当然，为人装台，其本身也是一种生命表演，也是一种人生舞台，不过卑微与高大在这里太过泾渭分明而已。

我看了电视剧《装台》，也是播出时才追的剧。李少飞导演，马晓勇先生的改编都下了很大的功夫，改编得很好，也导得非常精彩。他们尊重原著精神，无论是导演还是演员，都是奔着现实主义路子去的。主演张嘉益和闫妮这批艺术家的表演很真诚地把我们带入了社会生活的真实情景当中。他们没有演自己，演偶像，演所谓的"自成一体的表演风格"，而是演的生活中的"这一个"。当然电视剧和小说各有各的创作规律，他们按照影视创作规律将电视剧的调子变得更加温暖一些，体现出了这门艺术对大众的需求以及感染力，这是两种不同艺术样式以及创作与市场规律所决定的。我偶尔也会看看电视剧，见有些剧中的农民和市民形象与真实生活距离还是比较大的，不仅形体和穿着不像农民、市民，脸上的化妆也不像。太过苗条、精致，也太过胶原蛋白肌理的弹性与光滑，把我们带进了虚拟的"现实"世界。滤镜滤空了我们的生活真实性，误导了从生活到艺术的审美判断，这是创作与审美活动的双重悲哀。

我觉得艺术创作首先要做到"真"，如果失真，受众对一部作品就产生了隔膜。不真实是很大的一个问题，这里面既有创作者缺少扎实生活，"硬编造""穷折腾""生氽锅"的问题，也有创作者的生命境界、艺术境界和审美格调问题。当然首先是生活，没有生活就只能瞎编造了。必须把所要表现的生活材料掌握研究到七八分，才可能写出二三分来；如果我们研究一分两分就想弄出八分九分来，那是万万不可能的。现在呼吁文艺创作要扎根生活，就得真扎进去，做"扎根状"是哄人的，主要还是哄了自己。不熟悉就是不熟悉，硬去写，只能把生活概念化、人物二维纸片化。有些看着是把形象拔高了，却没有毛茸茸的生活底色与质感，更遑论生命多维的全息形态。那样的人物和作品，看似是拔得很高，实际是更加扁平弱化了，肯定就缺乏打动与震撼人心的力量。

小说是书写生存的艺术，书写生存的卑微与伟大、激情与困顿。《装台》正是展现了这样一群为生活而挣扎的小人物们困苦而庄严的生存故事。我从2013年开始创作，到2015年完成小说。当时写的时候没想过要拍电视剧，后来张嘉益先生准备拍，我还感觉这些人物与演员之间距离比较大。现在剧中演员如此真实地进入了角色，让我感到特别惊喜。当我看到张嘉益骑着三轮车，在街巷里穿行的时候，我的眼泪哗的一下就下来了，他就是我心目中的顺子，就是我看到的西安城市中蹬三轮的人。现在一天可能也有上万人蹬着三轮车在街巷里面讨生活吧。而他一钻进街巷，就看不出是张嘉益了，是完全真实地融入了生活的刁顺子。他不是生、冷、硬、倔的陕西汉子形象，活得甚至有点窝囊。他要硬倔起来，又去哪儿讨生活呢？不圆滑一点、狡黠一点、貌似窝囊一点，又怎么生存呢？那也是一种生存智慧。因为他扛着一个家庭、一个带着很大"拼凑"意味的家庭和一帮兄弟的生存大梁。闫妮的表演很朴实，话虽不多，身上既有被多重生活与心理挤压的无奈，也有和顺子在一起的幸福感，她把这种内心的丰富表达得淋漓尽致。原来我也没想到顺子和素芬是他和她这样的形象，剧中他俩以真实细腻的表演塑造了这两个人物，我觉得非常传神！我以为，通过这部剧，张嘉益和闫妮都完成了一次艺术突破。其他演员也亮点纷呈，主要是演出了生活的质地，不假，不空，不躁，假大空永远是艺术的大忌。

我在小说中塑造了女儿刁菊花的形象，是因为看到现实中不少人为追求社会地位、香车豪宅、名牌包包,已把物质追逐搞成了一种生活信念与生命目的,这些东西一个时期大量流播于纸质传媒、微信、荧屏、银幕之上。长此以往,导致无法拥有者内心发生扭曲,甚至会误判社会生活物质基础的整体阶段定位,有些就把这种愤恨甩到了自己"无能"的父母身上。这种过度的物欲,导致了不少家庭貌合神离,甚至分崩离析,更导致那些靠诚实劳动安身立命的人失去了做人乃至为人父母的权利与尊严。我是希望通过小说中刁菊花这个"狠角色",唤起一些社会思考,尤其是唤起对最普通劳动者的劳动价值尊重。《装台》热播后,观众都热议刁菊花这个人物,扮演这个角色的凌孜,把这个很难把握的角色把握得很好。剧情开始时,她大手大脚糟蹋顺子的血汗钱,视善良的继母如寇仇,后来,呈现了她成长与转变的过程,最后还挺温暖,我也赞成这种改法,不然观众是不是会"找我算账":有这样的孩子吗?

我已调到北京工作两年多,是在北京看的电视剧《装台》,如果在陕西看,可能会是另一种感觉。在北京看,很自然就引发对家乡的那种眷顾,比如古城墙,这部剧里多次出现;以及所有的小吃,都能勾起自己对家乡的记忆。回忆是多层面的,从饮食、秦腔,到现代都市之前留下的那些遗存,林林总总,不一而足。这部电视剧在表现当下生活的同时,把历史文化、地域文化、市井文化的背景都带了出来,并且带得很自然,不像广告植入那样,让人觉得不舒服,甚至"跳戏"。他们找到了这一切与剧中人物血肉相连的贴合感,无论从导演、演员、舞美等各个方面，都很细致讲究地一气呵成了。

小说《主角》目前正进入剧本改编阶段，这应该是张艺谋导演首部执导的电视剧，他一以贯之地准备得很认真。《装台》与《主角》都是张嘉益先生看完小说后，就找我谈的改编权问题，并且都在获得茅盾文学奖之前。后来张艺谋导演在出国途中，把小说《主角》看了，等飞机一落地，就让他公司的文学责编，也是著名作家周晓枫给我打电话，要这个小说的电影和电视剧改编权。我说嘉益先生已经拿走了。张导说："那我就跟嘉益合作！"他们的合作就开始了。《主角》的故事简单讲，是说一个秦腔表演艺术家 40 年的生命演进史。她从 11 岁进剧团，一直成长为"秦腔皇后"级的人物，背景就是 40 年改革开放。这个人物经历的时代，和我经历的完全相同。小说纯属虚构，没有一个人的故事能够撑持起这一两百号人的立体时代交响。我是将自己半生对生活、时代、社会、历史、人文、世界的感知与理解，集合了又打烂揉碎，最终抟成了我心中希望建构起的那道既世俗而又超拔的生命风景。它是戏剧世界的故事，更是广阔的现实人生。

2021 年 1 月 16 日为《文汇报》作

读京夫 听《鹿鸣》

京夫先生的长篇小说《鹿鸣》出版了,作为他的邻居和老乡,我得以先睹为快。整个"五一"长假,人们都蜂拥着出去旅游了,我则回到故乡的小县城,睡在老母亲的脚头,抱着这本近四十万字的长篇,看了个昏天黑地。有时看得太晚,母亲说:"该睡了。"我却说:"鹿完了。"闹得母亲呵呵直笑说:"书把你看傻了。"没有想到京夫是以这样的创造精神,充满生命激情和想象力地建构起了这样一幢外观、内脏与各个通道都十分诡谲的艺术大厦。开始,我还看得有些不以为然。这很像先生的为人,不惊不乍,不瘟不火,静静走来,默默离去。看着看着,就被那种博大的生命气象和地河一般涌动的潜流所吸引。这又像我前不久才读完的奥尔罕·帕慕克的长篇小说《我的名字叫红》一样,表面看似是在侦破一桩谋杀案,内里却是整个土耳其民族历史、宗教、政治、艺术、民风民俗的大推演。

《鹿鸣》讲述的是一个叫林明的年轻人,遵照父亲的遗嘱,要把一群被人为集中起来采集鹿茸的野生鹿群,放归到适合它们生存的大自然里去的故事。林明用时两年多,行程两万余里。可悲的是,在走过了丘陵、荒山、高原、大漠、草地、森林后，他最终没能为这群活鹿（最终不到五十只）找到适合它们生息的地方。这是一种巨大的象征，也有些荒诞不经，更是一种严酷的现实存在。正是这种现实存在的严酷性，烛照我们去反思人类为满足自身欲望对自然的疯狂攫取，去省察我们对竞争和数字符号的追捧到底有何价值。当鹿死人亡时，我们不能不倒吸一口冷气，并为之惊恐万状，后怕不已。小说是从林明看见飞碟开始的，这种有人死说见过、有人死说绝对不存在的天外异物，先为小说进行了现实与虚幻的模糊界定，用京夫在引子中的话说："你无妨在梦幻与现实之间确立自己的阅读定位。"而"对于这个人的故事将信将疑也是错误，不信则更是错误"的箴语，一语中的地将小说的思想精神旨归，如"甄士隐""贾雨村"般地辩证演绎出来。我们可能不相信南极冰融、地球变暖、臭氧层空洞、地下水源枯竭这些"大而无当"的人类生存环境危机对生命个体的直接影响，但我们不能不正视，现实是如果有人在我们的住地周围，挖满了淘金的沟壕，我们出门就会摔得鼻青脸肿、腿断胳膊折。京夫在讲鹿之呦呦鸣叫，更是在隐喻人的自掘坟墓与孑然哀叹。在今天看来，这本小说有虚幻性；在未来的某一天，它就可能演变为严酷的现实存在。就像恐龙一样，曾经不可一世，现在留下的只有骨骼化石和再无生命活性的石头蛋。小说中的"主角"鹿，是一头名叫峰峰的公鹿，它有一对奇异的长角，作者形容为"其大无比，美丽绝伦"。小说中讲，峰峰"因这副角而神圣，它是一种权威的象征，如同王冠一样，是至高无上的权力啊！有了这副长角，鹿群如同有了图腾，便有了一种安全感，便成了动物界华丽之一族"。就是因为这副华贵的长角，峰峰成为人们捕猎的对象。据说，这副长角能使一个无能的男人变得坚挺如角，威猛有力。有一个巨富外商，愿意为这副角掷金千万，以求换取生命的春天。谁知主人公林明，一个从父亲那里继承了遗志的养鹿人，不仅视鹿如命，而且还有了一种宗教信仰般的护鹿情怀。一场捕杀与反捕杀、保护与反保护的多头拉锯战，便在数万里逃亡与寻觅中，惊心动魄地铺排开来。说它是多头拉锯战，皆因为这副鹿角和这群逐鹿者不仅牵动了为"保护招商引资成果"而卷进来的地方政府和公安机关，而且引来诸多"闻鹿起舞"的真假动物保护组织和渴慕饮血食角的人间饕餮，他们围追堵截、离间反间、恐吓威逼、感化利诱，可谓千姿百态、千奇百怪，尽显世相与人性。无论飞沙走石、高崖深涧，抑或是铜墙合围、刀山火海，都未能阻挡住养鹿人与这群逃亡鹿奔向光明（森林）的脚步。这是力量的角逐，更是信念的对决与抗争。

如果说小说仅仅以这种美国大片式的角力场面与险象环生充满悬念的故事一泻到底，充其量只能是一部贴近阅读时尚的情节小说而已。京夫先生似乎已不屑于讨好这种阅读时尚。他把更多的情感和笔墨，都浓泼在了人性在自然面前的回归、觉醒与升腾上，并把人类长期以来习惯于俯视动物的目光，扳到了平视甚或仰视的角度。小说不仅让我们看到了动物的高贵思维、情感，而且具有了"品德"一类的理性光斑。它们发扬着团队精神，维护着集体意志，拥戴着精神领袖，呵护着弱势个体；同时，还表现出忠勇守信、舍生取义、知恩图报、仁爱宽恕的可贵品质。这里有京夫对人性失落后的理想补缺，但那些已然发生的，屡屡不能破译的动物界的生命奇异现象，又何尝不是人类知识的巨大盲点呢？从这个意义上讲，京夫在这部小说中所做的工作，又何尝不是对动物界不可知生命现象的深度探究与重新开发呢？小说中的父亲，先后讲了十几个动物界的传奇故事，那都是我们似曾相识的"动物义救"的久远传说。京夫用切割主体故事的穿插方式，不断以近镜头的形式，将这些故事十分强烈地推到我们面前。不仅增强了小说主体情节的真实性，而且使作品有了更加广阔的生命平等观念的认知背景，最终使以鹿为代表的动物（也包括人）的鸣叫，具有了宽博厚重的生命全息形态。当然，这部小说最重要的还是在写人，动物是人的参照物，是人的对映体，是人的伙伴。面对这个对应物与伙伴，人类理性与感性的缠绕，人性与兽性的撕咬，良知与本能的交战，大道与私我的搏杀，便显得尤为撼人心魄，毫发毕现。林明与女主人公秀妮的恋情及责任担当，鹿王峰峰与鹿后的生死相守，日本战犯铃木与女儿惠子在大漠中的生命内省，以及草原歌手嘉措次仁与诸多草根生命对天道的本能维护，都为小说增添了十分美好的生命关怀。但整部小说中，自始至终所充满的因人类欲壑难填而带来的生命劫杀，不仅营造出了阅读的紧张情势，而且使人感到了一种头悬利剑的胁迫与窒息。这是京夫对同类的生存警示，更是一种对同类向茹毛饮血的原始荒蛮生活倒退的愤怒指斥与控诉。鹿之茸，鹿之鞭，鹿之血，鹿之筋，鹿之肉，无不引来对生命的剿杀。每次突围，都会因惨重的伤亡平添血腥。尤其是沙漠瀚海中的那个度假中心，里面住着一群身份特殊的俱乐部会员。他们的钱多得不可胜数，整个心灵却虚空得不置一物。其中的一些性无能者，正在接受着特殊的"治疗"，而大批活鹿的闯入，自是给他们带来了生命的惊喜。他们嗷嗷待哺地渴慕着鹿角对软体的硬撑，望眼欲穿地企盼着鹿血对掏空了的生命的补给。小说在这里，如江水回旋、大河聚潭般地放慢了行进的速度，让人在表面看似宁静和谐的氛围中，去感知生命透支到极限的苍白，去领略欲望燃烧到沸点的图穷匕首见。这是人类因不能忍受生命之轻而暂居的精神"避难所"，更是越填越深的欲壑里的"屠宰场"。最终，大地风沙骤起，一切化为子虚乌有。这既像一个寓言，但又何尝不是已经发生或正在发生甚至即将发生的严酷现实呢？小说叙述到这里，更让我们感到了京夫开辟这个创作领地的价值和意义。人类只有与大自然和谐相处，知耻、知止地放弃疯狂盗掘与占有，顺应天道休养生息，才会生命鲜活，心灵安宁。我们正在倡导的科学发展、和谐社会的主题，不正是这种生命觉醒后的指向校正吗？峰峰与它的群体，最终并未逃脱失败的命运。连养鹿人林明，最终也纵身跃向大海，当再次漂起时，又置身于一个海上度假中心的"虎口"。那是已经消亡了的沙漠度假中心的"借尸还魂"，物非人是，一切照旧。试想，陆地动物被吃尽杀绝后，海洋里能使人根挺坚如鹿之角质、寿数等同于千年乌龟的诸多动物，又要承受和鹿一般的灭顶灾祸了。

这是一部真正意义上的具有人类共同思维角度的"生存环境考问"的小说。这是京夫先生在几十年笔耕不辍,创作了《手杖》《娘》《没有野兽出没的山林》《文化层》《八里情仇》等四百余万字优秀作品后的一部巨献。小说不仅充满生命激情与活力,而且涌流着具有青春气息的情感热浪,凝聚着深广的生命价值意义,暗含着对终极目的的追问。作为已满头华发、六十有三的写作人,可谓宝刀不老,生命之树常青了。这是一个特别有意义的"五一"长假,我虽然没有完全走进大自然,却通过京夫先生的文字与思想,同大自然进行了一次最深入的对话。近几年,我先后看过几部可以说是写生态的小说,作为长篇小说的热心读者,我更喜欢京夫视野的广博与雄奇,喜欢他对自然的敬畏与神秘感,喜欢这项艺术创造工程的想象丰富与精神独具。他是在叙述,是在呐喊,更是在如鹿般地哀鸣战栗。这是征服读者心灵的最好状态,他甚至让我对几年前那次食用美丽、和善、通灵的鹿的丑行,感到罪当割舌,遍体不适。幻觉中,那些过去多多少少都曾经品尝过的野味,甚至家禽、家畜,就都如小说里描写的那样,突然堆聚成一个庞大的立交桥,不吃不喝,不动不挪,让人顿生惊愕,深感罪恶。这是京夫的宗教,更是我等不得不跪诵的"阿弥陀佛"。从这种自觉引发的忏悔意识上看,《鹿鸣》又是一部具有救赎意义的小说,它让我们反省过去、打理未来。我们不可能如尾声中神情有些恍惚的主人公林明一样,由恋人陪着他沿着他过去放归鹿群的路线,"重上雪域高原……实施拯救和精神放归,让他去享受那里的蓝天白云……去过一种最简朴的生活"。但在浮躁、喧嚣、充满欲望的现实生活中，保持几分淡定、素朴，以及对同类和世间万物的敬畏，当是我们不该再错过的基础修行。

读京夫，听鹿鸣，过长假，万物依然，我心飞翔。

2007年5月6日于西安

生命的重重突围

——读晓雷先生长篇小说《浮山》

晓雷先生一直是我十分敬佩的老作家，他跟夫人李天芳都曾是陕西文坛的主将，他们伉俪合著的长篇小说《月亮的环形山》给我留下很深印象。这部《浮山》的写作过程，我也略知一二。十几年前，他就把目光对准了一个来自《曹全碑》故土的书画家马河声，他觉得这个年轻人身上充满了故事，也饱蘸着时代进程的丰富印记。恰好我与马河声也是朋友，我们便常常在河声家里不期而遇。既练字看画，也谈天说地，后来我才知道，晓雷先生还带着"深入生活"的任务。

先得说说《浮山》主人公龙欲飞的原型人物马河声。他是晓雷先生的同乡陕西合阳县人。这是一个农民的儿子，父亲还因挖矿不幸遇难，他便有着一个"低到尘埃里的不幸童年和少年"。但无论怎样残酷的生命种子，都不会影响对星空的向往和人类与生俱来的用艺术样式表达生命样态的原始自觉，他爱上了绘画，还爱"写大楷"，这大概也与那块直接出土在身边的《曹全碑》有关。别人把啥爱一阵，就撂下了，而他爱上却再没丢过。除了天分、才华，挚爱永远是任何事业成功的最重要法宝。马河声成功了，并像当年漂泊在长安的历代文人墨客一样，有些一直都未进入"体制内"，但依然没有影响他们的生存、包括拖家带口的繁衍，并充满了艺术的高度和生命的宽度与厚度。马河声是一个书画家，也是一个文论与散文随笔都写得极其个性、开张，且文笔优美的文人。这是原型人物马河声的大致样貌。当然，小说毕竟是小说。龙欲飞已不是马河声，马河声也不是龙欲飞了。可马河声是这部小说的"源头活水"，当无疑义。

没有人比晓雷先生更深入腠理地研究过马河声。有很长一段时间，我都看见先生在河声家听他谝得五马长枪、走州过县的。河声不仅是文人书画家，也是长安有名的演说家，这在文人墨客圈子是公认的。晓雷先生是一个很儒雅的长者，有时也笑得不能不捂住大概是怕乐呵得脱漏了的嘴。又过了几年，我听河声说，先生在写他。我一直期待着这部长篇小说的问世。但先生一直没有朝出拿。去年岁末，有一天晓雷先生来电话说，他的《浮山》由新华出版社出版了，让我没事了翻翻。一个八十一高龄的老作家，始终保持着他那种做人做事都十分谦和的内敛与低调。我拿到书，就在春节期间认真拜读，并做了不少处折叠。

我感到先生是打开了一条更大的河流。他是写了以龙欲飞为代表的一批农村青年艰难曲折的奋斗史，也负载了更多的社会演进信息与内涵，是一个时代的青春之歌。当然，牵头的仍是龙欲飞。一个农村青年，成长为一个大都市的艺术家，这与寻常青年演进为一个城市的白领，或其他职业，还有本质的不同，并且也有更多的书写难点。但晓雷先生因为对书写对象的熟知，以及自己数年来对书法的钟爱，而让这个"牵着恋人骨头"还"连着同学筋"的主人公,同时带出了鱼寅禄、鱼盼儿、鱼小鱼等几个一同从乡土起步、竞相投奔现代化都市,而最终人生轨迹与命运曲线却完全相异的丰富群像。在任何地方,以及任何场域,尤其是物欲横流的都市名利场中,都存在着一个颠扑不破的真理:有人修行,有人沉沦。抑或有人正在修行,有人正在沉沦而不自知。

农村与城市是两个完全不同的场域,当用户口把每个人都限制在出生地不能自由流动时,各自欢乐着自己的欢乐,幸福着自己的幸福,当然,也痛苦着自己的痛苦。可当开放的闸门将彼此的"隔离带"拆开来,让农村青年走进城市,尤其是一代农村知识青年走进大都市时,无论欢乐、幸福与痛苦,就都不是昔日那个概念了。许多人甚至可能产生绝望。除非在城市仍徘徊龟缩于自己那个"进城"的小圈子,其余一切几乎跟自己都没有关系。面对越来越多的豪华处所、香车宝马、玄幻霓虹、俊男靓女,总之大多是由物质基础所堆积建构起来的别样世界,何止一个自惭形秽、相形见绌可以道尽。那简直就是判若云泥,甚至人间天上的倒错落差。一个浑身上下穿着不足二三百元衣裤鞋袜的人,进了每件衣服都用万元标价的品牌店,无奈得大概当下从窗户穿出去的心思都有。晓雷先生就是把小说故事和结体建立在这样严酷的现实主义基座上,去发微洞见社会的复杂多变,以及主人公生命的外部错愕痉挛,尤其是内心深处的战栗与彷徨。

《浮山》本身就具有一种象征性。山永远是一种坐标,浮山是希望,浮山也可能是虚妄。一切都出以这个坐标为行进目的的人的生命与精神质量而定。抵达了，那就是真山真峰；颠覆了，也自然就是海市蜃楼了。既然进城了，许多人都会努力去"试水"，并欲彻底走出那个都市里的"乡村圈"。尤其是龙欲飞和鱼寅禄还选择了书画这个看似准入门槛很低，谁都可以抹几笔，但实际上是大院套天井，天井通小院，小院连旁门，旁门拐左道，左道入地道，地道接炼狱，炼狱偶尔方可登"天堂"的艰辛"诡道""魔道"。龙欲飞始终在这个"诡道""魔道"里艰难前行着，他是努力想找到通往艺术圣殿的那缕"天堂"圣光。而鱼寅禄却在"旁门左道"的入口处被迷惑、撕裂，甚或踏空坠落。同乡、同学、同行、同事；友情、亲情、恋情、世情；表情、神情、性情……总之一切的一切，都在社会的演进中，重新调整着"差等"与"引力"秩序关系，并形塑着新的生命风景个体与群像。晓雷先生从多个经度与维度，深刻揭示了这个时代的本质面貌和特征，总体给人以奋发向上的力量和人性可塑的温暖光芒。

  本文要特别提到的是，晓雷先生是位诗人，他曾出版过《豆蔻年华》《依依后土》，以及叙事长诗《脚夫的爱情》等诗集。在《浮山》中，先生大量创作和运用了许多优美的诗句与民歌、民谣，让整部小说充满了雅致与世俗相兼的叙事和抒情风格，有些民歌、民谣还反复出现，呈现出一种交响乐主题变奏般的叠加效应。通体表现出奇正相生、雅俗共存、化和自如、浑然天成的文体风貌。先生是陕西合阳人，据考：《诗经》之《国风》第一篇"关关雎鸠、在河之洲，窈窕淑女，君子好逑……"就形成于这一带。是滚滚黄河之水，于斯淤积起"参差荇菜"之州，又经浩荡之黄河春风，将州上的爱情、人伦、礼乐、德行之美，吹向了无边无涯的人类世界。先生生于斯、长于斯，他的血脉里不可能不流淌着这种《国风》的大道正声。

我与先生是忘年之交，他与陕西文学的诸多先贤一样，对后生充满了爱怜、呵护与笃厚之情。那些年我们接触颇多，他爱秦腔，便有了诸多剧场内外的交流。拙作出炉，他必定到场观看、鼓舞、助推。常常在谈秦腔时，也说到戏剧文学之外的小说、诗歌。每每从先生的言谈举止中，就悄悄学习着作文与做人的那些可以称之为"道"的范式。他让我总想起《国风》之《秦风》里的那句诗："言念君子，温润如玉。"写这篇小文并非对先生提携抬爱的私德称颂，而实是出于读后有感而发。想着乡村里的龙欲飞，甚至包括鱼寅禄、鱼盼儿、鱼小鱼们之不易，他们即使踏空、塌方、沦陷，仍是不易。尤其是从农村奋斗到城市里做艺术家，那就更不容易了。他们必须突破重重困境，首先是家境、环境、视界的局限与诸多自卑、自缚的心魔，而最终才能臻于心灵自在的化境。国外有专门设"把乡村孩子培养为城市艺术家"的"站得更高奖"，足见这个群体获得艺术审美成功的重要社会意义。而先生以十余年的时间，跟踪这个群体，研究这个群体，并浓墨重彩地书写这个群体，算是"披阅""增删"数载不辍，呕心沥血之状可见一斑。除艺术价值外，我觉得更有一份社会责任与认识价值深含其中。捧读之余，慨然作文如上。

2021年3月13日于北京

疫情下的戏剧守望

瘟疫是世界性灾难，对人类的攻击也不是第一次。攻击程度深浅不同，记忆和改变世界的能量也千差万别。就我们所在场的这场疫情看，已是够猛烈、够全覆盖、够迅雷不及掩耳了。作为需要聚集人群观看的戏剧，在这场灾难中，受害也首当其冲。当没有观众的时候，戏剧就同飞机、轮船、火车、餐饮、宾馆、旅游业一样，在经受着孤独与"失血"的多重折磨和煎熬。世界各种戏剧节，纷纷停摆。聚集性演出，也全部落下帷幕。各种戏剧团队，于左顾右盼中，都在渴慕着大幕的重启。世界戏剧组织也在开展"团结起来，我们定会战胜新冠大瘟疫"的线上论坛。中国作为戏剧大国，受损样态与世同波，渴慕开锣的心境也与世界同频共振。

在疫情暴发时，中国戏剧人也发出了抗疫的声音，虽然停止演出，居家隔离，但都以不同形式，努力发挥着戏剧的能量。那些向一线白衣战士致敬、问候、朗诵、演唱的节目质感，也许从艺术上并未臻于完善。包括一些抗疫作品，甚至还显得草创。但戏剧人关注时代、关注生命的热血和激情，依然呈现出了这门艺术与社会水乳交融的深度切合，这也是戏剧应该具有的历史秉承和担当。无论战争、瘟疫、还是社会巨变与转型，戏剧从历史到当下，都从来没有缺席过洞幽烛微的发声。当下这场疫情，也必然成为人类历史进程的重要环节，戏剧自然不可能置身事外。但随着疫情常态化趋势的呈现，戏剧也需要做常态化的思考和应对。

首先，戏剧跟许多行业一样，面临着生存困境，自疫情暴发以来，几乎是"颗粒无收"的局面。世界皆同，全球大剧院无一幸免。有些行业已有复工转机，而戏剧这种人群高度聚集场所，作为负责任的态度，也不能盲目呼吁重启。面临灾难，需要共同承担，这也是戏剧的精神本质所在。相信我们的文化建设也一定会在经济社会的全面重启中，得到更进一步加强和重视。尤其是民营和新的戏剧群体，需要给他们以更多的纾困和帮扶。

在互联网背景下，戏剧人于疫情困局中，也做了诸多网络戏剧传播方式的探索和突围。"云朗读""云演出"，以及"抖音"等新型业态在戏剧行风生水起。一方面充分体现了戏剧人的思维创新意识，同时也证明了戏剧艺术与时代传播手段有机结合的可能与前景。这是疫情催生的一种生存观念转变，其意义还需假以时日才能看出端倪的。但戏剧又从来都是以舞台和剧场演出形式存在于世的，与观众心心相系，有效互动，是她的本质特征。一旦同呼吸、"共命运"的观众不存在，戏剧就有可能成为其他像电影电视一样的呈现模式。而电影电视等视频影像艺术，正是在人类发明了电以后对戏剧的一种制作、分蘖和再创造。因此戏剧在疫情困境中，尽可以继续做没有观众情况下的传播探索，但其立足点，似乎还应该放在期待剧场重启后的舞台上。

人类历史上发生的任何疫情都会成为过去式，而戏剧永在。戏剧不仅是一种艺术样式，它也是一种仪式感极强的社交机会和手段，相信人类不会放弃观剧这个独特的艺术"体验场"。因此，戏剧在努力探索新的传播途径时，仍应加强"根性"维护，让她永葆现场观赏的"青春"。

戏剧是内容与舞台呈现共荣的艺术。再精彩的内容，得不到精湛的舞台表现，也会味同嚼蜡。同样，任如何精湛的表演技巧、完美的舞台呈现，如果内容苍白缺血、立足难稳，舞台发挥越过度，越会使其显得虚浮肿胀、壳厚内空。因此，对于更多戏剧院团来讲，抓好第一度创作，扣好舞台艺术的第一颗纽扣，依然是保持戏剧生命力的前提。

戏剧必须关注现实，这是戏剧融入时代、体现自身价值的重要途径。当你与现实关联度很低的时候，被边缘化就在所难免。一部戏剧史也反复证明，戏剧人在重要历史关目都有很好的发声，而这些声音不仅形成了戏剧的创作传统，也让戏剧始终旋转在历史艺术舞台的中心。比如战争、瘟疫、时代更替，都是戏剧延绵不绝的话题，那是悲欢离合的剧情取之不尽的元素。面对当下瘟疫，戏剧人全部在场，相信在现在和未来，定会思考、蒸馏出非常有价值意义的照亮人前行的作品，但一定是深入研究思考的结果，而不要呈现"扎堆挤地铁"的效应。当我们的思考还没有普通观众深刻，再现也没有现实丰富多彩时，那种发声的意义和效果就不是太大。经过疫情袭击，我们对保护他人生命的英雄，有了更深切的渴望和认识。一个国家，如果没有自己的英雄，关键时刻没人能站出来顶天立地，那就是可悲的国家。当武汉疫情暴发时，四万多名医护人员慷慨逆行，还有许多军人、警察、社区工作人员，以及数不胜数的志愿者生死相向，那就是民族的英雄群体。有很多事迹感人肺腑，令人潸然泪下。但呈现在舞台上，未必有现实那么壮阔、雄浑、切腹、悲怆，这就需要创作者很好地研究问题，加强建构、蒸馏、提取的能力，从而让由我们身边走出来的许许多多平民英雄，具有照亮时代的意义。

书写英雄、再现英雄，从来都是世界文学艺术的主题。中华民族从《诗经》一降，就在歌颂先祖英雄、社稷英雄、平民英雄。西方从荷马史诗《伊利亚特》《奥德赛》开始，直到好莱坞大片，都在歌颂他们不死的英雄。中华民族历史悠久，积淀深厚，英雄更是层出不穷。我们通过文学艺术树立起来的立体英雄形象不是多了，而是远远不够。但怎么塑造出让人心服口服的英雄形象，又是一个需要很好探讨的话题。没有今天疫情中走出的英雄能给我们如此多的当下启示：他们就是我们当中的一员，突然，历史选择他们站了出来。当他们走向不可知的命运时，当他们成为一代英雄时，他们没有准备好，我们也没准备好，但他们已然是这个时代的英雄了，这恰恰是创作者最重要的切入点。他们的鲜活、生动、平实、真切，正是创造英雄最扎实的基础材料。一味拎住头发、拼命拔高，甚至"绝缘体式"的英雄塑造法，反倒让英雄难以"出列"。但英雄又是需要从人众队伍里走出来的那个阵容，因此，忠实于英雄生成的社会丰富性关联度的作品，可能更容易让现实英雄成为艺术的英雄形象。当下"脱贫攻坚"出现了一些优秀作品，但与中国这么大面积贫困人口的挣脱贫困又不相适应。人类许多文艺作品的内核都与贫困有关，怎么深刻地反映出这场摆脱贫困的伟大实践，也需要戏剧作出更精彩的回答。这是现实题材创作的巨大魅力，也是巨大困惑，在这场与贫困的巨大斗争中，如果写不出贫困的窘境，也就写不出战胜贫困的必要性和深刻性。这是戏剧构成"冲突""陡转"的规律要件。现实题材创作很难，尤其是"不扎堆""不窄化"、从而写出独特的"这一个"很难。也唯其难，才称得上是艺术创造。只有深入研究，才可能切到既有个性、又有普遍意义的生活本质脉动。

戏剧在重视现实题材的同时，也一定要重视历史题材的发掘。中华文化是一条长长的河流，包括"红色经典"和今天抗疫中的大批英雄涌现与"脱贫攻坚"中的生动故事演进，都与历史源流有关。如果我们的文化缺乏"己所不欲勿施于人""大道之行也，天下为公"，以及"老吾老以及人之老，幼吾幼以及人之幼"这些价值理念，很多现实话题就无以附着。历史不仅给我们提供镜子，也给我们提供认识现实、把握现实、改造现实的信念。因此，历史题材创作，不可须臾或缺地摆在亟待融入现实的戏剧人面前，因为戏剧是传承历史、提供丰富人类生存经验，尤其是让历史故事变得鲜活可触的活在当下的讲述能手，我们如果忽视这种讲述经验，就会让戏剧，尤其是古老戏曲，失去先天的生存优势技能。特别是那些讲了几百年、几千年的好故事，戏剧永远是讲述传承它们的最好的当代"诗人荷马""孔子""太史公"。试想还有什么形式能比中国戏曲更好地去讲"关关雎鸠，在河之洲"，以及"将相和"与杨家将、岳家将、包公的故事呢？戏剧在不断地完成着历史再创造的任务，从西方的莎士比亚，到中国的关汉卿、汤显祖、孔尚任、洪昇，无不是在经典故事中提升再造经典，让我们的文明之冠上镶嵌下了颗颗不朽的珍珠。重视对传统优秀戏剧故事的再创造，也是现实戏剧推进的文化奠基工程，不可一日偏废。而这一切，也都在为更好地创造出优秀现实题材作品，提供着最可靠的经验和技术支撑。

总之，疫情下的戏剧人，能干的事很多。探索网络传播手段，是戏剧人在疫情时期的一个生存亮点，也是与全媒体融合的一次漂亮出击，值得盛赞。但越是希望获得广泛传播，越是需要做好"以内容为王"的"硬核"，否则，只会给疫情中的戏剧，带来广而告之后的雪上加霜并铩羽而归。无论如何，戏剧最终还是要回到剧场去看的。离开观众的舞台艺术，可能会让戏剧人放弃很多与受众进行思想情感交流和精神互动的在场实验：一句台词、一个情节、细节，都能反馈到一个时代的整体精神质地，从而不断获取再创造的灵感。剧场永远是一个非常难得的与观众共同完成的艺术"实验场"。现场观剧与传播所需要的镜头选择角度是不一样的，哪怕你不推拉摇移，其本质已是声画再现，必然带来戏剧审美特性与意味的偏转。我们期待着疫情过去，让更多人走进社交场合，进行有仪式感、社交感、互动感和独特审美意趣的观剧活动。

　　疫情下的戏剧，我们最需要守望的，还是戏剧的生命本质和精神。作为一门十分成熟的艺术，尤其需要一种定力。浮躁没有用，抓瞎没有用，着急没有用，乱投医也没用。有用的就是用心用功地去把握戏剧运动规律，抓住"内容"这个关键环节，使其在疫情过后，焕发出不屈不挠、不疾不厉的生命光芒。面对疫情过后可能扑面而来的焦渴观众，我们为他们准备好这顿久违的精神盛宴了吗？

　　疫情必将过去，大幕定会重启。

2020 年 5 月 16 日于北京

让戏曲学更好地大众传播
——读甄亮《大众戏曲学》

　　老戏剧工作者甄亮先生终于写完了他的《大众戏曲学》，这是沉寂数年的"不待扬鞭自奋蹄"之作。当初我与他共事于陕西省戏剧家协会时，他就屡次跟我讲：戏曲在民间传播太广泛了，得有一个相对通俗的读本，很好地讲讲戏曲学，尤其是在青少年中进行一些常识普及。后来，他也连续编了几个中小学生戏曲知识读本得以出版。陕西大学多，学子们身处"三千万儿女高唱秦腔"的旋涡，也自然有想了解秦腔和戏曲的愿望，他也就对《大众戏曲学》的写作越来越热切。退休后，作为剧评家的他，就很少出来参加活动，而一门心思搞起了这本书。从准备资料到完成，经历了快10年时间。我看到书稿后，很是有些感慨万千。

　　先说说甄亮先生这个人，因为工作原因，他首先是一个戏剧活动家，十几年就蜷缩在陕西省剧协的院子里，说戏，论戏，研究戏；出了窄小的还带拐弯的大门，也是去看戏、评戏、搞戏剧活动。他从民间文艺家协会调来，对民间文艺颇有研究，就天然有一种与"民间"打交道的偏好与激情。平日与我说得最多的，也是"戏恐怕还得还戏于民"这几个字。

中国戏曲恰恰是由民间而生发，他始终牵着"民间"这个牛鼻子，自然也就把协会的联络协调服务工作搞得风生水起了。过了若干年再回头看，让我更加深刻地认识到他对戏曲"民间本质"认知的深入膝理。即使在过分忽悠戏曲"高雅化"的时期，老甄也是声音有些激烈地到处说，甚至到处争论：太雅了恐怕与戏曲发展不利，烟火气才是戏曲的生存之道。这么多年过去，我感觉我的老搭档，就始终在念戏曲民间性、大众化这个经，今天，终于念得有了自己的眉目。

《大众戏曲学》从源头梳理起，讲起源、讲发展、讲特质、讲学科体系，然后用戏曲文学、音乐、表演、导演、舞美、观演、传承传播，以及管理等八章，对戏曲全部生存样态进行了详细论述。内容系统，深入浅出，既保证了对戏曲史研究成果的尊重与接续，也从戏曲当下传播的需要出发，大众化地再现了它的生命、生产流程，让普通读者也能一目了然地知道戏曲的来由与依存关系，从而更好地融入中华传统文化的大众传播链。再好的艺术样式，如果希望了解和认识的人越来越少，参与继承传播的人越来越稀疏，就是一个问题。而从理论上加以点化，实践上加以引导，自是显得十分必要。甄亮说："艾思奇搞了一本《大众哲学》，我望文生义，想到了戏曲，'虽不能至，心向往之'，我也想搞一本戏曲方面的大众读物，这就是我退休以后的大事。"果然，几年蛰伏下来，他完成了心中的那个大业。

一个人的"术有专攻"，如果能与平常工作结合起来，那就是最好的状态了。甄亮先生进行了十余年的戏剧组织工作，了解了大量第一手资料，再加上专业积累，自然是较权威的大众戏曲学发言者了。尤其是在大西北的土地上，古老剧种秦腔具有雄健而宽博的生命力，加上三秦大地以秦腔为代表的诞生过五十多个剧种（几近全国五分之一体量）的丰厚滋养，由他来书写这样一本书，也是适恰与很自然的事。任何一门艺术要发扬光大，都需要一个量的积累，戏曲之所以形成了如此丰富的历史样貌，就是因为那种海量的涌现与喷发过往。今天讲继承、讲发展、讲创新、讲重生，都仍需要在大众接受美学上做足文章。让接受者有意愿、有兴趣、想了解，并易于了解是十分重要的。古老的劳动号子最美的地方，就是一人吆喝百人呼应的快乐合力状态。而吆喝声是需要大众所能听懂的音韵和节律。任何时候都不能忘了传承传播的主体，那就是大众。只有大众对戏曲依然保持信心、关注和热情，才可能使这项事业有所发展有所前进。我始终感叹着：甄亮先生确算得是一个"干一行爱一行"的人，这句朴素的真理很重要，正是那些干一行爱一行、爱一行钻一行者，才可能对这项事业作出具有历史与价值意义的有效劳动和贡献。

还回到戏曲的大众性上说，就在戏曲"夕阳论""进博物馆论"说得专业从业者心生寒凉的时候，其实民间戏曲也并没有沉寂落寞。关中地区很多业余剧团在这个时候仍然到处有"台口"；离西安城不到百里之遥的周至县剧团，一年还保持着五六百场的演出市场；而长安古城墙下，几乎"夜夜笙歌"，多数唱的是秦腔"苦音慢板"和"欢音二六板"；

大街小巷里数以百家的"秦腔茶社"也是响动得此起彼伏，关公、包公、秦香莲、李慧娘声声不绝于耳；电视台"秦之声"的业余演唱大赛，农民、居民、矿工、学生、军官、教授同台竞争之激烈，每每有"上榜如甲科题名之亢奋，出局似名落孙山之灰暗"者；更有远在千山万壑中的村落"过事"，以及古会、庙会"对台戏"上，秦腔、豫剧、晋剧的"把式对决、各不相让"……那才是戏曲的宝塔"底座"，那就是戏曲的当今民间。而这一切，甄亮先生都是目睹者，亲历者，研究者，记录者。他曾在多种场合说："得重视民间戏曲的生存现状，要把他们高看一眼。业余剧团好像还没有到'夕阳''落日'的地步，他们还在动弹，甚至还在谋求发展，只要他们在，戏曲的根脉就活在，我总觉得戏曲的希望还在民间。"他用好多年去写这本《大众戏曲学》，其实就是对自己"戏曲在民间"认知的具体践行。

任何文化都有认识的反复过程，那些有深沉思想蕴含、恒常价值表达、丰富表现形式、独特美学品性、经典故事讲述的文艺样式，一定会在山重水复中，找到它百折不回的涌流姿态。一如中国戏曲，相信在这个民族的久远行进中，除非集体失忆，是不会轻易丢掉它千年探索成果的。这个成果不仅仅是一种文本与理论的存在，而是以千百种活蹦乱跳的生命样貌，始终盘桓、跳荡、赓续在广大民间。甄亮先生在岗期间，始终关注、检索、调研着这个丰饶的民间。随着互联网与数字化时代铺天盖地的新传播方式的到来，所有古老传承都受到了前所未有的挤压与阻断，一些非常美好的带着民族文化本质特征的根性脉动,也在这种新的传播方式面前失去了行进能力,适时进行创造性转化,并努力找到更多更好的传播方式,的确是当务之急。甄亮先生之所以要在青少年大众群体中"普及戏曲常识",其实正是在努力寻找戏曲的"新民间",让这个与数字化时代同步的新群体,去创新表达古老戏曲的美学原理与特征。时代从移步换形的渐变,到"苟日新,日日新,又日新"的剧变,给戏曲生存之道提出了巨大的演讲难题,除了守护根脉,稳固本体这些"内修"功夫外,更需要在众声喧哗中讲好自己辉煌的过往史,讲清现在与未来的美学与价值主张。而抓住大众这个环节,尤其是"新民间"这个传播载体,是让古老戏曲融入时代潮汐并图存共进的重要路径。相信甄亮先生与青年学子甄业的《大众戏曲学》,一定会在新老艺术的竞相斗艳中,发挥它有效而独特的作用。

2020 年 8 月 30 日于北京

扼守与远眺
——《商洛有峰》序

商洛这块土地,过去给人的印象,是山大沟深石头多。现在植被日益丰茂,裸露越来越少,反倒呈现出一种万物葱茏生长的景象。文学十分像这自然,也散散漫漫、枝枝杈杈地越来越有了繁盛的气象。

我记得自己在十六七岁的时候,一个镇安小县城,就拉起了一支文学的队伍,一批头发不短、裤脚不窄的青年,终日为文学骚动不安、众声喧哗着。当别人忙着去西安康复路批发市场,一批批运回能对半赚利的时髦商品时,这杆人却鼓捣来了《延河》编辑部的人,讲课、组稿、改稿,然后就是望眼欲穿地等着发稿。另外,还神一般地迎来了贾平凹、京夫、孙见喜和方英文、鱼在洋、何丹萌等省地两级作家来采风、谈文学、搞集训,一时大有文运昌隆,似要盖过商品大潮汹涌之势。我就是那时楔进这支队伍的,觉得着实风光热闹。当然,文学终没有弄过商品,几个浪潮扑来,跌跌撞撞中,眼见聚集起的那股不小的势力,就作鸟兽散了。我是弄不来到康复路批发货物,或者开矿办厂的本钱,也找不到其他发迹的门路,就成了一个当时并非很清醒的坚守者。

我想商洛各县文学情形大致如此。欢腾寂寞，进进出出，走了的，找到了新的出路；没走的，多多少少都会有些收成。当然，也可能还有当初如果好好在康复路批发市场折腾一阵，然后趟深圳、下海南、引颈奋力孔雀东南飞一番，兴许已是赚得盆满钵满、膀大腰圆了。而侍弄文学，最后瘦得皮猴一般，连弄个两室一厅都还要按揭贷款的。总之，就看你喜欢什么了。喜欢，那就只能无怨无悔了。

经济社会发展到今天，很多走向越来越清晰，伺候文学，绝不是最风光、实惠、时尚，且有把握的选择。尤其是"刀下见菜"的诸多功利，都跟文学保持着一定距离。但无论现实利益如何炫目诱惑，经济铁甲如何披坚执锐，最终仍没有把商洛文学队伍像曾经在这块土地上变法的思想者商鞅一样被"车裂"，这就是这支队伍精神勇气之所在了。数千年的商洛文明史，没有留下豪门巨贾，只让"商山四皓"名垂青史，这就是文化、文脉、文学、文明的力量。

商洛是秦楚文化交汇之地，独特的山川风貌、人情物理，必然形塑出不同的生命性情、天地人文。风俗与故事，思想与文字，都是独特境域与际遇的独特产物，谁也替代不了谁，谁也遮蔽不了谁，造化弄人，就看你是不是拿到了与造化相匹配的那把钥匙。商洛文学大树贾平凹先生，就是拿到了那把金钥匙的人。他把根须深深扎在商洛，而视听却穷极在世界的土地上。作家最重要的，就是要有像福克纳那块"邮票大的小镇"，供自己把一些最根本的东西玩味清楚，咂摸透彻，然后才有可能升枝散叶、通衢八方。商洛好，扼守住固然很重要，但任何好的东西都会有局限，有时站在秦岭之巅远眺都是不够的。文学需要站在喜马拉雅山上去瞭望更广大的世界。如果能像哈勃望远镜一样，冲出大气层，将镜头对准更加浩瀚的深空，从而产生一种概括力，回头来审视并写透我们所深陷其中的那块方寸土地，可能就是文学的大眼光、大境界了。说到底还是阅读，一是生活的阅读；二是书本的阅读。生活需细咂细品、细嚼慢咽；阅读须开疆拓土、波澜壮阔、冲出云层。

商洛作家队伍到底有多壮观，我还没有概念，只是到处都能看到商洛文人的文字。长篇、中短篇、小小说、散文……文学的子弹打得满天飞。一个陈仓，在上海就筑起了一个碉堡，没挂"哪股部队"的牌子，"手雷""机关枪"却响得没停，我心中便常感念着"咱上海有人了"！商洛日报社对这个庞大的阵列做了一次梳理，说是要出一本叫《秦岭有峰》的书，嘱我作序，几番推脱，却之不恭，以上算是我对这些筚路蓝缕的同道的深深致敬！

是为序。

2021年1月20日于北京奥林春天

话剧《路遥》观后谈

我是陕西人，对陕西这块土地熟悉，对路遥的作品和相关事迹也相对熟悉一些，因此对这个作品特别期待，也特别想看，看完以后的确还是非常振奋的。首先我觉得这个作品无论从编剧、导演，包括音乐、舞美和所有演员的表演，从综合性呈现上讲，应该说是一个比较有高度的作品。现在写真人真事的不少，也很难写，但这个作品给人以艺术创造感。我感觉主人公是立起来了。包括他的弟弟和其他一些人物，都塑造成了艺术形象。我看今晚把曹谷溪先生也请来了，他们既是生活中的原型人物，又是舞台上的艺术形象，作者转换得很见功力。再一个就是围绕路遥生命进程所塑造的一些人物，表现了社会的多侧面，有一种丰富和立体感。比如那个做生意的，要让他写自传；还有那个进城卖包子的生命困境与变局；以及他的众多亲人的故事，我觉得选裁得都很得当，不庞杂。毕竟很多当事人都在，是很难写的。关键是通过这样一群人的关系建构，展示出了社会不同侧面一些丰富而又具有认识价值的东西，我觉得这个是非常了不起的。这个戏结体很难，我开始非常担心它的结构，会不会像《柳青》那样，再以小说中的各位主人公来串戏？《柳青》已经取得了成功，这个作品怎么走？会重复吗？看完我觉得还是比较巧妙的。大结构中处处见小匠心，颇多耐人寻味的地方。再加上导演、舞美，包括震撼人心的音乐力量，作为一个创作者，让我受到了心灵的震撼并引发了诸多思考。作者唐栋先生在全剧中，对现实主义创作方法给予高度评价，并以现实主义手法创作了《路遥》，给我们很多深刻的启示。当然，其他创作手法也需要兼容并包。肯定这一个，不一定就是否定那一个。总之，《路遥》一剧对路遥的现实主义创作路径做了非常深刻的解剖和阐释。面对路遥，给今天的作家提供了很多思考：包括路遥中间准备为不良富人写作，"人家给钱就给人家写有什么错"的情节，大概永远都是困扰现实作家的事。当然路遥最终超越了。从这一点上，让我们感到了作品深重的穿透力。今天谁给钱就给谁写的事还少吗？不管熟悉不熟悉，拿动拿不动，只要给钱必拿。我一边看一边想，应该让搞创作的都来看看，我觉得这个作品对我们都有很见力道的启示。什么叫土地？什么叫人民？什么叫有意义的写作？这个作品都在做回答，并且回答得很巧妙，没有剑拔弩张，也没有喊口号，更没有大话连篇，接受起来有一种适恰感。

作为一个创作者，我坐在下边看戏的时候，不断地在受到教育，并不断地在唤醒一些生命与创作记忆，也在唤醒一些理论思考，我觉得这是这个作品了不起的地方。这个作品如果下一步要修改，我也有觉得不满足的地方，主要还是生与死的意义问题。尤其是路遥，他的生命长度与生命的价值内涵关系还值得深入开掘一下。我们最遗憾的是，路遥活得太短，只有42岁。他为了文学这个执念，常常早晨从中午开始。这里面有极其深刻的属于戏剧的关目与命题，时间问题，爱恨问题，人性问题，生与死的哲学问题等等等等，值得我们进行更大的概括与创造，让全剧走出路遥个人，从而赋予这个艺术典型以更加广阔的生命价值认知。这是一个可以让作品更加深刻下去的点，我觉得也应该是全剧的高潮。有些思想和剧情交代，可以在肝性昏迷中"意识流"地进行。当真正走向死亡时，全剧应该戛然而止，让《刮大风》的主题歌混响在整个陕北高原。不是一个人在唱，而是那片他赋予了生命深情的土地在共鸣，在呐喊，这是文学的巨大力量与生命。如果说成功的话，这个作品我觉得已经算成功了，但面对优秀的作家、导演、音乐家、表演艺术家和西安话剧院，我们还是有更高的期待。这个期待就是在生命最深刻的地方，再狠狠地开掘一下，让我们看到不一样的真人真事和传记人物戏剧呈现出不一样的高度、深度、宽度与厚度。一个伟大的时代书记员去世了，整个黄土高坡上奋力向上"拉拽"的芸芸众生，在《刮大风》的自然与精神漫卷中，呈现出一种昂扬奋发的生生不息姿态，我觉得就完成了路遥唤醒沉沦、唤醒奋斗、唤醒生命价值意义的书写任务。再一次向唐栋先生、傅勇凡导演，还有今晚我没见到的音乐家、舞美设计和所有剧院的艺术家、管理者深深致敬！

谢谢你们！

2021年6月1日于北京

说说《星空与半棵树》

这部小说的初稿是写完长篇《西京故事》后，拉拉杂杂写下的，因为有很多事情还需要拉开时间距离再看看，就放下了。然后又连续写了被称为"舞台三部曲"的《装台》《主角》《喜剧》。有人希望我继续顺着这个路子写下去，也有人说应该转转舵。我倒没有更多考虑与"舞台"的关联度，因为舞台永远是一个平台，无非是提供人表演的场所。至于把你的人物放到哪个场所去表演，那要看你对哪个场所更熟悉。如果我摸黑就能找到一个村子的进口、出口，甚至里面的凸包、凹坑、斜巷、死胡同，那我一定先把我的人物带到那里去行动。那里最有可能让我的人物随心所欲地施展拳脚。一个不熟悉的场域，总是会让我那些急着发挥作用的人物缩手缩脚并吃尽暗亏。尽管如此，在《星空与半棵树》的改写中，我还是人为做了人物表演舞台的延展与调适。

这里拉开的是一个从乡村到小镇，再到县城、省城、京城的宽阔舞台，人物也是三教九流、五行八作、高高低低、阶位错落。而抽丝剥茧，最早起因于一个基层干部的几句话。我在省城工作时，他来看我，我问他来干啥？他说劝访。我问什么叫劝访？他就给我讲了几个劝访的故事，其中一个事件很小，仅为两家地畔子上一棵树的产权问题。他说只要基层干部有一句话，也许早就解决了，可偏偏没有人好好说这句话，大概都觉得事情太小吧，结果就越卷越大。这家伙现在已是知名上访户了，上访途中还遇了车祸，伤了腿，更是不依不饶，告得省市县镇都不得安宁。那时我并没在意这个故事，也无意于写"上访小说"，我尤其不喜欢对创作的简单归类。就像笛福写了鲁滨孙二十八年荒岛生活，你不能简单归结为荒岛派创作一样。任何表象归类，都只能让归类者的言说变得简捷而容易清晰，却让作家的思考与精神张力走向了闭环与单薄。后来我调到京城，这个基层干部又来看我，我问干啥来了，他说还是老本行——劝访。这次他又讲了几个故事，我脑子里就有一些形象挥之不去了。然后，我几次到北京西城区永定门西街去看国家有关部门接访与上访的过程，渐渐地，一些形象在我脑海中活跃起来，不是上访，而是我所熟悉的这几十年，以及这几十年"大江东去浪淘尽千古风流人物"式的漫长历史画卷。而这幅画卷恰与我当初写的那部小说初稿充满暗合，我就把它翻出来重读。一点一点地，我从儿时由偏僻乡村对星空的深邃记忆，到山乡摧枯拉朽般的河山、村落、宅院、人流的改头换面，再到铁路、高速路、高铁对物理空间的陡然拉近，以至城乡边界的显性模糊与隐性加深等，开始了一种混沌的过往盘点与重新整合记录。

先说星空。

我对山村最深刻的记忆就是星空。在稍高一点的地方，就觉得星空像一顶深深的罐状帽子，是戴在我们的头上，而边沿耷拉到了山脚下。那时反复数过星星,但从来没有数清过,觉得是可以用数以万计来形容的。后来一个天文学家告诉我,我们肉眼至多能看到四五千颗,再多,就需要用仪器观测了。我记得上小学时有一个老师是主张我们多看星星月亮的。他说,晚上回去记得数数星星,别老用眼睛盯着脚下有没有分分钱。然后在课堂上,他又会讲到围绕太阳系旋转的九大行星,因为那时冥王星这颗不够尺寸的矮行星还没踢出去。我相信这个老师让大家多看月亮、数星星、别老盯着脚下分分钱的幽默提点,一定会让我的同学都记忆深刻。后来进县城工作,星星还是那个星星,但至多抬头看看月亮,因为生活逼得你还真需要时时盯着脚下的分分钱了。再进了省城,连看月亮都少了,后来的确也是看不见了。一年里常会有二百多天都在雾霾中,你到哪里数星星看月亮去。星空,就逐渐成了一种存在概念。

也就在这个时候,我突然又被专题片里画面优美、奥妙无穷的太空所吸引,阅读兴趣随之转移,从卡尔·萨根的《宇宙》、霍金的《时间简史》、布莱森的《万物简史》等书中,甚至得到了比一些社会学家纵论社会演进规律更深刻的洞见。他们将人类的生死存亡、宗教、哲学、历史、科学、经济、技术、战争、病毒、进化,统摄在天体的照妖镜下,一一辨析着我们认识自己、改造世界的可行性。随着网络阅读的勃兴,我停掉了所有订阅的刊物,却始终保留着《天文爱好者》杂志,甚至还买了一台天文望远镜,架在阳台上,不时向天空扫射一二。偶尔也会去天文台看一看。朋友里也多了几位天文学家。再回到乡村，我希望依然能找到儿时的满天星斗记忆，但乡村的星空也在各种开发、挖掘、爆破中昏暗一片了。我想拜访那位要求我们数星星的老师，可人已作古。我就想复活他的形象。因为乡村总有那么一些人，让我们看到在逼仄环境中尚存一种深广与辽阔的胸襟与眼神。他手提的老马灯，有时真能照亮一个山村。小说的一个特殊人物——民办教师草泽明就出场了。他有两个学生，其中一个，就是背着一架上大学时购买的漆皮斑驳的二手望远镜，一次次奔波在"劝访"路上的安北斗。他老想仰望星空，可脚下要处理的却偏偏只是半棵树的事。

说说半棵树。

在星空看来，地球都不是个事。如果在太阳系边缘回望地球，几乎可以忽略不计。像太阳系这样的组织在银河的恒星系中，有数千亿个。而银河系在宇宙的星盘上，也有万亿个以上，连庞大的银河系都只是宇宙的一粒尘埃，何况地球上的半棵树。可在这半棵树的主人温如风看来，它就是有关尊严、权利、面子、里子、一个男人，甚至一个人的一切。因此，他便屡屡踏上"出访"之路，连他的老师草泽明也劝不听，且执意要把上访称为出访。后来雪球越滚越大，事件越卷越复杂，时间越耗越长，竟然硬生生拖累了志在仰望星空的安北斗最美好的十年韶华。安北斗由无奈、讨厌、气愤、恼恨，到理解、同情、不平、介入，甚至被喻为"同伙"。但他越来越感到自己是干了一件有价值的事，与天文爱好者所梦寐以求的小行星发现之旅，殊途同归了。理想信念，看似高蹈出尘、超然绝俗，但最终落到俗世层面上，之于小公务员安北斗，就具体到了帮村民温如风争取那半棵树的权利上。

　　生活与小说，在我看来，有时就是一棵树的状态。根系越庞大，主干越粗壮，旁枝越纷扰，叶茎越繁复，就越耐看、越有意味。小说只是对生活之树做一种精心的爬梳与打理。把你知道的有趣世事通过讲故事的方式讲出来，其实还是戏剧家李渔"立主脑、剪头绪"的问题。只是小说的"主脑"和"头绪"更加丰沛斑驳一些，因为你有可以"拉平摊展"的长度自由。而自由恰恰又需一种更大限制，只"拉平摊展"了肯定乱糟无序。一个村子本来就是一棵不小的大树，包括一群有了生命长度的人，厘清头绪实在是一件难事。何况我还想由村子连带到镇上，再由镇上带到县上，县上带到省城、京城的拉开更大面向，有时就觉得这故事特别不好讲。但小说最终仍是对一个村镇的山川物理、鸟虫花草、人情风貌、生老病死的铺陈，就还是有了一个看待整体事物的落脚点。河不是那条河了，梁也不是那道梁，人还是那个人吗？当我儿时趴在山民脊背上，随着父亲调动，一乡一镇地搬迁时，所感知到的山乡，早已一去不复返了。地理意义上的改变，新的经济生活方式的无孔不入，拉动着人的行为朝向百般不可知。孔子的仁者爱人、老子的上善若水，以及"让他三尺又何妨"的各种古训，乡村从来都不缺讲述者，但大多已成干瘪的概念束之高阁。求神拜佛，更多跪乞的是财神、官运与添儿续孙的立竿见影。仓廪实而知礼节、衣食足而知荣辱的理想局面似乎始终有待开发。而在这纷纭的激变中，村霸孙铁锤终于养肥、坐大，在他的巧取豪夺中，更多的人以示弱忍气吞声。但终还是有温如风这样的屡屡"出访"者，在以卵击石。写到此，我突然想到史家司马迁对弱者的公然偏袒，也想到主教米里哀对冉·阿让偷盗行为的断然包庇诳言。一个社会若缺失了对弱者的悲悯与"大庇"，将成为同时代人要共同面对的大不幸。幸运的是我们还有安北斗在屡屡出发。甚至有人为此献出了生命。

我所经历的半世沧桑，在历史的长河中，只是一个时间的小单元。但这注定是一个重要单元，因为有十几亿人口同在。历史不可能忽略这十几亿人的生命共进。仅我们有限的视角，已经读懂了沧海桑田这个成语的丰富含义。无论是"沉舟侧畔千帆过，病树前头万木春"，还是"两岸猿声啼不住，轻舟已过万重山"，还是"此情可待成追忆，只是当时已惘然"，抑或是"千磨万击还坚劲，任尔东西南北风"的诗性，都足以构成我辈对世事巨变的表征会意。而我们无论如何想活得宽阔一些，仍然只能是在一个局部，甚至最后不得不退到一个村镇去仰观俯察，其中的摸爬滚打、拼死拼活、山崩地坼、反复试错，都具有了一个大时代演进史上的独特意义。我们的所有行动都是一个过程，当我们恨着大山的贫瘠、闭塞，认认真真折腾几番后，才逐渐读懂了人与自然生态之间和光同尘的重要。星空与大地，自古以来就是人类认识与把握生存命运的关键点，无论怎样潮起潮涌，最终还会落在敬畏、适洽、呵护与共生上。

归根结底,小说还是写人的艺术。由一个或几个人到一群人的命运,再自然地牵连出现实的、时代的、历史的命运。虽然故事各不相同,打开的社会面自然存在很大差异,但出发点和落脚点,都会仍在一个个具体可感的人身上。无论他们在怎样不同的文化和生命情境中,如何应对种种艰难困苦,但最终还是在完成着人的个性与共性的塑造。无数的个性汇成共性,在共性的洪流中,个性再次夺路而逃,世界由此变得灿烂喧哗。鲁迅说无穷的远方和无数的人们都和我有关,我越来越体味到这句话对于文学的意义。当我们感觉不到远方所发生的一切故事与我们作为人的牵绊时,说明我们正在麻木或堕落,文学也变得无意义。

一千个小说家有一千种作法,生动有趣地讲好故事,努力塑造更多有血有肉的鲜活人物,始终对我有着巨大的吸引力与挑战。人是最复杂、微妙、多变的,我们阅不尽、品不够,其价值、尊严、智慧、力量之综合体现了他的高贵性。而善良与恶行、醇厚与奸诈、正大与宵小、爱怜与仇恨、守常与贪婪,交汇出人的百态千面,这是作家无法穷尽的描摹世像。小说当然也要探索新的艺术技巧和表达方式,需要不断地求新变异,但最重要的仍然是对人,对由人牵连出的广阔时代、现实和历史的打理记录。文学是关于人的一系列行为的系统性安排,人的行为的变数,决定着小说的前进方向,任何技术,都只是人的行为的拐杖。当拐杖影响了人的行为时,哪怕这个拐杖再漂亮,再精美,大概都得忍痛割爱,而让行为或传统或老旧或现代或后现代地朝前挺进。这部小说里有一只猫头鹰，他比我说得多。比《喜剧》里的那条柯基犬说得更多。但愿它不是某种后现代的刻意，而是一个我们尚没有沟通方式、更难以进入四维空间的真实存在。这只猫头鹰始终很焦虑，尤其是对自己的生存环境深表不安，它不时对人类的过错絮叨个没完，有时对自己也十分地不满。但愿人类有更多的它（他）在，从而用更广阔的视角来加持自己更高层次的觉悟。

感谢《收获》杂志在 2023 年第一期节选了《星空与半棵树》上部。全本将由人民文学出版社推出。因文内涉及天文方面的话题较多，我特别要感谢张长喜先生，他是研究太阳活动的专家。感谢他用了大量时间与我交谈，并审读了初稿。我喜欢这次伴随了我好多年的星空纵深之旅，更喜欢那半棵一直紧紧牵绊着我的乡间田埂上的树。

2023 年元月 8 日于北京

辑五

从戏剧到小说

戏剧与小说创作本来是不应截然分开的整体，同属文学范畴，也都以塑造人物、揭示人性奥秘、反映历史社会嬗变为基本前提。但随着社会分工的普遍细化，它们还是越分越细，并渐行渐远了。我本人的创作，也是一个分离与整合的过程。最早从文学青年的散文、小说开始，后来二十几年专攻戏剧，再回归小说创作，算是一个游走于戏剧与小说之间的创作者。

戏剧是一个很大的范畴，民族戏曲是中国戏剧之一种。历经千年演变，中华戏曲成为体系特别成熟的一门舞台艺术。一百多年来，我们借鉴世界戏剧成果，又发展起了话剧、歌剧、舞剧、儿童剧、音乐剧等新的形式，也都逐渐形成了自己的面貌。我们是一个历史悠久、门类日趋丰富多彩的戏剧大国。在这样一个国度里，一边汲取古老的戏剧营养，一边在开放的背景下，去关注世界戏剧的发展过程与走向，对一个创作者，自然是最好的学习、借鉴与历练了。

对我影响最深入持久的，还是秦腔这门古老艺术。这门艺术有史记载的时间已经六百多年。所谓有史记载，是以有成熟剧本为前提的。而在成熟剧本形成以前，又该有多长的演进史啊！六百多年的秦腔史，除了表演、唱腔艺术和舞台"美化"艺术的成长外，最重要的牵引和稳固，仍是文学这个基础。我们今天除了对二百多年前的秦腔表演艺术家魏长生略微知道一些记载外，其余艺术家能有所了解的，都在20世纪二三十年代以后了。而它的文学，却以数以万计的脚本数量纷繁于世。陕西省老文化局在1958年前后做了一件功德无量的事，就是把这些老戏本能收尽收地汇集成册，出了《陕西传统剧目汇编》近百卷，大略将秦腔和其他一些陕西地方剧种还基本存活在舞台上的剧目，都"登记造册"了。我在文艺团体工作几十年，有幸从老研究专家那里弄了一套，把这些剧本基本都"过"了一遍，同时还看到一些坊间木刻本、油印本和民间手抄本，算是对秦腔历史有了大致了解。除表现帝王将相"治国理政"、前朝后代"兴衰更替"外，也有大量才子佳人的"仗剑天涯"和"快意恩仇"，更有民间社会的"离经叛道"与"生存呐喊"。因为戏曲大多是民间舞台的产物，尤其是秦腔，起源于庙会、广场，活跃于村社、商道，因此，很多作品都带着浓烈的底层烟火气，也可以叫"小人物"的"娱乐圈""生死场"。包括"启蒙性""现代性""魔幻性"这些炙手可热的名词，其实在秦腔的老戏本里，也并不难找到生动的注脚。因此，我始终以为，秦腔是我的一部百科全书。

我的舞台剧，也大多是写"小人物"生存困境的。无论《迟开的玫瑰》还是《西京故事》，都是"小人物"生存困局的命运突围问题。包括18年前根据交通大学从上海内迁西安的真实背景创作的《大树西迁》，也是从不愿西迁的青年教师孟冰茜的视角，去展示一个从优越环境突然被"抛掷"到自然气候和学术条件都相对恶劣、滞后，人文环境也极度不适应的生存困局。她始终在"突围"，也始终在"适者生存"，正是在这种生活与精神的双重磨砺挣扎中，完成了一个人的生命进程。还有一部话剧《长安第二碗》（与陈梦梵合作），也是努力想用西安最普通一家三代人四十年开葫芦头泡馍馆的"朴素日子"，去回溯他们一个又一个生存困境与危局，在这些困境与危局的化解和不可化解中，拉开了重重叠叠、反反复复的"小人物"生命画卷，以期在常常缠绕得解不开的生活麻团中，去寻找个人、家庭与他人、集体、城市、时代的适恰与自洽关系。

第一部正经写的"大"小说是《西京故事》。那是舞台剧《西京故事》的"残羹剩汤"所炙。之所以叫残羹剩汤，是在写舞台剧时做的生活采访笔记，连十分之一都没动用了。而这些不曾动用的东西，又时常萦绕于怀，难以自拔，便有了写成小说的念头。一写竟是五十万言，觉得是如此这般的酣畅过瘾，不似舞台剧那么遭时间和空间钳制，只能在两个多小时的时间里，完成"三堵墙"以内的"行风走暴"。人是个最怕鼓励的动物，一鼓励就人来疯。长篇小说《西京故事》居然就得到了不少鼓励，立即，又写了《装台》，再收获更多更大鼓励，就连着写了第三部长篇《主角》。看来鼓励对创作者，是有较大引力作用的。如果第一部出来就遭"迎头痛击"，也许我就缩回去写戏去了，自己毕竟还有点退路可走。如今面对戏剧和小说两种不同的创作尝试，我越来越觉得它们彼此关照和互补的重要。

其实在世界更大范围看，戏剧与小说从来都是一块文学硬币的两面。许多作家在两面都书写着很过硬的文字。歌德、雨果、果戈理、契诃夫、萨特、加缪、贝克特，包括去年获诺奖的彼得·汉德克……我们还能列举一长串大师的名字。中国小说家从罗贯中开始，直到现当代，也有很多两面兼攻的作家。这种文体兼顾，无论对戏剧还是小说都大有裨益。比如老舍《茶馆》与《四世同堂》的成功范例等。许多好的戏剧，是来自小说的改编本，也有好的小说是来自戏剧故事硬核的。因此，戏剧与小说从来都是你中有我我中有你的孪生姊妹关系，过分细化，会导致一些重要元素的缺失。包括意识流小说代表人物福克纳的《喧哗与骚动》，都受启发于莎士比亚戏剧《麦克白》的一句台词，而他自己也创作了大量剧作。总之，这块硬币的两面如果能整合起来，相信对戏剧与小说都没有坏处。

戏剧需要文学的滋养，让故事变得底蕴丰厚起来。戏剧的难点在于讲故事，在于情节和细节的筛选。两三个小时的演出长度，需要故事、情节和细节都保持"一石三鸟"或更多的象征、隐喻与内涵，要不然，故事就会缺乏张力，这在本质上就是文学范畴。最早的戏剧也大都来自文学故事，比如汤显祖的《牡丹亭》就改编自明人小说《杜丽娘慕色还魂》；王实甫的《西厢记》改编自元稹的《莺莺传》；洪昇的《长生殿》改编自白居易的《长恨歌》和传奇小说。它们都是在汲取了文学的精华后,使戏剧文本得以鲜花盛开和怒放。而小说也需要戏剧故事讲述的经典性概括能力和引人入胜的情节牵引力量,从而成为更耐读的文本。比如《三国演义》《水浒传》《西游记》,都有元杂剧精彩人物与故事的构成部分,并且所占比重还不小。戏剧不容半点枝蔓,一般结构首尾呼应、斗拱相抱。虽然也有倒叙插叙、人间天上、阴阳两界的自由流动,但因舞台演出"一次过"的不可重读性,而呈现出故事必须讲得经典、简捷、环环相扣的特点。契诃夫说过这么一句关于编剧技巧的精彩话语:第一幕挂在墙上的枪,第三幕必须放响,否则就没有悬挂这个道具的必要。这里讲的就是戏剧结构的纯粹性。而小说可以旁逸斜出,雍容闲雅,第一章墙上挂枪,到最后一章仍不放响,那也是常事,因为大量的景物描写,不一定非要院子出现一只公鸡,后边一定非杀吃了不可。当然,内在也肯定需是契诃夫"墙上挂枪"的原理。过分散枝开叶的放纵,可以是乔伊斯揉碎打烂了给人呈现另一种整体的故意,但不应成为杂乱无章、单摆浮搁的借口。可戏剧终归不是小说,小说也终归不是戏剧,它们是两个道上跑的火车,唯有穿越人性山洞前震撼心灵的凄厉鸣笛,以及穿越山洞的决绝奔突和穿过山洞后惊世骇俗而又所向披靡的狂放呐喊,才是殊途同归的两种永远都不可或缺的直逼灵魂的同步声响。尽管这种呐喊有时是此处无声胜有声的,但其本质不外乎是人性深度的"洞穿"二字。

总之,我理解的戏剧和小说创作,都不是技术上的孤岛,更不是历史、现实、未来和生活映象的独木舟。就像我们很普通的社会一员,都已天然获取了孔子、老子、释迦、司马迁,甚至古希腊和西方文史哲的某些智慧一样,在创作戏剧与小说时,无意间便能说出他们早已说过的含有极其深刻思考的话语。他们并一定是戏剧家和小说家,但他们已然是我们创作的"教父"了。也就像现代性一样,我们已经找不到很明晰的接口。甚至在古老的中国戏曲中,也不能说对普通生命的尊重、对弱者的温情、对"昏睡者"响鼓重槌的敲击,以及对人格平等的声声呼唤就不酷似"现代意识"的某种觉醒。可能某个时期,这种呐喊与呼唤变得更集体一些、猛烈一些、决绝一些、彻头彻尾一些,因而才有了机械的断代式划分而已。回到戏剧与小说创作,我理解的戏剧与小说,从总体性上讲,讲好故事,塑造好人物,开掘好心灵,把握住我们与历史、时代、他人、群体、未来的关联性,仍是创作的主要任务和难度。技术和样式永远都是第二位的,唯有内容永远气象混沌、难以捉摸,从而也永远劳人而又揪心。

2020年6月21日应《中国文学批评》约写于北京

秦腔是一种生命呐喊

——日文版《主角》出版补记

长篇小说《主角》的日文版翻译菱沼彬晁先生,希望我给日本读者介绍一下秦腔艺术的生命样貌,这方面我写过一些文章,还曾出版过随笔集《说秦腔》,但我依然乐于再说说。

截至目前,我还没有发现哪门艺术能如此酣畅淋漓地表达一个人的生命激情,如此热血奔涌地呼喊一个人的生命渴望,如此深入腠理地宣泄一个人的生命悲苦,想想唯有秦腔。无论你喜欢不喜欢,待见不待见,珍视不珍视,它都以固有的方式存在着,不因振兴的口号喊得山响而振兴,不因"黄昏"的论调弹得地动而"黄昏",也不因时尚的猛料生氽烹熘而时尚。总之,秦腔是我行我素,处变不惊,全然一副"铜豌豆"做派,它就是一种呐喊的模样。

秦腔到底生成于什么年代,至今尚无大家都接受的论断,有人在《诗经》里就找到了"秦腔"二字,当然那个秦腔明显不是今天所说的这个"以歌舞演故事"的秦腔;有人说秦腔原创于秦代,这话初听似有道理,可时至今日也无太多史料可供佐证;还有人说秦腔糅成于西汉百戏涌流长安时期,但研究资料缺乏相互支持,尤其是无成形唱本传世,似乎也不足为取。倒是秦腔成于盛唐之说，不仅有正史野史考据，而且有唐人评李龟年唱《秦王破阵曲》"调入正宫，音协黄钟，宽音大嗓，直起直落"的说辞，这种演唱特点和方法，也正是秦腔至今都在传承效法的正宗腔调，因此可以说李龟年的"秦王腔"，当是有史可考的早期秦腔。

秦腔至明朝已是比较成熟的形态，不仅盛行于陕西、甘肃一带，而且随着明末李自成农民起义军的四处征战而流播八方。据载，起义军领袖们个个都是秦腔爱好者，有的甚至是高级"票友"。而李自成出身乐户，唱秦腔更是够得上专业水平，因此连军乐都采用的是秦腔曲调。有如此多的说了话就能算数的领袖人物关心爱护，加之大规模的战争席卷，自然使秦腔得到了前所未有的推进与发展。到了清朝中叶，秦腔更是登上了中国戏曲的霸主地位，在有名的"花雅之争"中，甚至"打败了"（引用典籍语）昆曲、京腔，成为一个时代的戏曲最强音。所谓"花雅之争"，就是民间与正统之较量，以秦腔为代表的地方戏曲自是"花部"，而以昆曲为代表的上流戏曲则是"雅部"。"花"即旁出、非主流、野路子、下里巴人之意；而"雅"则是正出、高雅、中规中矩、温文尔雅之资质。今天看来，"花雅之争"其实是民间力量对少数士大夫阶层所固守的"小众文化"的一种潮汐与遮蔽，胜败之说似乎有点过于意气用事。所谓秦腔"打败"昆曲之时，正是洪昇写出《长生殿》和孔尚任诞生《桃花扇》的传奇创作巅峰时期，因其思想性与艺术性都达到了至高的境地，随之形成了文人雅士更进一步的雕琢之风，终使昆曲成为花瓶，而被广大受众所抛弃。以秦腔为代表的"花部"戏曲，则带着与生俱来的生命率性与忠孝节义的恒定思维，使观众重新找到了心理适应，它的"杂乐共作秦声尊"的一时显赫当是事物律动的必然。不过这种"香饽饽"时期很快就被代表着士大夫阶层的清政府搞臭，他们视异常率性本真的秦腔为粗俗、不洁。先是不许在京城内登台亮相，后因班社到京郊"窜动"，后来干脆完全赶出京师，并明令严禁演出与流播，秦腔艺人被卖身为奴，其子孙三代不得应试入仕。时有陕西华县一秦腔"大腕"因中举而头颅被"咔嚓"，诸多"粉丝"为其鸣不平悉数遭"严（厉）打（击）"。秦腔由此进入了低迷时期。

"野火烧不尽，春风吹又生。"秦腔并没有因为清朝政府的"咔嚓"而咔嚓断裂，历史反复证明，只要是深扎于寻常百姓心头的那点"乐子"、那点爱好、那些故事，即使割掉了一茬茬脑袋，还会有更多的脑袋长出来。现在不仅"八百里秦川尘土飞扬，三千万儿女齐吼秦腔"，就连甘肃、宁夏、青海、新疆、西藏都弥漫着豪气冲天的大秦之音。相反，倒是清政府极力推崇的昆曲至今仍需特别加以保护才能维系一脉香火，个中情由实在不是三言两语所能道明的。试想当初秦腔要是被乾隆爷爱上，千恩万宠弄进宫去，先把那些"毛糙"的东西打磨掉，再精雕细刻一番，镶上几颗金牙，敷上一层脂粉，让男人像鼻子被鬼捏住了一样做女人腔，最终把秦腔搞成牙雕、鼻烟壶之类仅供少数人把玩的"珍品"也未可知。看来民间的东西走向象牙塔真不是什么好事，秦腔能有今天的红火热闹，清政府绝对是帮了大忙的，要不是他们飞起脚来把它从京城踢出去，让这种腔调远离贵族气、精巧气、鸟笼子气，还真不会有今天的生命景观与博大气象呢。

秦腔最重要的品质就是具有生命的活性与率性，高亢激越处，从不注重外在的矫饰，只完整地呈现着生命呐喊的状态。我曾经对一位想了解秦腔的外国记者讲：秦腔酷似摇滚乐，喊起来完全是忘我的样态。那位记者在看演出时，见"黑头"出来一唱就乐呵了，直说太像摇滚，只是节奏有些缓慢而已。很快，"黑头"又唱起了"滚白"，节奏之疾劲犹如铁锅崩豆，毫不逊色于现代人的情感宣泄，他终于对我的"摇滚说"完全信服了。20世纪风起云涌的各种都市摇滚，从某种程度上讲，有点接近秦腔对生命的"魔性"阐释，但远远只是皮毛。那种呐喊带着太多个人欲望与情绪化表达，而缺乏生命的深度，喊一喊就过去了，可秦腔对命运、人性的深层呐喊仍在不惊不乍地继续。我们有时会想当然地把老戏归结为宣扬封建传统那一套，固然有，但不可以偏概全。有的实在是不了解"戏"之"老"，老戏对弱者的同情抚慰，对官场弄权、黑恶势力的指斥批判，以及对善良的奔走呼号和对邪恶的鞭笞棒喝，从来就不曾下过软蛋，且民间之立场更是货真价实，而非伪饰矫情。

秦腔是不容置疑的民族最古老戏曲剧种，号称"梆子声腔鼻祖"。所谓梆子声腔，就是以枣木梆子打击节奏的一种板腔体剧种。在近千年的沧桑世事流变中，多少嫩花香草婆娑舞动一番便烟消云散，而"鼻祖"却始终没有因年事已高而声息微弱，相反倒是随着时间推移愈来愈精神矍铄、老当益壮。据不完全统计，仅西北五省区就有各类秦腔剧团数千家，多年前我曾了解到，甘肃甘谷县人口五十六万，业余秦腔剧团六十五摊，而遍布在大西北城市中的秦腔茶园，更是擂台叠加，风起云涌，你方唱罢我登场，无利熙来也攘往。至于在都市旮旯、校园一隅、乡村背街、田间地头，抖动着秦腔神经的那就更是如繁星贬动，数不胜数。在以搞钱为生命本质要义的人类活动的今天，尚有如许多人爱着这么土头土脑的"赔钱货"，且摇头晃脑，闭目击节，"不知有汉，无论魏晋"，真的已经让外人觉得很是不可理喻了。

我以为秦腔让西北人百揉千搓而不弃的根本原因，是它的阳刚气质对人的血性补充的绝对需要，就如同生命对钙、铁、锌、钾、锰、镁等微量元素需求的不可或缺。若以乾坤而论，秦腔当属乾性，有阳刚之气，饱含冲决之力，而这种力量也正是民族所需之恒常精神。秦腔似大风出关，如长空裂帛，为了一种混沌气象，它甚至死死坚守着粗糙之姿，且千年不变，以有别于过于阴柔的坤性细腻。精致的时断时续，时有时无；粗糙的反倒气血偾张，寿比南山。这便是生命演进的本质机密。相对于今日一切都追求精细、极致之奢华，秦腔同样也面临着死亡的绞索，因为我们也正在自觉或不自觉地向油光水滑邀宠献媚。我们很难抵御一些甜腻"坤"声的诱惑，不羁之"乾"腔因缺乏麻酥酥的蹭痒感而被时尚所唾弃，但一切时尚都是过眼烟云，唯有笨拙的古朴守望才是真正的生命常道。无论怎么活着，我们都需要阳刚，需要人气，甚至需要带着"毛边"的勃发与冲决，最好的办法就是先吼几声秦腔。

有鉴于此，我写了长篇小说《主角》。我在文艺团体躬耕三十多年，秦腔这种生命的呐喊声不绝于耳。因此我写了一个由大自然形塑的山村放羊孩子成长为大都会舞台上秦腔女主角的故事。这是个体生命的苦苦追寻，也是群体精神诉求的集中映象，更是天地造化的水到渠成。感谢菱沼彬晁先生在翻译完拙作《装台》后，又用三年时间将《主角》翻译推荐给日本读者。这是一个巨大的工程，不仅因为小说长度是《装台》字数的一倍，还因文内有许多戏曲常识需要查阅验证。好在菱沼先生既是文学翻译大家，也是中国戏剧作品与理论专著的研究翻译大家，2021 年他获得了中华图书特殊贡献奖。我深深敬重着先生的执着与严谨。至今与先生还未见过一面，这是人生的巨大缺憾，只能遥祝他身体康健、文运光昌。

借此机会，我也要感谢吴义勤先生对《主角》大评与日文版的增色；感谢外事工作专家李锦琦先生不遗余力的反复沟通推动；还要感谢中国画家马河声先生为日文版《装台》和《主角》所作的美妙插图。斯时窗外秋色正浓，我内心也一片金黄。

2022 年 11 月 12 日于北京

努力以写作参与社会的演进过程

——在"陈彦文学创作全国学术研讨会高端论坛"上的答谢词

实在抱愧,今天这么多的大家、学者、领导、同学在这儿坐了一天,我确实是感到诚惶诚恐。首先还是要感谢商洛学院,感谢商洛市委市政府,感谢镇安县委县政府,感谢作家出版社,以及出席这一次活动的全体专家学者和各位老师同学。今天各位专家学者给了很多鼓励,也对作品进行了深度的辨析、定位和指引,对我作用是巨大的。我从二十一二岁就开始参加各种作品研讨会,可以说是在专家学者们的批评和呵护中成长起来的。对于今天这个座谈会,我内心还是做了很多准备,希望得到各位专家学者的批评指教,但是大家都很客气,给了我很多鼓励,当然正向鼓励对一个人很重要。我希望自己努力朝那个方向迈进。

我今天也是想借此机会与大家交流一下我对创作的一些理解。因为我是从事现代戏创作多年后进入小说创作的,其实早年也搞过文学创作,散文、小说、诗歌都写过。小说创作主要是在2013年以后。其实我一生都在创作戏剧、小说及其他的各种门类的文艺作品,也写过电视剧。电视剧《大树小树》也在央视一套播出过,那时我还只有三十二岁。你想三十二岁央视一套播出一部电视剧并获得飞天奖,那时候踌躇满志。后来我觉得这些荣誉都逐渐淡化了,每一个作品面世后,马上就觉得作品的缺陷很多,就觉得需要继续成长,创作成长大概就是这么一个自我反思、自我调整、努力前进的过程。

因为工作和创作的关系,我始终在思考一些问题:戏剧创作到底是为了什么?为什么要写小说?写小说到底为了什么?这始终是我思考的问题。不管用什么样的理论指导什么样的创作实践,作为一个作家,你创作这个作品为了什么?恐怕是无法绕开的重要问题。这不是功利主义,不是实用主义,我觉得这里面包含着需要一个作家去思考的一些问题。对这些问题不同程度的思考,某种意义上可以说决定了一个作家的创作状态,以及他的作品所能呈现出的基本面向,决定着他的视野、他的格局,他的作品所能表现出的高度、深度和广度。比如说陀思妥耶夫斯基,他是我最喜欢的作家之一,他说长篇小说创作应该是要努力塑造一个美好的人物(大意如此)。他的《罪与罚》,整体而言写得非常阴森,但是里边写了一个极其美好的人物,就是索尼娅。他写的《卡拉马佐夫兄弟》,这一家基本都是浑蛋,父亲甚至浑蛋得不得了,但是他还写了一个非常了不起的阿廖沙。他写的《白痴》里面也是一帮贵族和上流社会的非常恶俗的生活,但是他写了梅什金这么一个人物。他们都是作品中具有美好品质的正面人物。再说说另外一部名著,就是雨果的《悲惨世界》,

我最近在读第四遍。为什么呢？因为我最近正在写一个长篇。我一边阅读一边在想，我们今天创作的维度是什么？我们创作到底是要干什么？给谁看？创作的价值意义到底是什么？我第四遍读雨果的《悲惨世界》的时候，深深地感到，我们今天仍然没有超越雨果的高度，他那博大的人道主义精神和悲悯情怀，尤其是对弱者、无奈者的爱，对我们的内心仍然有着巨大的冲击力。那种堪称比大海更辽阔的大爱，也让文学有了不可撼动的伟力。我觉得这些始终应该是一个作家学习和思考的问题，包括我们今天的创作，我们到底要写点什么？对别人有什么用？

我觉得，《悲惨世界》是可以给我们很多启发的。我从二十几岁就在剧场搞创作，后来做管理几乎天天晚上泡在剧场。到北京后也常常在剧场看中外戏剧，也就常常思考如下问题：我们写这么多戏是为什么？写给谁？写的价值意义是什么？今天写的，明天会怎么认知？后天会怎么认知？中国的关汉卿、汤显祖，西方的莎士比亚等人类历史上的这些伟大的剧作家，他们当时的思考维度在什么地方？今天又在什么地方？还有这些伟大的经典的作品，为什么伟大且经典？与博大的索福克勒斯、莎士比亚、关汉卿、汤显祖相比，创作者如果太絮叨于个人化的东西，包括那些小复杂、小确幸的东西，一度也可能红火热闹，但可能到一定的时候就会沉寂。如果文学的整体的思维进入这样一种狭隘的状态，失去了对时代和现实宏大问题的关切和表达能力，很可能就会继续被边缘化。今天好几位专家都讲到长篇小说的知识性问题，确实在很多长篇小说里面都有体现，作家对丰富知识的融汇，有时候我们感到是离题千里的，但最终感受到的则是大树丰沛、枝叶茂盛的博大气象。比如说《追忆逝水年华》等。我觉得这些小说对我们的启发性、参照性作用是很大的。而说到戏剧和小说的关系问题，其实中国最经典的小说，像《三国演义》《水浒传》《西游记》等，它们都吸收了戏剧的精华，其中的很多故事都是在宋元杂剧里边反复讲过的，最后作家从这些流传已久的戏曲里提炼出来，铺排成小说，而小说里面最精彩的就在这部分。戏剧和小说，在西方好像分别不大，但是在我们中国似乎分别还是比较大的。我认为还是要结合起来，如雨果的《悲惨世界》，当然雨果本身是剧作家，为了制造戏剧性，他常常把一个故事讲到最精彩的时候，戛然而止，然后旁逸斜出地讲法国大革命，讲宗教，讲哲学，讲地下建筑，当再回到故事的接续时，不仅天衣无缝，而且博大浑厚。我觉得他的作品的戏剧性比任何一个作家的都强烈。他在《九三年》中的很多很多写法，也是特别具有戏剧性，并且精致得连剧作家也要叹为观止。我认为这个戏剧性要分情况而论，如果仅仅是为了讲离奇古怪的故事，那么这种戏剧性就是狭隘甚至可悲的；如果是想通过戏剧性承载更伟大的思想的、哲学的、历史的、宗教的，以及其他方方面面的一些东西，那么戏剧性就是非常必要的。因为无论是戏剧还是小说，毕竟都是要让人观看和阅读的。审美愉悦是作家艺术家都要深度考虑的。但光有审美愉悦是不够的，戏剧和小说还应该包蕴更丰富、更复杂的东西，表达作家对历史、现实，甚至未来的思考。

再回到我开始说的，小说、戏剧到底为了什么的问题。政治、经济、哲学、宗教、军事等都是为社会发展服务的。比如政治，我们读历史，看看古今中外所有的政治家，大概没有人说我做政治家是要把这个社会搞坏的，很多政治家的愿望是美好的，但结果可能是失败的；包括经济学家，想法和预期都很美好，有时结果可能是颠覆性的失败；宗教也是一样，你说想法多好，我们要给灵魂找一个皈依，我们可能要超越物质，最后进入一个很高的精神层面，对不对？我觉得创造宗教的初衷也是非常好的，但是最后有一些宗教走向极端，它并没有给灵魂找到最好的皈依，相反让人活成了木乃伊；军事也是一样，我想很多军事家他最初战斗并不是为了杀更多的人，但最终他可能就是沦落成了一个不折不扣的屠夫。文化的意义？小说的意义？戏剧的意义？很多人都在研究，也研究得很深很透。我个人以为就是人类生存之道达成的共识并沉淀下来的经典，无关乎传统与现代性，只关乎恒常性与经久性。没了对恒常价值的坚守，人类社会可能就演进不下去了。无论揭露、批判，最终都要指向人类演进的灯塔和精神火光。我们能做的事，就是把我们在场的现实，通过我们的辨识与判断，作以记录和概括表达，我想一个作家也便有了他的价值。今天的思考，也便可能成为未来仍被人认可的思考。我写《装台》，就是想写人互为"装台人"的状态。在某一个群体，你可能是主角，由别人给你"装台"。但在另一个语境，别人可能就是主角，你却成了"装台人"。

那么理解到了这一点，每个人都可以充分完成自己对于时代和社会的责任和使命，共同推动时代前进的步伐。《主角》也是这样。每个人都想成为生活的主角，都想成为舞台中央光彩照人的角色。但是你能不能付出巨大的牺牲，能不能承受成为主角之后所必须面对的挤压，能不能充分完成个人之于社会的责任，这些都非常重要。《喜剧》写了时代和社会演进过程中喜剧人的命运，其实也想写一种带有普遍性的生活处境和情感。我们都希望自己始终生活在高歌猛进的喜剧性生活中，但自己究竟是否具有对喜剧的深刻认识，是否具有对喜剧、时代和现实张力的思考，都非常重要。我写刁顺子，写忆秦娥，写火烧天、贺加贝、贺火炬，就是想写出个人和时代的关系，写出普通人的价值和尊严，写出时代和人物的正大气象。我想，一个作家的责任和使命，就是通过自己的写作，参与到社会演进的过程中去，以推动现实向更加美好的状态发展。再一次感谢家乡对一个游子的呵护与关爱！谢谢各位老师的批评指正。谢谢大家！

2021 年 7 月 10 日

用生活的花粉酿制艺术之蜜

作家的创作生活常常让我想到蜜蜂的工作流程。它们从植物的花蕊中，摘得一头雾水地嗡嗡乱采乱挖一通，当塞满蜜囊后，整个身体已变得像现代派艺术的某些斑驳色块，五彩缤纷地飞回蜂巢，吐出蜜汁，交由后勤管理部门进行加工存储，以备寒冬来临、大地萧瑟时享用。它们万万没想到的是，劳动果实的百分之七十左右，都让我们人类收割，并加工成舌尖上的美味了。而给它们巢穴里留下的食品，仅够他们熬到来年春天，大地再次花开为止。有些下手重、割得狠的，还不得不给它们喂白糖水，以延续来年还要继续创造劳动价值的生命。蜜蜂从花蕊里勤勤恳恳挖掘进自己胃袋的花粉，含水量达到百分之八十以上，经过体内转化酶的作用，也就是发酵后，再在温度较高的蜂巢里吐出来，由内务部门进行深加工，水分不断蒸发，含糖量持续上升，提纯到一定程度后，再用蜜蜡封存待用。

作家的创作与它十分相似。我们讲生活是创作的底色，我们讲深入生活，而由生活转化成创作成果，就是采摘花粉、转化发酵、蒸发水分、持续提纯的过程。但源头是花粉。没有花粉的广泛采集，终是无蜜可酿的。比如北京本土作家史铁生写的《我与地坛》，你永远读，都永远感到他由独特生活观察、体味而带来的无可比拟的独创性。地坛已有四五百年历史了，我个人觉得它最深刻最撼人心魄的是史铁生心灵震颤所带来的生命活性，如此之静穆，又如此之骚动。也只有他这种静如大海深流的观察，才可能把那么多芸芸众生带进艺术的世界，并在命运这只看不见的手中，搅动着不同生活形态的动人交响。也只有这种用生命进行的入微体察，才能把春秋冬夏一年四季的变化，写得那么波澜壮阔又毫发毕现，且富含生命的诗性与哲理。还有一个重要作家，也能很好地体现出采蜜与酿蜜的关系，那就是我特别喜欢的肖洛霍夫，他的《静静的顿河》不能不说是来源于他的广泛采摘与沉静酿蜜过程。他如果不是顿河旁边的哥萨克人，他如果没有参与到战争的毛细血管里去体悟战争这架机器的疯狂搅动过程，就不可能在残酷的现实演进中，酿制出一部充满了人性尊严与光辉的文学巨著。尤其是让我们无法看到那些精彩细节、语言、俚俗与土地、河流、人情之间难以撕裂的化学反应式的属于美好文学的浓烈勾兑。

　　文学来自生活，而对生活的一切感悟都来自观察。牛顿因为观察到苹果落地，而认识到万有引力法则。法国昆虫学家法布尔并无意于当作家，就是因为比别人多了一份细致入微的观察，而形成了一部非文学经典的文学经典《昆虫记》。通过显微镜，科学家进一步观察到：小小的蝌蚪身上有五十多处血液循环线，它把血流从极细的管道运送到尾巴边缘，再通过弯弯绕绕的游丝管线，从尾巴梢流回心脏，让生命变得持续活蹦乱跳起来。因为我是一个业余天文爱好者，很多年都在阅读这方面的书籍，家里也有一个不错的天文望远镜。并长期订阅着《天文爱好者》等杂志。而奥妙无穷的天文学最核心、最关键的词汇，就是观察二字。一切伟大的发现都是观察出来的。通过观察再思考、计算，浩瀚的宇宙便变得清晰起来。回到文学，曹雪芹如果不是亲身经历了家族的巨大兴衰变故，就不可能有《红楼梦》那种致广大而尽精微的总体性世情记录。我们从前辈那里读到了无尽的写作方法，也上了无数堂文学大师课。他们总结起来无非是"多看多写"四个字。看是看书，也是看世界、看自然、看人间。我有一个同事的母亲活了九十多岁，一有病，立即就要让无论远近的儿女都赶回来围在床边召开紧急会议，核心议题是研究她怎么活下去的问题。她不想死。而她要活下去的唯一理由就是还要再经见经见世事，她说她还没经见够。好看的世事还多得很。她不是作家，但她有一颗适宜于当作家的好奇心。

　　我个人的创作，也紧密围绕着观察二字展开。我始终信奉要写熟悉的生活这个铁律。只有熟悉了，烂熟于心了，才可能去寻找生活背后的潜藏。否则，仅生活真实不真实都把你整得够呛，那还可能透过现象去榨取它的本质呢？我写第一部长篇小说《西京故事》，是因为当时我工作单位门口有一个巨大的劳务市场，整天有农民工把那里围得水泄不通，时间一长，他们甚至成了单位门脸的一部分，作为管理者，我才不得不关注起他们来。由此也把我带入西安的几个城中村，竟然发现好多只有一两千人的村子，都聚集着四五万人的农民工群体。他们既生活在杂乱无章中，又井然有序、资质各异地展开生存技能，让一座座高楼矗立起来，一条条马路宽阔起来，同时也让自己的家庭在城市的犄角旮旯到处生根发芽。由此我开始了长达三年多的走访、记录，先写成舞台剧，又根据密密麻麻的手记，创作了五十万字的长篇小说，想努力书写这个时代城乡二元结构中的裂隙与融通。而《装台》是《西京故事》的继续。因为装台工基本都是农民工，他们过着"夜猫子"的生活，有时整夜装修搭建舞台，好让艺术家们在正常上班时进入排练。我有晨跑的习惯，常常看到满院子只要有能躺下的地方，他们都会找到那点可怜的舒适区，蜷缩着补觉。这是一群普通人的有关日子的演进，无尽的细节扑面而来，我在写他们讨生活的不易，也在整合他们相互搀扶的不经意姿态和彼此照亮的一种暖光源。

至于长篇小说《主角》与《喜剧》的写作，就完全是在浸泡过的生活中提取所有养料的快意之作了。它就是浸泡，不是观察。因为我在文艺团体做编剧、做管理近三十年，很多时候是浸泡其中而不自知。所谓快意之作，就是完全不需要再去深入任何生活、了解任何情况，包括一些很专业的技术知识，只是抽取、建构而已。《主角》努力在汇聚我所熟知的所有主角的生命特征，把他们置放到一个与我同频共振的四十多年改革开放的大背景中，让一个山间十一岁的放羊孩子，历经磨难，半是懵懂半清醒地成长为一个古老剧种的"金皇后"。我是希望她能承载我更多精神生命的寄托与思考，在物欲横流的名利场上，让她有一份浑朴、诚恳与纯净，从而更值得观众去千呼万唤与"捧角儿"。而《喜剧》则是根据父子三个喜剧明星从红火到落寞的舞台生涯,讲述了时代过度索要喜剧,"喜剧之子"也在拼命制造着娱乐化,以致最终遭大众遗弃的喜剧与悲剧的切换过程。古往今来的优秀文学艺术作品,尤其是舞台剧,都是人民经过数百年千滤万选出来的。观众说行你才行。一部文学史与戏剧史也反复告诉我们,人民是最终的评判者。

当然,一切生活都只能是生活,它绝不是艺术。艺术是用广博的生活花粉酿制出来的极其简约的蜜汁。不意味着我们有了丰富的生活,就有了美好的艺术。艺术来自我们对生活如切如磋、如琢如磨后掰乱揉碎了的重新建构。我小说的主角,每每出来都有人在一一对应,我甚至不得不用上作品纯属虚构,请勿对号入座的老套路。没有任何一个人的生活能照搬进小说和戏剧,我是在用我的语言、趣味、结构方式讲述我的故事。更是在用半生的生命记忆重建我的精神世界。写作永远是个新课题,我只是想把故事讲得生动一些、流畅一些、有趣一些,尤其是有自己的语言风貌一些,如果能有所共情,那更是求之不得的事了。

2022 年 10 月 28 日为北京十月"书香之夜"草就

千磨万击方成角儿

我在文艺团体浸泡二十多年，做编剧、做管理，每每难以忘却的，就是演员的苦修苦练。之所以写长篇小说《主角》，也是一种生命的回眸与致敬。最近全国武戏、武丑行在北京展演，让我再次于青年们惊心动魄的生命极限挑战中，看到了一门艺术经久不衰的本质运行规律：唯有在过硬的技术含量之上，方能催生出骄人的艺术创造花朵。对于艺术家，沉潜、苦修、精进，永远是生命的主流与主题。而对于一门艺术的生命力，几乎完全取决于继承功底的深厚与对已有高度的持续冲刺与尽量占有。否则，就只能发出"怪创造""怪扭动""怪叫声"。

一个书画家朋友跟我聊书法时，做了这么一个形象比喻，说欣赏好的书法作品，就像观赏池鱼，即使再挤卡，每条鱼都会找到自己的空间，来回穿梭，彼此避让，游动自如。而不好的作品，看上去就有一种螃蟹挡道，横七竖八，各行其是的乱糟糟品相。我觉得这个比喻也适合戏曲，尤其是武戏，无论单打独斗，还是交相出手，抑或是多方角力、群雄逐"殴"，都表现出一种池鱼纷繁、井然有序感。这就是技的高超，所带来的艺的华美、高级。鱼也许没训练过，但一切生命的进化本质决定了它的天然能动性。当人要在某一方面呈现出一种具有审美价值的才华时，就需要像生命进化规律一样去获取缺一不可的演进程序，从而在一个高度上去纵身跳跃、纵情释放。也只有在那种高度上的"放浪不拘"，才可能是"从心所欲不逾矩"的创造、创新境界。舞台是受高度限制的狭小空间，要成为一条或一群自由奔放的"池鱼"，那是非经历生命反复淬火锤炼而不能够的。且艺之高妙，与蛮力、"拼命"无关，那是真正由"胆寒"进入"淡定"境界后的绝地一搏，是百炼成钢后的绕指柔。

中国戏曲一个最大特点就是化繁为简。过去舞台上只在出将入相的上下场门稍做装饰，再就是一桌二椅三搭帘的所谓布景道具了。一切都靠表演、靠观众的想象力加以弥补。许多传统经典，反倒是在这种简朴的表演中，更容易被观众深切理解参悟。舞台塞满，挤占了表演空间，让开门、关门、过河、上山都真实起来，反倒显得十分虚假而没了看头。如果在舞台如此壅塞中，再没讲好故事，也无几个有鲜活性格特征的人物支撑，就尤其显得空洞干瘪了。舞台既然是演员的天地，就应该有表演的空间，最害怕的是什么都豪华丰满起来，"表演艺术"四个字却失传了。舞台是看行动的艺术，行动者是演员。我在这次武戏与武丑的青年演员才华展示中，尤其看到了表演艺术的精妙绝伦与光芒四射。

如果演出不精彩，从农村到都市，观众又何必要冒着风雨、顶着严寒，一跑几十里地去看戏呢？乡村庙会动辄万人聚集，城市还要花钱建造剧院，有的剧院县全要花儿十个亿。

然后再把人吆喝到一起，观众除了赶集、好奇、娱乐，借机看看别人，也让别人看看自己外，最重要的还是希望演出给他们带来意外的惊喜与愉悦。如果没有惊人的艺术资质，当然包括思想性与自然而然的启迪教化作用，大家又何必非到演出场所去平添那攒动的人头呢。尤其是现在，躺平了刷刷手机、看看各类影像与八卦故事不是很惬意吗。但剧场仍然具有较大的吸附力，这就是舞台表演艺术的不可替代性。

世界已经进入了一个希望迅速获取一切价值、包括附加值的时代。很多传统艺术面临极度尴尬。不仅价值显得"轻飘"，而且还遭遇各种时尚数字技术的撕裂与随心所欲的解构，让这门艺术有堕入"美丽的传统华袍"，只被索取、"借壳""装点"，而自身愈发显得"无用"、无助的地步。然而，这些新的技术、新的业态、新的拼贴组装，又都要从传统精髓中提取灵感、样态和精神营养，那么传统之魂的高度，终究还是它们的源泉与"吃水线"。持续激活与保护好源头，当是一切"苟日新，日日新，又日新"的关键所在。当传统艺术被抖落得一地鸡毛时，所谓新兴艺术业态，也会失去撑持骨架的基本钙质，而变得鳞片碎乱一地。从这个意义上讲，传统艺术日渐降低生存质量，正是新业态的大不幸。一切迅速膨胀起来的平台、赛道、商业模式创新和诸多现代经营逻辑，都需要切实可行的内容支撑。而内容又非凭空捏造，它是一个如同地球演化一般的步步为营的渐进模式。就像我们提起家族、家庭，爷爷奶奶爸爸妈妈的故事须臾绕不过一样，牵一发而动全身的传统，就是我们的当下与未来。

传统艺术家自身也面临巨大诱惑与潮汐撕拽，放弃太苦的追求，选择一种更容易获得"点赞"与"出彩"的"轻省之道""事半功倍"地活着，自是比"出力不讨好"的苦苦困守强。尤其是年轻人，多元化的职业选择，很自然会放弃其中最难者。而传统艺术，包括戏曲、书法、绘画、舞蹈、杂技等，都是不事"日课"，即会快速"打回原形"的"养不家"者。推石上山、困兽犹斗，是这类真艺术家的生命常态。这些艺术都造不了假，都无法忽略漫长的积累过程，其本质是一种工匠，精粹到极致才成艺术。就像米开朗琪罗，说他是石匠、画匠都不为过，正是因为吃尽了工匠都不忍吃的苦头，把自己都劳作变形后，才成就了不朽的艺术功业。当然，任何艺术也都能放胆忽悠，但忽悠的永远只能是看热闹者，一旦要看门道，立马呈现出破败相。即使再有灵感、天赋，技艺不惊人也是枉然。训练，苦苦训练，直到训练有素，灵感天赋才可能给以适当配合。技术与训练是成功的前提，天分只是苦修之上的皇冠明珠。在一切都过于讲"速成"的浮躁社会风气中，对传统艺术从业者"高看一眼"，需要形成广泛的社会基础，当一个时代都对苦巴巴的传统艺术望而却步、冷眼旁观，或者只用来装潢门面时，这类艺术要创造出对我们文明有较大贡献的人物与作品，会变得越来越不切实际。我们很可能只能在扁平的重复中，不断放弃初衷，而以改头换面的新奇古怪模样，博取廉价的喝彩与"乱放电"的眼球。

看着舞台上年轻戏曲武行的生命演进者，我总想把他们与英雄行为联系到一起。他们由少年开始，就以柔弱的肩膀挑起了民族艺术行进的担子，把自己的生命赶到一个逼仄的环境，然后"千磨万击还坚劲"地苦苦追寻一生。我经见过他们的成长，很多武功演员都遍体鳞伤，骨折、骨裂、韧带拉伤是常态。他们要想有点出息，站到台中成为主角，哪怕用一牛只换来一折千万人激赏的"过硬戏"，都得成年累月地"长"在练功场，用一千遍一万遍的重复，换取那几十分钟的拿捏得当，收放自如。当然，根本还是人物塑造的准确、精当与高蹈，以及所承载的文化和精神能量的释放。那是一个个生命个体的艰难奋斗史，也是历史、现实与未来的民族艺术的一道道光束，同时也是由"技"进"道"的过程，是民族文化精神的传承和创造史。没有哪个国家不珍视自己的民族艺术。因为没有民族艺术就很难有辨识度。但这种民族特色艺术，一定是需要通过全民族的积极呵护、不离不弃，包括奖掖机制，才可能鼓励那些有才能与甘于奉献者，去做出能体现他们生命价值的业绩。就像英国人珍重呵护莎士比亚戏剧一样，我们应该形成更广泛的社会共识，让民族艺术真正成为历久弥新的国粹国宝。只有像戏曲同样古老的诸多中华艺术生命谱系都得以持续脉动，一切新兴而海量的艺术平台、赛道、商业模式，才会有更加丰沛的赋能资源配置。我们应该下大气力抬升起能受到人类广泛称赞的民族根性艺术，它们正是我们用清晰面目走向现代与未来的基石。

2022 年 7 月 23 日于北京

书写最熟悉的生活

一个写作者，需要有足够的敏感，对现实生活投入激情与热情，从而去书写纷繁多姿的现实世界。仅仅简单的深入是不够的。我个人体会就是，只有经过自己反复咀嚼过的生活，才可能从中提炼出有价值意义的情感与思考。简单的"身入"，与临时抱佛脚的"碰瓷"，是远远不够的。对某些生活浸泡久了，揉得熟了，揉到位了，才可能产生独异于他人的发现。不仅是发现新的题材、故事，也会发现新的人物、新的精神亮光。任何一种生活，只要达到独特体验层面，再能自然地融入对历史、现实、时代的综合考量，都可能书写出独到的文字。我始终关注的是普通人的生活、情感和命运，从长篇小说《西京故事》到《装台》《主角》《喜剧》，在一群又一群普通人身上，倾注了心血。当然写普通人的生活与命运，更需要去开阔眼界、格局与视野，从而努力在这里看到整体的、宏阔的、复杂的时代面影。这也是现实主义创作所需要具备的品质。

每一个人的生活，一旦全面、深入地打开，都是很有意味的一个个"世界"。作家要做的工作，就是写出他们身上所承载的时代和现实信息。无论什么人，从事什么工种和专业，都不可避免地和大时代的氛围密切相关。我们要尽可能开阔，尽可能丰富，也尽可能全境地打开他们的生活现实面向。一个人即使再普通，都饱含着这个时代的多重信息。思考他们的生活，其实就是在思考我们的时代，思考我们时代中的人的生活和命运。这也是现实主义文学最为重要的特征之一。

当然，作品根本还是要让读者可以从中发现自己，发现自己的生活、情感和命运与书中人物的对应。最重要的，是可以从他们对生活价值的坚守中获得不息的向上的力量。

2022年9月21日为《人民日报》草上

创作生命的深井

每个人都有每个人的生命河流,其流淌的长度就是他生命的长度;每个人也都有每个人的生命深井,这口井的深度就决定了他的生命深度与高度。我们不能没有河流,更不能没有深井,作家、艺术家尤其不能缺了这口井。创作过程很像是酿蜜,技巧、法则有千万条,来自生活,似乎是带有共性的认知。在初学创作时,也许继承和模仿更为重要一些,用别人的生活与艺术创作经验,来嫁接与放飞自己的艺术理想,往往会有所收成。但长此以往,终是在重复一种毫无价值意义的劳动,也与真正的艺术创作无关。真正的艺术创作,是带着巨大的原创性、独立性与唯一性的,这里固然有偶然性存在,但究其本质,还是生命精神储备、社会生活积累之于"瓜熟蒂落""水滴石穿"的产物。灵感是有的,可灵感产生一定是在准备充分时才可能点燃的"引信",凭空是不会引爆一颗"艺术炸弹"的。

关于生命精神储备,是一个很大的话题,它来自两个方面。一方面是对前人经验的继承,获取途径主要是阅读,这也是一口深不见底的"井"。作家的阅读量应该远远高过常人,才可能获得对社会发言的基本资质。当我们尚不清楚前人与同代"高人"的经验时，也就不懂得对浩渺生活的处理方式。中国古代把有才学的人叫"读书人"，我觉得这个称谓，对于今天的创作者来讲，仍然是最好的生命形态。除了勤勤恳恳做"读书人"外，另一方面，就是扎扎实实当社会生活的实践者。社会生活积累越丰厚越密实，压榨出的汁液就越浓烈越醇厚。任何生活对于作家、艺术家都是有用的，当你创作时，就懂得了那些平常看似不当紧的"汤汤水水"的重要性。创作者除需尽量深入宽阔的社会生活横截面外，还需要掘一口盛满了生活浓汤的深井，唯其如此，才可能从生命深处打捞出具有独特认识价值的艺术作品。河流我们都有，只要在现实中生活，我们都会有一个属于自己的、畅游过的河流，不过有人善于回眸、善于思考，有人游过就遗忘殆尽、不以为意而已。但深井真是需要寻找，需要开挖，需要苦苦持守的。

我创作舞台剧"西京三部曲"《迟开的玫瑰》《大树西迁》《西京故事》的过程，其实就是寻找、开挖、持守生活之井的过程。这口井我叫它"小人物之井"。二十二年前，当创作一窝蜂地关注"住别墅的女人""女强人"，抑或是社会成功人士的风生水起时，我无意间，被自己住过的大杂院通下水道师傅的背影所感动，由此开始了对普通人生命价值意义的持续开挖。那时大杂院下水道一月无数次污水泛滥，又无数次在这个背影的躬耕中归于安澜与平静。他是社会最基层，但他的缺位，会立即让这个城市的正常生活秩序大乱、光鲜不再。由此我在思考普通人存在的价值：社会不可能都是精英，而支撑这个社会大厦的绝大多数永远是普通人。宝塔尖是靠坚实而雄厚的塔基撑持起来的,长期漠视甚至消解社会"底座"的价值意义,这个社会是会出问题的。我从通下水道师傅的背影开始思考发散,继而构思了主人公乔雪梅用稚嫩的肩膀托举起几个成功弟妹的故事。全剧最终让那个通下水道者成了这个时代"精神水盆的最大显影者"。这个剧叫《迟开的玫瑰》,已亮相二十二年,数十家剧团移植演出,至今不衰。在凿开了第一个"小人物"的故事泉眼后,我又接着开挖了第二个"小人物",那就是十六年前创作的《大树西迁》。这是根据上海交通大学在20世纪50年代西迁西安的史实创作的。如果"正面强攻",自然会涉及很多大人物。但最终我是以一个西迁时年龄最小的青年女教师为"戏核",用六个不同的时代切面,展现了一个"小人物"五十年的成长史,并通过这个当初不愿西迁的"小人物"向"大人物"不断演进的历史,描绘出了我心中那幅"西迁画卷"的波澜壮阔与浩瀚沉雄。为找到人物的生命秘籍,我先后在上海交大和西安交大"挖井"半年之久,采访了成百位西迁知情者,直到心中触见"清泉"方下笔。这个剧十六年间演出不断,其主题曲歌词"哪里有事业,哪里有爱,哪里就是家"已成为当下提炼出的"西迁精神"的重要组成部分。我开挖的第三个"小人物"群像是《西京故事》。创作起始于我当时工作单位门口每日等着找活儿干的数千农民工群体。单位与居民经常会把他们从自家门口愤然"喝开",以免"膏药"贴住就再也无法揭离。当我扎进这口"深井"时才知道,这个城市有许多这样的农民工"集散地",有些村子土著只一两千人，而暂住者却达四五万之众。每日清晨和傍晚，村口都是黑压压滚滚而过的人流，看着十分震撼，也十分令人惶恐。但他们自始至终与这个城市相处甚安。他们只负责建设、疏通与"美容"，一旦此处花树成荫、高楼林立，便见他们拔寨转场了。我在这口"深井"里一扎就是好几年，以至"打捞"起的生活，在写完舞台剧时，才动用了不到十分之一的库存，而后又写成了五十万字的同名长篇小说，现在这部小说又改成了电视剧。一口井一旦深扎进去，便有取之不尽用之不竭的素材。这个人物掩面而去，那个人物又袒胸走来，只要你始终坚持深水打捞，就有"才下眉头，却上心头"的精彩故事。

　　面对同质化越来越严重的现代生活"模板"，作家更需要守住一口属于自己的生命深井。写出了《喧哗与骚动》的福克纳，甚至一辈子就盯着一个"邮票大的小镇"，为此写了十五部长篇小说。柳青在长安一扎十四年，也是在那里拼着老命地开挖并守望着他的那口"井"。作为创作同道，我们怎能不思考自己的"深井"在哪里？近五年，我连写了《装台》和《主角》两部长篇，其实就是在刻意发掘并守护自己的生活"深井"。我曾经在文艺团体当过几十年专业编剧，并且还搞过好多年管理，对于这一块，可谓烂熟于心。何况这里的人物与我守望几十年的"小人物之井"又高度重合，因此，《装台》的主角刁顺子，还有《主角》的主角忆秦娥等舞台人生画面，便纷至沓来。装台人与主角，都是形而下的社会职业与角色，也是形而上的生活本质与抽象。"装台"即搭台，无论给人搭台，还是自唱"主角"，都是在演绎着一种具有象征意味的人生。从这个意义上讲，《主角》也是《装台》的姊妹篇。《主角》中的忆秦娥跟着改革开放的进程走了近四十年，自是也被裹挟进了社会生活的方方面面。主角与搭台人在共同叙述着他们的依存关系，也在各自诉说着搭台与唱戏，尤其是唱主角的不易。

  在写这两部小说时，我都有一种写作的"沦陷"感，沉潜其间，回肠九转，而不能自拔。想来这都拜生活"深井"所赐。写作有千条道理，于我，只有一条，那就是写熟悉的生活，写反复浸泡过的生活，写已然发酵了的生活。这个生活是一口井，这口井是需要自己努力去打造、经营的，打造得越是深不见底，经营得越是纯粹忘我，经过酿制与压榨，越是能呈现出一种不刻意的喷涌状。作家、艺术家须有很多作业装备，但最重要的，我以为还是要有一口深不见底的生命之井。

2018年2月28日于西安

一切从生活出发

《装台》这部小说缘起于我在陕西戏曲研究院做院长时认识的一位叫"生生"的职业装台人,过的也几乎就是《装台》中刁顺子的生活。但他的家庭生活,却是我综合了很多家庭的状态之后的结果。他们的工作与我有很多交集,所以我非常熟悉他们的状态。他们一般是在一场戏结束之后,就连夜拆台,紧火的时候,还要再装台,为下一场戏的演出做好准备。大家看完戏回家休息了,他们的工作才刚刚开始。等到研究院的人早上起来晨练的时候,他们可能才刚刚完成工作,忙了一夜,已经累得精疲力尽、困顿不堪,没有被褥,也没有可以安稳睡觉的地方。就在研究院院子里随便哪个稍平展的椅子上、石头上睡去,你从他们身旁走过,闹出多大的声音他们也浑然不觉,有时候还能听到他们在梦中叹息的声音。因为在戏曲研究院做院长,和他们打交道比较多,注意到他们以后,就时常有意无意地观察、了解他们的生活。有一阵,他们工作完了以后,就聚在我办公室的楼下商量事情。我也就看到过,也听到过很多关于他们的故事。久而久之,他们作为小说人物形象就不知不觉间在心中酝酿成熟。到了2014年春天,也就是写完《西京故事》之后,刁顺子的形象和故事也到了瓜熟蒂落的时候,我就一气写完了这部作品。

生生和他的同事们给我的最大的印象，就是他们从事的是非常艰辛的劳动，报酬也可以说是微乎其微，但几乎人人都有着积极、乐观的情绪。他们工作时的苦累是不会带到日常生活中的，每每聚到一处，哪怕是片刻的休息时间，他们都会说笑打闹。你从他们的情绪和话语中，是感受不到生活的艰难的。难道他们就不会对生活怀有不满？当然不是，一方面我们可以将他们的行状理解为无力改变生活时的无奈的选择，但另一方面，他们的观念和情绪里，或许还有着民族生生不息的力量隐在其中。一个普通人兢兢业业、老实本分地完成自己的家庭责任了，其实也就完成了他的社会责任。哪怕他对社会的贡献在一些人看来微乎其微，但正是成千上万的这样的普通人，支撑着社会的底座，以自己的哪怕微弱的力量促进着社会的发展和进步。他们的生活故事每每教人动容。在写这部作品的过程中，我也想写出他们的精神，他们的情感，他们的生活态度。我始终认为，这里面有着值得深入发掘的重要力量。理解了他们，也就理解了民族精神赓续千年的根本所在。同时，作家的职责不仅仅在去发现和书写他们生活的艰难，还应该发现他们所秉有的尊严和爱，为他们原本艰难的生活找一点温暖与亮色。因为任何生命都需要诉说，需要温暖，更需要一点奢侈的爱。我觉得文学的意义，它之于普通人的价值，也正在这里。

我本人的创作，最早从文学青年的散文、小说开始，后来二十几年专攻戏剧，再回归小说创作，算是一个游走于戏剧与小说之间的创作者。陕西的长安画派有这样一个传统，一手伸向传统，一手伸向生活。这也是我在文学创作上的理念。

对我影响最深入持久的，还是秦腔这门古老艺术。这门艺术有史记载的时间已经六百多年。所谓有史记载，是以有成熟剧本为前提的。而在成熟剧本形成以前，又该有多长的演进史啊！六百多年的秦腔史，除了表演、唱腔艺术和舞台"美化"艺术的成长外，最重要的牵引和稳固，仍是文学这个基础。我们今天除了对200多年前的秦腔表演艺术家魏长生略微知道一些记载外，其余艺术家能有所了解的，都在20世纪二三十年代以后了。而它的文学，却以数以万计的脚本数量纷繁于世。陕西省老文化局在1958年前后做了一件功德无量的事，就是把这些老戏本能收尽收地汇集成册，出了《陕西传统剧目汇编》近百卷，大略将秦腔和其他一些陕西地方剧种还基本存活在舞台上的剧目，都"登记造册"了。我在文艺团体工作几十年，有幸从老研究专家那里弄了一套，把这些剧本基本都"过"了一遍，同时还看到一些坊间木刻本、油印本和民间手抄本，算是对秦腔历史有了大致了解。除表现帝王将相"治国理政"、前朝后代"兴衰更替"外，也有大量才子佳人的"仗剑天涯"和"快意恩仇"，更有民间社会的"离经叛道"与"生存呐喊"。因为戏曲大多是民间舞台的产物，尤其是秦腔，起源于庙会、广场，活跃于村社、商道，因此，很多作品都带着浓烈的底层烟火气，也可以叫"小人物"的"娱乐圈""生死场"。包括"启蒙性""现代性""魔幻性"这些炙手可热的名词，其实在秦腔的老戏本里，也并不难找到生动的注脚。因此，我始终以为，秦腔是我的一部百科全书。

如果说我的创作有什么共同点，那便是写自己熟悉的生活。对于创作的对象，一定要非常熟悉和了解。可能了解了八九分，最终能写出来两三分，如果只知道一两分，就想写出十分饱满的东西，那是绝对不可能的。从我自己的小说创作看，刚刚谈到《装台》如此，《主角》也是如此。我这几十年就跟角儿们打交道，他们的生活习性、人生悲苦，他们的生命的至暗时刻、高光时刻，我太熟悉了。在这个基础上，我把自己所经历的 40 年的改革开放的点点滴滴全部打碎揉烂，然后在作品中建构起我心中的这 40 年。其实，"装台"和"主角"是一个互换关系，在家庭、社会生活中，我们每一个人都是主角，也同时是装台人，为别人搭台。

现在回头看，如果我没有参与到一些具体的公职生涯里去，那今天也就不会有《西京故事》《装台》和《主角》，我的写作也会缺少很多纬度。所以，紧紧抓住自己所生活的土地上的那些特别场域的生命体悟，是十分重要的。任何生活不会仅仅具有限制的力量，它必然还包含着巨大的成就的力量，成就着你的观念和写作不同于他人的独异的特征。但这种生活和写作交互影响和互相成就的状态也需要机缘、眼光和自我发现、自我调适的能力，不会是简单地自然呈现。

今天是高度发达的信息时代，我们获取信息已经变得十分便利，当什么都能搜索到的时候，我们可能就不注重自己去用脚去丈量土地、丈量生活，但这仍然是今天作家最重要的生活方式，作家仍然需要下大功夫，用脚去丈量自己所热爱的那一片土地……

2020 年 12 月 18 日于北京

以创作光大生命

——在北京师范大学的演讲

感谢北师大,也谢谢张清华教授,给我提供这么一个跟大家进行交流的机会。后天就是世界读书日。刚才馆长也讲了,世界读书日的确定有很多不同的说法。据我所知,它是小说家塞万提斯和戏剧家莎士比亚辞世之日。后来也有人不断地添加这个日子和文学家的关系,包括纳博科夫的生日等等。世界大了,能和这一天关联上的知名人士也会非常多。在这样一个日子,能在这里谈一谈自己的创作,我觉得确实特别地有意义。一个人的写作,和传统,和现实都有非常密切的关系,但最根本的,恐怕还是和自身的生命经验之间的关系。这种关系,很大程度奠基于阅读——阅读世界和阅读经典,进而以阅读滋养和成就自身。所以,我今天谈的题目就叫"以创作光大生命"。

一、最初的文学尝试,以及由此引发的生活变化

其实每一个人,都是以自己生活在这个星球上所从事的那一份职业在光大着自己的生命。每一种职业都可以说是体

证世界，丰富自己的途径。当然，我可能就是通过创作光大自己的生命。我想先谈一谈自己怎么进入创作的。我出生的地方和著名作家贾平凹先生是一个地方，这个地方就叫商洛。商洛是一个相对比较闭塞、过去也是比较贫穷的地方。一度被称为"终南奥区"——终南山里边的一个神秘而不为人所知的地方。贾平凹先生出生在丹凤县，我出生在镇安县。镇安在清代的时候，只有700多户人家，1000多口人，现在的一个镇子都比这个大。当时湖南一个官员调到镇安来做县令，一看这么小就很失落。后来他在那里做了很多建设，他教当地的农民种桑、养蚕等等。他做了8年县令，走的时候呢，也才2000多户、7000多口人。

我就出生在这个地方，父亲是一个小公务员，母亲是教师。我父亲工作调动了五个乡镇公社，一个公社工作几年。我就随着父亲从这个公社，迁到那个公社，一直迁了五个来回。因为父亲工作调动，要经常搬迁。搬迁的工具，开始的时候就是当地农民肩扛背负。家里打出来几个包，有的用扁担挑着，有的用背篓背着，一家人就走了，很简单。我印象中，家里那时候有两口木箱，箱子里装着被子衣服这些东西，几乎没有书籍。我小的时候，在公社最多就是有一份报纸，有时候可以看一看。母亲是小学教师，她也没有什么书籍。搬迁的时候，农民有时候把我架到他脊梁上，驮着背着。我对山地，对农民的记忆就是那些人把我一肩一肩地背着上山下坡。后来交通好一点了，就坐手扶拖拉机。我记得弗洛伊德讲人在五岁左右性格就基本定型了，所以那个时候给我的关于农村的记忆、农民的记忆都是非常深刻的。后来包括今天我在写农村写农民的时候，无形中都带着那个时候的许多烙印。

大概在十七八岁的时候，我开始有了文学梦。我生活的那个县城，文学的气氛非常浓厚。那时候是（20世纪）80年代初期，改革开放刚开始。那个时候的年轻人跟今天的年轻人不一样，我感觉这一代年轻人活得非常不容易，但如果扛过去，他们将比我们这一代人要了不起得多。因为他们经历的心灵磨砺跟我们是不一样的。我们那个时候比较单纯，没有什么经济压力。那时候谁家做生意挣了几个钱还被我们瞧不起，觉得这家里好像充满了铜臭味儿。那时候的年轻人就是热爱读书，写作在那个时候特别地吃香。我们那个小县城好像满县城的年轻人都在写作。贾平凹先生比我大11岁，先生那时候已经是很有名的作家了。一说贾平凹来了，文学青年就激动得不得了。当时还有一些省上、市上的作家，也经常来。那时候《延河》杂志甚至到我们这个小县城去办文学专号，激励着大家尤其是年轻人写小说、写散文。我记得那时候县工会有一个大会场，经常开展文学讲座。《延河》的编辑、商洛地区的一些创作干部，经常来讲课，我就是那个时候进入到文学创作领域的。

十七八岁的时候，我就在《陕西日报》文艺副刊发过一篇散文。自己很激动，走到县城的街道都觉得这一个县城都知道自己了。那时候《陕西日报》每个机关单位都有，谁在上面发了一个文章，你走在县城都觉得是非常光彩的。那时候还发过第一个短篇小说叫《爆破》。《爆破》是在《陕西工人文艺》发的,后来才知道这还是个内刊,但是还是很激动。我们今天年轻人创作,可能是因为想对社会对人生对世界发出一点自己的声音。但那时候,作为年轻人的创作,就是为了发表。只要发表我就是一个成功者,无论在什么刊物,只要这个稿子能出来。那时候刊物、报纸也特别多,省上几乎每一个厅局,都会有行业报纸。我就有选择性地投稿,比如说邮电报,我就写邮递员;交通报,就写售票员,反正只要能发表就行。我觉得在创作初始阶段,发表欲是一个作家最重要的推动力之一。

这个时候,本来应该是顺着文学道路走下去的。但有一次省上搞了一个学校剧本奖,就是写中小学生生活的舞台戏的评奖。是省教育厅、省文化厅和省文联等六家单位办的,当时要求各地都要报作品。当然文化局的一个同志就让我写一个话剧去参评。我开始觉得好像未必能写得了,但最后还是写了一个叫《她在他们中间》的九幕话剧。是讲一个女教师和一群中学生的故事。这里边浅浅地涉及一些朦朦胧胧的爱情问题,一些年轻人成长的问题。它不是一个有多么重要思考的作品,我们那时候都活得比较简单,有点像今天所说的"傻白甜"。写完以后,我也没当一回事。结果四五个月以后,文化局通知我说这个戏在省上剧本评选中获奖了。一等奖空缺,二等奖两个(我排第二位),三等奖三个,优秀奖若干。这个奖对我的激励是非常大的。当时陕西省人民艺术剧院的一个导演,他是评委之一,觉得这个话剧充满了生活气息，充满了孩子们的视角，有一种小县城独特的生活风貌。他想把它搬上舞台，但我改来改去，最后也没有达到人家要求的水平。最后虽然没有排练，但是由此让自己走上了戏剧创作的道路。

紧接着，我在20、21、22岁这三年当中创作了四部舞台剧，被商洛的几个剧团排练上演。到22岁的时候，在省上的戏剧创作方面算是小有名气了。尤其是一个叫《沉重的生活进行曲》的剧，写了一个年轻人的三次婚变，在观念、思潮上都比较超前。这个剧，今天看来我觉得思考是幼稚的，但在当时引起了巨大反响。有的老同志看了戏以后，说是资产阶级自由化已经出现在深山大沟里了，这个问题是非常严重的。于是，当时省文化厅的厅长，广电局的局长，《陕西日报》的总编辑，带了一批专家到镇安对这个戏进行审定，看这个戏到底有什么问题。审完以后几个领导和其他专家都说没多大的问题。但是既然影响这么大了，这个戏也没办法到省上表演。最后专家说，这个青年作家非常有前途，把他调到省上来。中间我也不知道都经过了什么，很快这个事儿就报到主管副省长那里了。很快省上开一个创作会议就特别通知我到会，本来只给商洛地区分了两个创作名额，我是没有资格去的，最后专门通知我去。会后有一个宴请，当时文化厅（现文化和旅游厅）的厅长是从西北大学调过来的，是有人文情怀的一个人，他把我叫到主桌介绍给当时的副省长，说把这个孩子调到省上哪个单位合适。他们说，调到陕西省戏曲研究院最合适。这个院是从延安的民众剧团发展来的，是中国最大的一个剧院。我后来在这个院做了很多年专业编剧，又做团长做副院长做院长，待了很多年。

当时省戏曲研究院的院长让我把这些年写的作品都寄给他，之后，就很长时间没有动静了。当时县里都知道我要调走，但两年都没见动静，我就着急了，就给这个院长打了个电话，他说："你还没收到通知啊？不是早都叫你报到了吗？""你回去赶快找你们人事局，这个文件应该在三个月前已经发到你们人事局了。"我就找到人事局，人事局说这个文件到了，但要给主要领导汇报，毕竟你是一个青年人才。他给县长和书记都汇报了。当时的县长也是一个爱写作的人，他说，放是可以放你，但你要把这个聂焘（就是刚才说的清代的那个县令）的事迹写成一个戏，写完以后立即放人，然后他说是我俩一起写。我说行，我就跟县长一块，三个月把这个新戏写好，之后我就调到西安了。调到西安的时候，我25岁。

二、接续传统，感应现实，创作"西京三部曲"

陕西省戏曲研究院是1938年在延安成立的。当时毛泽东看到延安西北的士兵多，又特别喜欢秦腔，而新成立的延安评剧院、青年剧院的这些剧院都是外地来的知识分子。所以就想给当地的士兵成立一个专业的演出团体。当时有位诗人柯仲平，也是中国作协的第一任副主席。中国作协第一任主席是茅盾，副主席只有两个人，一个是柯仲平，一个是丁玲。柯仲平就是民众剧团的第一任团长。后来全国解放的时候，觉得秦腔剧团进京不合适，地方剧种离开了本土没办法生长，就把这个剧院下放给了西北局。西北局解散以后，下放给陕西省，一直就叫陕西省戏曲研究院。我当时就调进了这个院。这个院到今天有八十多年历史了，院也很大，四个团、一个创作研究中心。著名作曲家赵季平大学毕业以后，他父亲就坚持让他到陕西省戏曲研究院。他父亲当时是陕西省文化厅副厅长，也是中国著名的画家，长安画派的领军人物之一。他说，你此生要想在音乐上有所成就，必须了解地方最重要的民间文化，而地方最重要的民间文化就是秦腔。所以赵季平就进到陕西省戏曲研究院干了20多年，从秦腔团的乐队的一个指挥干起，然后做乐队队长，做创作研究室的副主任、主任，之后做副院长，最后调到歌舞剧院做院长。他的主要作品都是在陕西省戏曲研究院担任主管创作的副院长时创作的，像《红高粱》等和张艺谋这些作品的音乐合作都是在省戏曲研究院完成的。

我在这个剧院也是待了25年，这25年中做了7年专业编剧，做了4年半青年团团长，做了三年半副院长，然后做了10年院长。这期间，自己的创作历练是比较重要的，这是民间文化的一种滋养。秦腔是中国地方戏曲中梆子声腔的鼻祖，秦腔影响了很多剧种，包括晋剧、川剧等等。只要以梆子为打击节奏的所有的剧目，它的祖宗都是秦腔。中国戏曲有非常丰厚的历史，你从哪一个角度深入进去研究，都可能拉开一条河流。他有民间文化的东西、有政治的东西、有经济的东西、有军事的东西，哲学、宗教、文学艺术就更不用说了。它里边每一个方面都能打开一条巨大的河流。就像我们后来看西方很多伟大的作品，最后都要归到古希腊。中国戏曲就有这个特点，它从三皇五帝盘古开天地一直说到当下，秦腔600年的历史，留下来的剧本现在大概有七八千部，这里边基本上把中国历史的一些重要的东西都梳理清楚了，并且是原汁原味的。它里边原生态的东西很多，你要朝回去找的话，能找到很多非常丰富的东西。所以在这个剧院，我觉得自己在创作上获取了非常多的东西。当然仅仅获取秦腔这一个元素也是不够的，还是要吸纳很多其他的东西。像赵季平，他在这个地方，如果仅仅是吸纳秦腔，不对西方对世界对中国其他的音乐进行研究和了解，他也不可能成为赵季平。刚好后天是世界读书日，我后边还要说一说阅读的开疆拓土的问题。我认为一个作家的阅读决定了他生命的高度，这个阅读分为两种，一个是对书本的阅读，一个是对毛茸茸的生活的阅读，这也是一种对民间的阅读。这两个维度可以支撑起一个作家基本的东西。

在这个剧院，我的工作是以戏剧创作为主。我一共创作了五六个戏，后来因为有行政职务，创作时间不是很多。作为管理者，平时也要兼顾到别的一些剧作家，想办法帮助他们的作品推上舞台。在这个剧院的创作，主要就是"西京三部曲"（《迟开的玫瑰》《大树西迁》《西京故事》）。《迟开的玫瑰》已经演出23年了，现在还在继续演，全国有好多剧目在移植。作家有时候需要一个逆向思维。我当时写这个戏的时候，几乎所有的电影电视，也包括小说，都在写女强人，写住别墅的女人，表现豪华高贵的生活。这时候，我做了一个逆向思维，写一个最基层的女性。我一直认为，这个世界更多的人是处在基层的位置上。在座的都是知识精英，但我们社会上有很多人是到不了你们这样一个位置的。如果社会是一个宝塔的话，他们就是做这塔底基座的工作。每个能被托举起来的人，背后肯定是家庭、亲戚做出了巨大牺牲的。

这个剧写了一个女孩子，父亲失去劳动能力，母亲又突然不在了，她牺牲了自己上大学的机会，承担起沉重的家庭责任，把她几个弟妹都推起来，而自己人生的光彩全部都磨掉了。她最后找了一个通下水道的工人，她的姐妹觉得非常对不起这个姐姐，但是她觉得她的生命还是有自己的光辉的。大致就是这么个故事，但里边有丰富的细节，有无从躲避的生命的艰难。生活把她活生生地逼到这样一种境地，她不认命都不行。但当命运把她推到最后的时候，她的生命也有了新的升华。这个戏当时出来的时候，好多人有不同意见，认为我不应该赞美这样一位女性。我当时就说："今天我们可能看不到，这个社会，未来的问题就会出现在我们整个社会没有认识到这个宝塔中柱石的最基础作用。"我认为这是作家应该要思考的问题。这个戏在全国也是获了所有的大奖，"中国十大舞台精品工程"，全国"五个一工程"奖，剧本也获了曹禺戏剧文学奖等。我三次获曹禺戏剧文学奖的获奖作品就是"西京三部曲"。我最感到欣慰的是，23年过去，这个戏今天还在演出，演出的时候，底下所有的观众，不管是哪个阶层的，不管是高级知识分子，还是普通老百姓，大多数人都会泪流满面。我最感动的不是那些奖项，而是我当时的这个思考得到了肯定，被认为是成功的。

《大树西迁》距今也18年了。写的是上海交大西迁西安的一个故事。时任西安交大党委副书记的张迈曾希望我以交大西迁为题材写一个电视剧。张迈曾就是前段时间网传的，66岁离任时，全校洒泪送别的那位交大党委书记。我那时刚好写过一个33集电视剧剧本，叫《大树小树》，在央视一套播出。所以他希望我给交大也写一个电视剧。我在西安交大住了四个半月，又到上海交大的博士楼住了35天，采访了160多位教授，录了几十盘采访资料。但后来这个电视剧没有写成，写了一个舞台剧，就是《大树西迁》。这个剧写出来以后，交大请了一些教授讨论，一位老教授就提出说，这里面的主人公孟冰倩是一个编造的假人物，我打电话到上海问了一遍，没有这个人。理工科和文科的思维完全不一样，幸好现场有一个文科的教授在说："你这个话不对，交大西迁如果当时只迁了一个人，那只能按照他来写，如果迁来两个人，就可以虚构。而迁来了一万多人，他怎么不可以虚构一个年轻女教师呢？"

这个戏其实我也是做了一些逆向思维。本来他们希望我正面强攻，直接写彭康校长带着这些人一路西进，采用一种史诗性的展示。但我认为这个写法不太适合，我希望找到一个人物，找到一个家庭，通过一个家庭几代人的这样一种生活来思考，在这一个人的事件背景当中，这些知识分子到底是一种什么样的情怀，经历了什么样的磨难，在不自觉中对国家所作出的贡献，以及在自觉中所形成的那种信念。我觉得它应该是这样一个多重的建构。

这个戏出来以后，影响还是挺好的，它现在也仍然活在舞台上。主题歌词有这么几句："天地做广厦，日月做灯塔，哪里有事业，哪里有爱，哪里就是家。"后来交大一些教授给总书记写信的时候，就把这几句歌词提炼为交大西迁精神。当然交大的西迁精神是多重的，要比我这个博大得多。我只是作为一个剧作家，赋予它一种诗意而已，远远没有交大精神自身那么博大。

我再说一下"西京三部曲"的第三部《西京故事》，后来我把它又写成了长篇小说，也是我的第一部长篇小说。这个戏是怎么开始的呢？是我注意到我们剧院门口，经常有一两千农民工每天在那里拥来拥去，等待着别人来请他去做工。他们都是拿着他的锤子、钳子、刷子等各种工具，站在那等着。我估计过去北京也会有这个景象，可能全国比较大的城市都有这种情况。他们几乎从来不去政府专门为他们搞的劳务市场，他要自己找一个地方，在这个地方等待人来。他们经常在剧院门口，大家都觉得对单位影响不好。所以有时候对面的单位朝我们这边赶，我们又想办法，叫总务部门又把他们朝对面赶。因为老在门口，卫生、出入各方面都成问题。晚上，尤其夏天的时候，有很多农民工，就会铺着被褥住在剧院的屋檐下。陕西有一个作家，叫孙见喜，他是非常有人文关怀的一个人。他看到深秋了，这么多农民工睡在这里，可能太冷了。他就跟他爱人去买了18床被子，他专门过来数了是18个人，去把这18床被子给他们盖上。结果有一个农民起来，把他臭骂了一顿，说是你干啥？你同情我是吧？你凭什么同情我？我不需要你同情。走开走开，快拿走。这个事对孙见喜刺激很大，他后来讲给我。讲的过程中，我们就思考了很多问题，包括中国农民工的尊严问题等等。之后，我就开始了解这些农民工住在什么地方，他们的生活情况等等。然后才知道西安当时的农民工有100多万，主要住在西安的各个城中村。我当时去了几个村子，一个叫木塔寨（现在已经不存在了），我们去的时候，当地的土著居民只有3500多人，而农民工住了5万多人。还有一个叫东八里村和西八里村，也是当地的原住民只有3000多人，但农民工住了10万多人。我们去的时候，看到每天早晨和晚上进出的农民工人潮汹涌的那种感觉，让我感到非常震撼。不由得就要思考，中国农民工这么庞大的队伍，为什么能井然有序地在这个城市做着建设。他们总是生活在城市最脏乱差的地方，像棚户区改造前，他们经常进去，一旦改造完，他们再也进不去了，然后他们就再找地方再去做事。

通过对这些农民工的了解，我又开始认真思考底层问题和小人物的问题。后来刚好遇到我的一个远房亲戚，也是进城打工的，他给我讲了一些故事。然后我又到东八里西八里村和木塔寨，找很多农民工聊天。他们听说一个作家要聊，他就聊他光彩的一面，我说你别聊这个，你就聊啥都行，但一定要是你真实的感受、真实的生活。他一天收入大概150

到160，我就给他200块钱，聊上一天。这个过程中我做了很多很多的笔记，然后就写了舞台剧《西京故事》。

三、从《西京故事》到《装台》

舞台剧《西京故事》出来也有11年了，它的演出效果也是始终非常好的，剧本也获了曹禺戏剧文学奖。这个舞台剧3万多字，两个多小时的长度。因为中国人似乎没有耐心看太长的戏剧。西方有一些戏剧，像俄罗斯戏剧，八个小时六个小时的也常有。我们去看日本传统戏的时候，六个小时也是常态，看三个小时出来吃一顿饭，然后再进去看。在我们国家看戏，农村人还可以看三个多小时，城市里看两个小时就急得不得了，噼里啪啦把椅子一翻就走了。当然有时也可能与我们作品没有达到大家的要求有关系。总体来说我觉得我们还是缺乏耐心，所以导致戏剧的长度受到限制，当然这和我们现代的生活节奏可能也有关系。但我们过去的传统戏，有时候会有连台本，有的是要连续演十天的。这个戏出来以后，由于长度的限制，让我感觉到意犹未尽。这个时候我又捡起了小说创作，写了这个《西京故事》。

《西京故事》写了50万字。我那时候刚重新开始小说创作，这个小说出来也没太引起过多的关注。著名评论家吴义勤当时正在西安市挂职。他看了以后说这部小说是被严重低估了的一部现实主义作品。他说这部作品是对中国农民进城问题以及城乡二元结构当中的阶层固化问题的一种深刻反映。尤其是突出反映了农村青年一代在城市找不到出路的社会问题。小说主人公罗甲成拼命考上大学，但在大学里，生活和感情的压力让他不堪重负。最后他甚至认为考大学，还不如在农村当流民。他甚至还找到一个煤矿，沉到井下，永远都不愿意再升到井上来。这是我转事小说创作后的第一个作品，应该说是写得比较尖锐的。

这个小说后来改编了电视剧，电视剧改编过程中发生了非常大的变化。电视剧里比较强调恋爱故事，甚至安排从农村来的农民工老太太最后和大学的一个教授产生了感情。我觉得这个有点不合适，这个教授固然过去和她是小学同学，但后来两个生命已经发生了根本性的变化，是不太可能把感情再续接起来。这大概就是现实主义和浪漫主义之间的距离，但我觉得浪漫主义也不是这样浪漫的。这个作品最后也没有引起大的反响。

后来我又写了长篇小说《装台》。我始终认为作家写熟悉的生活是非常非常重要的。我写《装台》写《主角》，包括最近出的《喜剧》，几乎不需要去深入生活，也不需要去做任何调研。这都是我这几十年的生活积累，面对的只是一个剪裁问题，是怎么把水分挤压掉的问题。我们可以想象，曹雪芹如果不熟悉这种生活，他的《红楼梦》就不可能是这样一个写法。肖洛霍夫如果不是个军人，没有经历这么一段生活，他写出的《静静的顿河》也不是今天这样一个面貌。所以我觉得作家写熟悉的生活非常重要。

《装台》其实是延续了过去我对小人物的这种认知。之前"装台"这个词在百度上也没有,大家都比较陌生。电视剧改编的时候,他们把剧名改为《我待生活如初恋》,说是网络时代需要这个。但后来要在央视一套播出的时候,好多专家坚持要求改回《装台》,认为"装台"是一个具有巨大象征和隐喻性的词。装台就是搭建舞台。过去舞台非常简单,中国古代戏曲叫一桌二椅三搭脸。比如我们今天要在这儿演出,桌子上把布一铺,椅子上把布一搭。演皇上,铺的就是龙的图案;演民间的戏,铺一个喜鹊什么的吉祥图案;你要结婚了,铺一个龙凤呈祥。它就是这么简单,但就已经把你引到剧情中了。

但今天的舞台不一样了,现在有些舞台搭建下来,需要20多卡车的布景和道具。这是多大的搭建量啊。舞台上看不到地方,也有很多机关,又是声音又是旋转又是升降什么的。所以现在搭建舞台需要大量的装台工。装台这个职业应该是近30年发展起来的。西方戏剧的发展过程中,波兰戏剧家格洛托夫斯基,把戏剧分为两种,一个叫"穷干戏剧"一个叫"阔干戏剧"。什么叫"穷干"呢,就是舞台上非常简单,除了演员的表演和观众的观看,别的什么都可以不要。当然,后来这个"穷干戏剧"也干不下去了,这个"穷干戏剧"里边儿,讲究跟观众互动。比如演《浮士德》的时候,有一场宴饮的戏,浮士德演员下来和大家一起吃喝,有的观众非常没礼貌,看女主角长得非常漂亮,就拼命地拥抱,最后这种表演进行不下去了。"阔干戏剧"就是我们现在常见的这种,舞台非常地大,非常地豪华。我有一次在美国的百老汇看演出，一个讲飞行员和一些女孩们的故事，舞台上连真飞机都有。我们现在有的舞台上有真汽车，真山真水，在河里洗衣服，水溅得你满身都是的。现在讲究沉浸式表演，如果我提前跟你讲，今天晚上要刷油漆的，你就要注意，提前要把合适的衣服换上，因为油漆工很可能把这油漆真的就撒到你身上去了。

因为戏剧的要求现在这么复杂，所以出现了装台这么一个职业。这个职业就是为别人搭建舞台，叫别人登上舞台去当主角的这么一项工作。我刚好先写了《装台》，然后又写了《主角》，从两个不同的面进入戏剧这个行当，也包括后来的《喜剧》。当然如果是仅仅写装台这个职业，或者仅仅是写戏曲这个行业特点，我觉得大可不必去写它。我写它是因为我希望把它作为一种载体来思考，我对人对社会以及对整个时代演进当中的一些思考。《装台》就是在做这样一些思考。后来《装台》电视剧改编得也很好的，因为编剧、演员都很熟悉这个生活。但是里边也做了很多软化，毕竟电视剧的观众和小说的是不一样。有的东西可能会对社会形成一种比较大的负面效应，他也会有一些其他方面的考量，这个我是能理解的。

四、关于《主角》和《喜剧》

《主角》当然也是通过书写戏曲行当，拉开了一个社会面，就是我自己所经历的改革开放这几十年的各种世事的纷扰、人与人之间的关系、主角和配角之间的关系等等。我们每天都在互动着,我们每天都在给别人装台,我们每天也在当主角,我们每天也在当配角,处在方方面面的关系当中。我想把这个社会的这些东西都思考进去。最近出版的《喜剧》也是对时代的一个思考。这个作品既是现实主义的,同时也有一些荒诞色彩。比如说我里边写了一条狗,用它的视角来看人乐极生悲的一些东西。就是我在题记里面讲到的:喜剧和悲剧之间,也就是一步之遥,可能你正在演着光彩的喜剧,突然可能人生悲剧就在大幕旁边窥伺着你,上台来把你一阵倒拖,你的悲剧就来了。生活其实就是这样的。

我们这个时代好像特别喜欢喜剧,尤其前些年,这个我们大家可能都经历了。但我们突然觉得喜剧演员已经穷尽了他们的智慧,仍然让大家感到不满足,拼命向他们索要"包袱"。我这个小说里面荒诞到什么程度呢,演员在上面演出,有一帮人整天拿电脑计算这一分钟几个"包袱",这个"包袱"要是不出来,马上连夜开会,讨论明天怎么把这个"包袱"补起来。就这样拼命地索要,最后喜剧演员本身变成了一个悲剧。我认为喜剧是艺术里的一个最高级阶段,有时候它比悲剧更高级更艰难。悲剧有时候我们容易把它弄好,而喜剧是很难的。你想叫人会心地从内心发出一种嘲讽的笑声,或者欢乐的笑声、幽默的笑声,那是非常艰难的。我们平常生活中那些特别有趣味的人,是智商很高、很有智慧的人。喜剧都是智者干的事情,是人中精英干的事情。当我们拼命向他索要他的智慧的时候,很可能就把他逼成一个怪物了,悲剧不就诞生了吗？我觉得在这个时代，我们对欲望的这种特别穷奢极欲的索取，最后就把喜剧导向悲剧了。这些内容就是我写作《喜剧》时的思考，当然书中还有其他的一些思考，是不是达到了应有的效果，还是要听读者的评判了。

五、传统和生活的滋养

我的创作也是受陕西文艺的现实主义传统影响的。陕西有几位重要的作家，柳青、路遥、陈忠实、贾平凹，他们都注重在现实中汲取营养，都是特别注重在陕西这块厚土上汲取营养。包括非常有名的长安画派，像石鲁这些老艺术家，他们有一个说法，我觉得非常有道理，叫"一手伸向传统，一手伸向生活"。我觉得这对小说创作甚至对其他的很多创作，都是有借鉴意义的。在他们的旗帜下，陕西出了一批大的画家，包括大家知道的刘文西，100元人民币上面的毛泽东画像就是刘文西画的，这也是一个大画家。他是去年80多岁时去世的，去世前长期创作陕北题材。虽然身体不好，但每年春节，他都会在延安最贫穷的山沟里和老乡们一起过年，坚持了很多年，他就是在汲取养料。我觉得作家汲取生活的养料是非常重要的。从《诗经》开始，它其实就是国家对民间的调研，这才形成了《诗经》。其他的如孔子、墨子，这些先贤都注重民间调查。司马迁写《史记》，用了三年多时间，把名人的故里，重要历史事件的发生地，都要走一遍。照理说写历史是可以不这么做的，但他还是要走一遍，他脑子里需要这种重要的形象。还有梁思成和林徽因，他们为进行民间田野调查，先后在山西很多地方的古建筑废墟里面刨了15年，山西的应县木塔，就是通过他们的历史调查，才发掘、发现出来的。还有费孝通，他是通过江村调查，写的《乡土中国》，关于生育制度、乡土重建等等。我想作家也是一样的，确实是需要深入调查。外国作家也是要深入生活的，《巴黎评论》里头采访了很多作家，他们虽然不像我们把这叫作"扎根人民生活"，但其实他们也是要深入进去的。写作写得最好的，肯定是你最熟悉的生活。我觉得无论是有志于当作家的，或者是做其他社会研究的，都应该加强民间调查。人文学科是一个非常综合的东西，必须对社会的方方面面有比较深入的了解。人文知识经常也会对理工科产生很多影响。我记得我在西安交大采访过陈学俊院士，他是热物理学科的专家。我到他家去采访过几次，每次一进去，他啥都不说，让我坐着听他朗诵他写的诗。我就觉得，我们的知识分子，即使是学理工科的，他对人文的东西，也特别地关注。像钱学森这些大专家，他身上都有这一种东西。我觉得这是不矛盾的，对人文的关心，可能影响你的思维，影响你的整个行为方式。所以这个人文学科，它可能是非常综合的非常重要的东西，即使不当作家，我觉得注重一些社会调查、注重民间调查它也是很重要的。

六、以阅读自我开拓

后天是世界读书日，我就再说一说阅读吧。我自己是非常重视阅读的。我认为对本民族传统经典的阅读，是非常重要的。一个作家一定要有一个立足点。很多年前在南美的一次文化考察，给我留下了深刻的印象。尤其到阿根廷，阿根廷的很多城市，尤其是瓦尔帕莱索，这个城市所有的地方都是涂鸦。只要有墙，像这样的墙，全部都是涂鸦。街道、走路的台阶，都是涂鸦。而且这些涂鸦都是很有意味的，虽然我们有时候看不懂，但它是它本民族的东西。还有很特别的一点，这个地方的坟墓修得特别漂亮，在城市最中心最美的地方，跟花园一样的。孩子们在里边儿追来追去的，它好像把生和死之间的关系都打破了。不像我们中国人，好像特别害怕死。我们很多宗教问题，其实都是解决死的问题。像佛教中的转世，就是让人不恐惧死亡，你只是到另一个地方去了。西方的宗教，是说人死后能进入天堂。像南美这个地方，他很自然地把这个生死的界限模糊掉了。然后我就想到马尔克斯的《百年孤独》，还有其他的一些作家，包括库切、略萨这些人的作品，它一定是和本民族的最根系的文化紧密相连的。所以，中国作家，一定要研究中国的根系文化。

当然，你的视野必须开阔，必须对世界文学有所了解，要不然你认识不到本民族的文化优秀在什么地方、糟粕在什么地方。因为人类共同前进的时候，不管是东方文化还是西方文化，有些东西都是要扔掉的。我们的文化一直在寻找个共性的东西。比如说像墨子,他很多东西在今天意义是非凡的。"兼爱""非攻"这都不用说了。他的"尚同"、他的天志观,他对鬼的认识,还有节葬、节用,这些观念在今天的社会都是非常适用的。墨子身上的很多东西在我们今天突然一下能把这个社会照亮了。比如墨子说,我从来不相信有鬼,但是我们必须给安一个鬼,没有鬼这个东西,就没办法对人有所约束。他说,君王有天管,天是什么?天自然要有鬼神,没有鬼神,我们建构一个鬼神。这就跟康德一样,康德也不认为有鬼神,但康德说必须有一个神要把人类管住,要不然,人类最后就无法无天了。

在读一些传统经典作品的时候,有很多东西是非常好的。比如说元杂剧,元杂剧里边儿有很多重要的东西。像《窦娥冤》演了800多年,今天中国360多个剧种,几乎每一个剧团还在演《窦娥冤》,为什么呢?因为它表现了一种底层人的反抗。无论在什么社会形态下,底层人都是最软弱的那一部分,这个剧可以表现他们对命运的一种反抗。所以每次演到高潮部分,观众都是泪流满面的。《窦娥冤》的各种剧种的演出,我看了几十遍。窦娥因为官吏勾结流氓无赖,把她陷害冤枉致死。她没办法反抗,最后到临死的时候,她就对苍天喊叫,说如果我是冤枉的,你让楚州大地大旱三年,我死的时候,我的血一滴都不会流在地上,我的血要向上冲,要冲到白绫上。她发下这几桩誓愿以后死了,死了以后楚州大旱三年,最后直到给她平反,有人把冤狱解了以后,这个地面才开始下雨,才解救了地方的老百姓。这一类作品,它有它永恒的价值。还有像四大名著，我在阅读过程中，就觉得像《水浒传》对民间语言的运用是非常精彩的，你能深刻地感觉到民间语言的那种丰富性。还有明清笔记、《浮生六记》，还有后来的"四大谴责小说"。对这些作品的阅读，我觉得都是非常有必要的。

还有西方的一些作品也很重要。比如说西方的几个史诗，我是去年疫情到现在，把过去看过的几个史诗，又重新细细读了一遍。首先是荷马的《伊利亚特》和《奥德赛》，这些作品不读，西方的很多小说都看不懂。我读乔伊斯的《尤利西斯》，一开始读不太懂，但读了这些作品，我已经知道大概他到底要干什么。还有拜厄特的《巴别塔》，也都要和这些作品对读。你必须把《荷马史诗》、维吉尔的《埃涅阿斯纪》、但丁的《神曲》、弥尔顿的《失乐园》、歌德的《浮士德》、拜伦的《唐璜》这些都要读了。我觉得把这些东西读了，基本上西方的各种小说，包括现代的后现代的小说，你看的时候就不费劲。还有布尔加科夫的《大师和玛格丽特》，这些魔幻现实主义的作品，我也又重新读了一遍。我和中国的作品参照着读。我们中国的《西游记》一定程度上也是魔幻现实主义，无非就是写作的手法等方面不一样。但我觉得写作是可以把这些东西都参照起来的。如果你想为本民族写点什么，那你一定要读西方的史诗，如果说你特别喜欢西方的东西，想把西方的东西说清楚，我觉得要特别地读一下中国传统的东西。它是不矛盾的。

玄奘为什么能在宗教方面取得那么大的成就，就是因为他在文化上打得比较通。他走了200多个国家和城邦，他一路对这些地方的宗教、政治、经济、音乐、舞蹈、丧葬、婚姻，什么东西他都研究了，回来以后他就打通了，所以他就形成了这样一个宗教的高度。所以中西方打通的阅读，我觉得是非常重要的。

再一个就是我觉得作家的世界观问题也是非常重要的。其实我们从古代开始，也包括西方国家，都是特别注重天文地理的综合认知的。我们中国从先秦一直到汉代的文人，他们的观念都是非常综合的。尤其是司马迁他们这一代，他们对天文非常关注，天文观在某种程度而讲，可能就是世界观。西方的泰勒斯就是古希腊时期的一个天文学家，那个时候就开始关注天文了。当然人类对天文的认识也是随着人类对天文观察能力的变化有一个发展过程的，先是"地心说"，认为地球就是中心。无论是从维吉尔到但丁一直到弥尔顿，他们在认识的时候，就是以为天上也就是我们能看到的这太阳、金星、水星呀，然后是火星这一类，他就当时只认识的这么多星球。到了伽利略，就有了"日心说"，认为这个世界是以太阳为中心，地球就降格了。再到现代近一两百年，通过天文学家的探测，地球人类在不断地降级，降到什么程度呢？像太阳系这样的星球，在银河系有数亿个，而像银河系这样的星系在宇宙当中，又是有数亿个。如果按照这样去想，那人类算什么呀？你在宇宙中，这样一个生命，连一粒微尘都算不上。

所以大的宇宙观是非常重要的。这涉及人类如何认识世界，如何认识我们自己的生命。刚才说到，在整个宇宙中人类是非常渺小的，那是不是我们就不活算了。不是的，这恰恰是在表明我们生命的重要性。截至目前，我们在宇宙中还没有发现其他的生命，当然，我坚信宇宙当中肯定还有别的生命，并且有比我们高级的生命。但是太远了，我们没办法去。地球绕太阳转一圈是一年，太阳系离我们最远的两个星球——天王星绕着太阳转一圈需要84年，海王星绕太阳转一圈需要165年，我们两辈子都活完。宇宙确实是太浩瀚博大了。

　　但是，人的生命进化也是非常不同的。从45亿年前，生命在地球上诞生，出现了最小的细胞，从海洋的微生物，然后一步一步地进化，进化了这么多年。达尔文讲，自然界没有飞跃，每一步进化都是不一样的。有些鸟就进化到那么长的喙，长颈鹿就进化成那么长的脖子啊，我们人类进化到最后，我们脸上有个鼻子，鼻子要吸气，它也美观，还得有个地方架着眼镜。生命的生存、进化非常复杂，像马里亚纳海沟就是十一千米底下，有一种鱼的眼睛长得像望远镜，因为要从那么深暗的海底向海面上看，它就把眼睛进化成望远镜。然后因为海底水的压力太大，它身上就进化得只有一层薄膜，水从他身上就通穿而过，否则这么大的压力下会爆炸的。这就是自然进化。人的进化也是这样，一个生命从微生物一直进化到我们这样一个高级的人类，是非常不容易的。所以我觉得尤其要珍惜生命，珍惜我们这一粒微尘能够在这个浩瀚的宇宙中的存在。

最后还想和年轻人说说，我觉得这个时代你们的压力非常大，但是一定不能放弃奋斗。无论是但丁《神曲》由地狱、炼狱到天堂的构思，还是弥尔顿的《失乐园》，都包含着巨大的向上的力量。《失乐园》里面讲，把亚当夏娃从伊甸园赶出来，亚当很高兴地说，赶出来不要紧，这个地方无非就是不劳作就能获得很好的生活，把我们赶出去，无非是要靠我们自己的辛勤劳动生存下去，有什么不好呢。人类所有的文明都是要告诉我们，人还是要积极向上的，尤其是年轻人，要在继承传统，感应现实，在阅读中把自己成长得越来越博大，谢谢大家！

2021 年 4 月 21 日

代后记

"文学的力量,就在于拨亮人类精神的微光"

——关于创作答杨辉问

很高兴能有这样一个机会,和您比较系统地谈谈您的创作。我们就先从您的新作《喜剧》说起。《喜剧》是您"转事"小说写作之后的第四部长篇小说。和之前的《主角》一样,《喜剧》也是以戏曲演员的生活和生命经验为中心,牵连出围绕戏曲演出团体的更为广阔的人间世的复杂面向。套用李敬泽先生评论《装台》时的说法,《喜剧》写了数十个人物,每个人物性情不同,追求也异,也各有眉目声口。其中最具代表性的,当属"主角"贺加贝。他对喜剧艺术的选择,以及如何处理戏曲与时代,戏曲与一时期的审美风尚,以及戏曲与观众的关系,有着自己的方式。这种方式和乃父火烧天构成了极为鲜明的对照。书中详细铺陈了他的事业和情感追求,他演艺生涯的跌宕起伏,以及与之相应的情感生活的种种挫折。他可以说是选择了一条下滑的道路,违背了乃父临终的教诲,最终所求如梦幻泡影,化烟化灰。他的生命经验也因此可以指称不限于戏曲相关从业者的更为普泛的意义,所以我觉得这部作品与现代以来的奠基于西方观念的小说并不相同，更为接近中国古典的"寓意作品"。就是通过对虚拟世界中的虚拟人物的生命情境的艺术处理，表达作家对于历史、现实，以及人的命运的深入思考。而且还有独特的章法结构和意象处理的方法，常常是言在此而意在彼，或意在言外，需要读者详细揣摩其中所蕴涵着的远较表象更为复杂的意义。

谢谢杨辉！你读得很仔细，也很深入。这部小说写的时间比较长，2012年就有想法，开始写了一部分，但因各种原因，一直未能完成，直到2020年新冠疫情突如其来，在"禁足"期间，我才重新提笔续写。在断断续续写作的过程中，我的生活和写作也发生了一些变化。比如说差不多主要精力由现代戏转向小说创作，而工作的几次变化对我的生活观念也多少有一些影响。所以当再次提笔，一些想法也发生了变化。但我对于无论现代戏还是小说的意义的理解却一以贯之。那就是一部好的作品，应该具备真实的艺术创造，应该努力塑造能够代表时代的典型人物，还应该有引人入胜的故事张力。但这些只是就外部形式而言，比这更重要的是对你描述的生活，你关切的人物命运，有自己的独到的理解，或者说要有想法需要表达，到了酝酿既久，几乎不吐不快的地步，才可以正式动笔，那时候写作便可能如有神助，写得顺畅，写得痛快淋漓。

至于说注重作品的"寓意"，这可能与我之前长期从事戏曲现代戏创作有比较大的关系。现代戏写作往往都有一个出发点，要么是一种重要的社会现象引发你的关注和思考，要么是一些人的命运促使你产生创作的欲念，不管是哪一种，都是你有一定的想法需要表达。你想知道你所关注的生活、关心的人物，以及他们的命运、他们的情感等等问题应该怎样解决。文章合为时而著，如果没有现实关切，没有对他人命运的关切，你花费那么大力气写作干啥？！像我在20世纪90年代写《九岩风》时，就是对当时社会普遍歌颂"万元户"的一种反思，那就是在这些人物中间，确确实实存在着为富不仁的问题，不能一概而论。到了创作《迟开的玫瑰》时，社会上都在歌颂女强人，歌颂住别墅的女人，将她们塑造成所谓的成功人士。但你仔细想想，那些身处最基层的普通人，他们可能终其一生无论怎样努力都成不了所谓的"成功人士"，难道她们的生活就没有意义、没有价值了吗？像乔雪梅，为了承担家庭责任，放弃了上大学深造的机会，把自己一生最好的时光奉献给家庭，奉献给了他人，而不在乎自身的利害得失。这样的人物难道不值得我们尊重吗？要说作品要有意义，我觉得肯定普通劳动者的生活和生命价值，就是作品最重要的意义。写现代戏是这样，写小说也是这样。《西京故事》《装台》《主角》，包括刚才提到的《喜剧》，在写作之前和写作过程中，我希望能够允分表达自己对生活、对人生的思考。所以虽然多年间我也非常关注像卡夫卡、博尔赫斯、卡尔维诺这样的作家作品，但做形式的新探索，并不是我的追求。我也在很多年间认真阅读中国古典小说，从志怪作品，到唐传奇，再到《西游记》《三国演义》《水浒传》

《红楼梦》这种"成熟"时期的作品，也包括后来晚清的谴责小说。我很喜欢这些作品，觉得作为中国作家，学习域外文学经验当然也很重要，但学习本民族的思想和审美传统，肯定更重要。我在《主角》后记中说过，《红楼梦》的传统，永远值得中国作家学习，自己也在《主角》中做过一些尝试，采用过一些古典小说的笔法，尽量使作品空间更开阔，能表达更多的意义。《喜剧》也是这样。写了那么多人物和他们的生活故事，最终当然要说点什么。作者在思考，人物当然也在思考。思考喜剧的本质、人生道路的选择等等问题。但又不能写得太直白，有"概念先行"之嫌，而是将这些寓意润物细无声地渗透到故事和人物中间，让他们以形象的方式鲜活地表达。这个时候，中国古典小说，尤其是《红楼梦》的意趣和笔法就值得借鉴。作品要有扎实细密的生活事项的叙述，也要有在此基础上升腾出的境界或者说是意义，可能因此接近你说的"寓意作品"。而作品所要表达的"寓意"，有些是你自身的生活经验和生命经验的总结，有些则是古圣先贤已经反复谈论过的道理。怎样把这些经过你自己的生活和生命经验吸收和转化之后的"寓意"融入作品，通过艺术形象的方式表达出来，就是作家所要做的艺术创造的工作。当然，也不是所有的寓意都是作家自己充分意识到的。这里面应该还有很多无意识的表达，需要读者去想象去补充。

这种寓意或者说是观念，还要具体落实到作品的结构、意象上。《喜剧》中这样的富有意味的意象为数不少，像那条叫张驴儿的狗,就是作品非常重要的一个意象或者说是"人物",它对作品整体意蕴的形成,应该说是有着不容忽视的重要意义。不仅《喜剧》可以这样理解,其他几部长篇小说《装台》《主角》,尤其是您的现代戏《迟开的玫瑰》《大树西迁》《西京故事》,均可从这个角度理解。比如说在《迟开的玫瑰》中,"下水道"和通下水道的许师傅出场的唱段,有着和乔雪梅的生活对应的意义;《大树西迁》中那棵橘子树,反复在剧中出现的"天地做广厦,日月做灯塔,哪里有事业,哪里有爱,哪里就是家"也可以和苏毅、孟冰茜等人物的精神和生活对照。《装台》中这样的有意味的形象就更多了,像刁顺子生活境况的"同义反复",一出《人面桃花》和蔡素芬的生活遭际的"互衬",贯穿全书的蚂蚁的意象,在书中均有着值得认真思考的寓意。而《主角》中忆秦娥生活状况基本模式的结构性"重复",包括戏与人生的互证作用,也都说明作品的丰富的寓意。这种种意象和结构模式的设置,既拓展了作品的艺术表现力,也自然地可以理解为是对中国古典小说观念和审美表达方式的创造性转化和创新性发展的一种尝试。

我们现在谈中国古典传统或者说是中华优秀传统文化的创造性转化,可能会有人觉得是一个自外而内的状态,是要重新去学习一些新的观念、新的表达方式,来改变自己当前的写作状态。事实并非如此。其实你仔细想想,不管你是否读过《论语》《孟子》,读过《道德经》《南华经》或者《金刚经》《心经》，你生活在中国文化的大环境中，自然而然也潜移默化地受到前贤的影响。你说的话里，不由自主地会有孔子的话、老子的话、庄子的话，也可能有佛家的一些说法。这可以说是中国人文化的集体无意识，无论你是否觉察，他都存在于你的精神血脉中，影响甚至形塑着你的观念和审美的偏好，让你读到与前贤类似的说法时会感到亲切，看到带有中国古典审美意趣的作品会有一定的共鸣，这应该说是每一个中国人先天自具的。一些人之所以没有充分意识到，或者说没有发挥出这些思想和审美观的影响，可能是缺少一个合适的外部机缘。就像我以前给很多明确表示自己不喜欢听秦腔的年轻朋友说过的，只要你是陕西人，长时间生活在秦腔的环境中，总有一天你对秦腔的爱会被激发。差不多也是这个道理。我开始创作现代戏时，就广泛地阅读和观看过现代戏的重要经典剧作，后来在陕西省戏曲研究院，也长期生活在古典戏曲经典传统的氛围里，你不受它的影响都由不得你。这些经典剧作，既可能影响你的人生观念，也可能会影响到你的审美趣味。总之一句话，它会潜在地决定你的观念、你的创作。我的写作之所以时刻保持着对现实的浓厚的兴趣，关心普通人物的生活、情感和命运，也尽力讲好每一个故事，细细想来，就是拜现代戏和戏曲传统经典所赐。看得多了，理解得深入了，当自己提笔写作，无意识地受到影响，就很正常。当然，写到一定程度，也会有强化个人风格，写出能够体现自己的观念和审美的重要作品的欲念。这个时候，广泛吸纳各种思想和艺术经验，尤其是学习和继承传统，密切关注日新月异的现实,以创造出属于自己的风格就非常重要。此外,还因自己的写作与时代、与历史、与传统的融通而获得不断调适,不断拓展的可能。在这个过程中,广泛地阅读,广泛地吸收传统的,现代的,中国的,西方的,就很重要。《装台》《主角》和《喜剧》当然也吸收了现代小说的一些艺术技巧,但古典小说的笔法可能更明显,更有辨识度。这既和作品涉及的题材、人物有关,也和创作过程中自己有意识的追求密不可分。我一直希望能够写出有中国文化质地,体现中国人的审美情绪,反映当下中国人的生活状态的作品,所以在每一部作品中,都想做一些新的尝试。

这些尝试的确拓展了您的作品的艺术表现力。单就小说论,每一部都有所不同。《西京故事》主要运用的还是经典的现实主义笔法,到了《装台》《主角》和《喜剧》,就有明显的在坚持现实主义精神的基础上,融通中国古典传统的意味。如果从"传统"和"现代",或者说是中国文学"大传统"(古典文学传统)和"小传统"("五四"以降的新文学传统)"打通"的角度来理解,可以更加妥帖地阐释您的这几部作品的意义。比如说作品的核心结构,都有"循环"的特征,人物所面临的具体的境遇,也有着基本相同的模式,而在作品所敞开的复杂、宏阔的世界中,人事、物事几乎也都有意无意地遵循两两相对的模式:人事的起落、成败、荣辱、进退、得失,世事的兴衰、沉浮可谓交相互动,互相发明,共同构成了作品世界的基本"逻辑"。《装台》中的大结构如此,《主角》中的各色人等的命运如此,《喜剧》中"奇""正"人物的互衬,"正""邪"两种道路的消长也是如此。这种结构模式,正是中国古典以《三国演义》《西游记》《红楼梦》为代表的典范作品的"结构秘法"。"结构秘法"借用的是汉学家浦安迪的观点,他认为阴阳、起落、兴废这种两两相对的状态在古典四大奇书等作品中普遍存在,构成了"二元补衬"这个"秘法"。当然,一种小结构的反复出现,也就形成了"多项周旋"这一特点。虽说有学者指出过浦安迪说法的"局限",但我觉得这种"读法",应该说不失为一种进入中国古典小说的路径。如浦安迪所说,这种解读只是众多路径之一种,并不能全然涵盖《红楼梦》等作品丰富复杂的意义。浦安迪的尝试,我觉得是以中国人的思维理解中国经典的有意义的努力,因为不受"五四"以来现代性观念的"限制",也有自觉的方法论意识,他反倒可能见他人之所不见。作为中国古典文论现代转换的一种尝试,我觉得浦安迪的努力值得借鉴。更何况这样的解读方法,此前太平闲人(张新之)已有尝试,可惜的是,因为种种原因,张新之的"读法"并不被后世赞许。如果不狭隘地反对这种读法,可以沿着这个思路理解《装台》《主角》和《喜剧》,也自然会有一些源出于古典思想现代转换的新的理解方式。您在写作之前或写作过程中,对这种笔法有没有明确的构想?您觉得这种读解方式是否恰切?

作品一旦出版,似乎就成为"公共财产",作家自己好像也没有优先的发言权。诗无达诂，或者说一千个读者眼中有一千个哈姆雷特。评论家怎样去评价，他有他的自由，有他的理解，不一定必须和作家的想法完全吻合。有时候你突然读到一篇评论文章，作者说的和你的想法并不相同，但他的观点会激发你思考一些问题，甚至会拓宽你对自己作品的理解。我很喜欢读这样的评论文章。说到这几部长篇的结构，其实你可能也注意到，不单是古典小说，古典戏曲中也有大致相同的结构模式。我觉得这和民族文化精神传统有着千丝万缕的联系。你想想，一个人一直生活在《周易》《山海经》《论语》《孟子》《道德经》《南华经》等等经典影响的环境中，要说不受古人的思想观念的影响，几乎是不可能的。这些经典，尤其是《周易》，在很长一段时间对人们的日常生活有着直接的影响。现代人当然已经不像古人一样，做事情前都要占卜，但你生活在大自然中，每天看到并切身体验着日出日落、月盈月亏、四季转换的天地节律，多少会感受到古人所说的"循环"的意味。《周易》在创始之初，不就是古人仰则观象于天，俯则观法于地，观鸟兽之文和地之宜，近取诸身，远取诸物，于是始作八卦，以通神明之德，以类万物之情……。也就是说，这些理论的总结都来自当时人们的生产生活实践。当下现实当然和古人存在很大差别，但这些理论得以诞生的自然节律却从未改变，以之为参照，去写历史，写现实，写人物的命运，安排作品的结构，也可能就是顺理成章的。但在具体写作过程中，却不是有意的设置，自己此前就是这样理解人物，理解现实，在具体写作过程中，也就自然地使用了这样的结构。还需要说一句,这种结构既来源于自己对古典作品长期阅读的心得,也来源于具体的、鲜活的生活实践,并不是强行设置的结构。当然这也只是表达丰富复杂的现实的一种方式,应该说还有不同的表达方式,自己在写作过程中也在不断地探索,以期对现实生活有更好的表现。

身在具体的现实生活中,与时代一同前进,也是您的创作的重要特征,也可以说是您主动的写作追求。记得您曾多次说过,陕西当代文学的核心传统,对您的写作也有着十分重要的影响。比如您谈到柳青扎根皇甫十四年,写出经典之作《创业史》的启示;路遥坚守现实主义传统,表达他的时代的普通人的生活和命运的写作经验之于后来者的借鉴价值。生活是创作的唯一源泉,这是写作所应遵循的重要原则之一,无论现代戏还是小说创作,道理皆是如此。但道理看似简单,具体落实于实践,却好像还面临着一些问题。比如说,每个人都在生活之中,都有具体的生活体验,但却不是所有人都能自然而然地创造出具有鲜明的时代气息和高度的现实概括力的作品。您觉得这里面的问题在哪里?需要如何理解和处理写作与生活的关系?

写作来源于生活,这肯定是颠扑不灭的道理。没有生活,你的情感,你的思想也就没有了源头活水。何况无论从事什么样的职业,身处什么样的环境,都是能够呈现生活不同样貌的"法门"。而能不能从具体的个人生活中推衍、思考出更具代表性的意义，这一点也非常重要。像福克纳一辈子都在写他的那个邮票大小的地方，营造虚拟的约克纳帕塔法县。其中的具体的材料，都是来源于他自己的日常生活，他对那个地域的历史、风情和文化的认识。当然，他是把这些放置到整个人类的历史大幕上去思考的。正因此，他写的是美国南方的一个小小地域的故事，表达的却是整体的人类的经验。柳青其实也是这样，他放弃在北京的工作，精心选择长安县（现为长安区）皇甫村作为深入生活的地点，在那里一待就是十四年。这十四年间，他就在生活中，和他笔下的王家斌、梁三老汉等人物的"原型"生活在一起，充分而且切肤地感知到他们的生活和情感状态，理解他们的希望和在实现理想的过程中的种种困难。也可以说，他是像他的一篇文章所说，是"和人民一道前进"。但他的具体的关注点虽然是下堡乡皇甫村，但却是把发生在这里的具体的生活世界放在整个中国，甚至世界的大幕去思考它的意义。就像路遥后来所说的，正因既有"致广大"的思考，也有"尽精微"的具体的生活细部的铺陈，他的作品有了澎湃的思想力量。

　　长期生活在陕西文化和文学的环境中，你自然而然地会受到影响。柳青、路遥、陈忠实、贾平凹他们在深入生活上都有自己的独到的方式，但在将生活转化为艺术的过程中，自然也各有各的特点。由此形成了陕西文学的丰富、多样的传统。他们都扎根于自己所处的时代，思考着具体的现实的问题，也尝试着不同的艺术的表达方式。这些经验对后来的写作者都有着重要的借鉴意义。《装台》《主角》和《喜剧》写的都是戏曲舞台内外的生活故事，那是因为我有在戏曲院团数十年的生活积累。很多年间，自己平时就有意识地关注周围的人事，关注围绕戏曲演出的庞大的生活经验。这些经验积累到一定程度，就会促使你产生写作的欲念。而一旦进入写作，那些你非常熟悉的人物和他们的故事就自然而然地出现在你的眼前，等待着你将它们落在纸上。因为生活经验太丰富了，往往一部作品写完，还是觉得没有能够穷尽相关的生活积累，所以就一部一部地接着写。而在写作的过程中，也会有新的生活体验。这些体验会激发和促进你对以前的经验的思考和想象，逐渐准备成熟后，一部新的作品差不多也就水到渠成了。

说到陕西当代文学的基本传统，有两个重要的路径或者说是两种审美表达方式值得注意。一是发端于延安文艺，经柳青的进一步强化，后来又在路遥的作品中得到新的发挥的现实主义传统；一是在20世纪80年代初期，随着新时期文学的不断展开，接续中国古典传统，以开出文学的新的境界的路向。这个路向在贾平凹的作品中得到了较大的发挥。这两种路向，当然都与陕西文学和文化资源有着极为密切的关系。作为中华文化重要发源地之一，陕西有着极为悠久的历史文化，同时也有着发端于延安的红色革命文化的深厚积淀。身在这样的文化氛围中，一位写作者如有开阔的视野，有兼容并蓄的能力，那么扎根于这两种"传统"，以创造新的文学境界，可能是"无法回避的选择"。李敬泽先生在谈《装台》的文章中，高度评价了《装台》接续中国古典小说传统而开出的丰富的文学世界的意义。吴义勤先生也以"作为民族精神和美学的现实主义"为题系统且深入地阐发《主角》的价值。如果整体梳理您四十余年的创作（从1979年改编《范进中举》算起），可知继承经典现实主义传统，同时融通中国古典传统，是您作品的重要特征，也是当代文学中"陕西经验"重要部分。继承"传统"，开出新境，可以说是每一代写作者都需要思考和面对的问题。您觉得身处当下文化语境中，作家应该如何处理"传统"与"现代"、"中"与"西"的问题？

这个问题可以看作是前一个问题的延续。道理基本也是一样的。我最初开始写作时，也像同时代的写作者一样，接受着丰富复杂的文学和文化传统。这里面有苏俄文学传统、西方现代主义后现代主义传统，当然也有西方19世纪之前的文学传统。这里边最需要提及的是，那个时候我们也读中国古典小说。当开始写作的时候，借鉴甚至模仿前辈作家，很正常，也可能是很多作家写作需要面对的阶段。在你的思想，你的生活和生命经验，包括相应的艺术经验还不成熟的时候，还没有找到属于自己的"位置"的时候，不断学习，不断探索，不断尝试，应该说是很多人都要经过的阶段。我一开始写作，也是这样。开始写现代戏《她在他们中间》，校园生活剧，并没有找到自己的语言、自己的表达方式。于是后来再尝试，再变，再努力读书，读不同时代不同地域甚至不同风格的作品，希望慢慢发现自己，发现属于自己的经验和表达方式。这可能是一个比较漫长的过程。在这个过程中，我写下了数十部现代戏，做过种种探索，直到《迟开的玫瑰》《大树西迁》《西京故事》才找到了自己的道路，也可以说自己此前的种种探索、种种经验，最后促成了这三部作品的产生。还是因为身在戏曲院团，长期与戏曲人物、经典传统交往，也就自然而然地对秦腔有认真梳理、深入理解的愿望。这就是2006年前后在《美文》的专栏"说戏"。由对秦腔的起源、经典作品的理解，自然也可以发现古典戏曲中蕴含着很多古人的思想、古人的情感、古人处理现实生活的经验。你看陕西省戏曲研究院最近又在演出《双官诰》，经过这么多年后，观众还是喜欢看，就说明这里面包含着"现代价值"。包括《西游记》，其中的魔幻的特点，也说明中国古典小说中有很多"现代性"的东西，问题在于你能不能从中发掘出这些经典作品中蕴含的价值。这就需要一定的创造性转化和创新性发展。在谈到戏曲艺术的传承与创新时，我经常举的例子是秦腔大家李正敏。李正敏开始做属于自己的独特的创造的时候，有很多人不接受、不理解，觉得他没有遵循成规。但是你想想，秦腔发展到现在，数百年清晰的历史应该是没问题的。但在这个过程中，肯定一直在变，一直有大的艺术家尝试新的创造。这新的创造当然是在继承传统的基础上开始的，没有对传统的继承，当然谈不上独立的创造。但是一味固守"成规"，拒绝创新，最后也难以为继。李正敏的创造虽然一时间遭到批评，但如今谈到李正敏，那用的可是"秦腔正宗"这样的褒奖。这都说明一代一代的艺术家,需要继承传统,扎根时代,创造可以面向未来的新的传统。缺少了这个,也就缺少了根本的艺术创造的"魂魄"。

在陕西美术博物馆,您曾提及计划写作一部以一位天文爱好者为主要人物的作品。为此,您还尽可能充分地了解陕西这一类人的生活状态。这部作品现在进展如何?您还为这部作品做过哪些写作的准备?

除了充分、深入地了解关于天文爱好者生活的各个方面的情况外,所做的准备主要还是读书,重读之前对自己有过很大启发的经典作品。只要是为写作做准备,我有目的和有计划的阅读已经形成一个习惯,姑且称之为"反向阅读"。就是越是准备用传统的手法写,越是要下功夫读各种被认为在艺术手法上有大的创造性的作品。春节期间我又仔细重读了《尤利西斯》《追忆似水年华》,感觉就和多年前读时完全不一样,有很多新的想法。像《追忆似水年华》的宏阔、丰富,巨大的包容性,让人赞叹。普鲁斯特对现实生活,对人的内心世界,包括对艺术都有极为丰富的观察和洞见,他在作品中可以花很大篇幅去谈一幅画作,好像一下子化身为评论家一样,这些看似旁逸斜出的细节,确实扩大了作品的容量。小说有时候不能写得太精致,尤其是长篇小说,就应该有恢宏的气势,反映宏阔的现实生活和复杂的内心世界,太精雕细琢了格局就容易狭窄。这也是中国古典小说的特点。

《三国演义》处理的是宏阔而繁复的历史，格局之大，气势之磅礴自不必论。像《红楼梦》这样的被认为是写世情的作品，格局、气象、视野也不可谓不宏阔。当然它们和西方小说还是有一些区别的。但这些都对自己理解现实，处理复杂的世态人情有很大的启发。还读了去年刚刚出版的拜厄特的《巴别塔》，一部八十万字左右的长篇，其宏阔和丰富也令人印象深刻。在重读卡夫卡的时候还发现一篇名为《一只狗的研究》的短篇小说。这篇小说就是以狗的口吻讲的关于狗的故事，很有寓言意味。我在《喜剧》中也写了一条狗，也在从它的角度讲述它所观察到的贺加贝、潘银莲们的故事。只可惜在写作之前没有注意到卡夫卡的这篇小说，要不然《喜剧》中关于那条叫张驴儿的狗，可能还能处理得再好一些。